Michał Głowiński

Schwarze Jahreszeiten

Michał Głowiński

Schwarze Jahreszeiten
Meine Kindheit im besetzten Polen

Aus dem Polnischen von
Peter Oliver Loew
Mit einem Nachwort von
Anna Artwińska

Herausgegeben von
Anna Artwińska
und Peter Oliver Loew

THEISS

Die polnische Originalausgabe ist in 3. Auflage 2002 bei
Wydawnictwo Literackie, Krakau unter dem Titel *Czarne sezony* erschienen.

Die Deutsche Nationalbibliothek verzeichnet diese Publikation
in der Deutschen Nationalbibliographie;
detaillierte bibliographische Daten sind im Internet
über www.dnb.de abrufbar.

Der Theiss Verlag ist ein Imprint der WBG.

Die Herausgabe des Werkes wurde durch die Vereinsmitglieder
der WBG ermöglicht.
Lektorat: Anna Frahm, München
Satz: Vollnhals Fotosatz, Neustadt a. d. Donau
Einbandabbildungen: Porträt des Autors als Kind © Michał Głowiński.
Das Bild wurde im Jahr 1938 aufgenommen. Es existieren keine Fotografien
von Michał Głowiński aus der Zeit des Krieges. Hintergrundbild: Straßenbahn
mit dem Davidstern im Warschauer Ghetto, 1940/41; © akg-images/East News
Einbandgestaltung: Harald Braun, Berlin
Gedruckt auf säurefreiem und alterungsbeständigem Papier
Printed in Germany

Besuchen Sie uns im Internet: **www.wbg-wissenverbindet.de**

ISBN 978-3-8062-3663-7

Elektronisch sind folgende Ausgaben erhältlich:
eBook (PDF): 978-3-8062-3754-2
eBook (epub): 978-8062-3755-9

Zur Erinnerung an meine Eltern,
Felicja geb. Rozenowicz
und Henryk Głowiński

Inhalt

Anhang

Vorwort von Michał Głowiński

Als ich begann, diese Berichte niederzuschreiben, ahnte ich nicht, dass daraus ein Buch werden würde. Jeder von ihnen ist die Aufzeichnung einer Erfahrung, entstanden aus Blitzlichtern einer Erinnerung, die nicht die gesamten Vorkommnisse umfasst und nicht mein ganzes Leben in jenen Jahren und meine Überlebensgeschichte umspannt. Die Erzählungen haben unterschiedlichen Charakter; es lag mir nicht daran, sie zu vereinheitlichen. Ich war nicht in der Lage, zusammenhängend Bericht zu erstatten – zu groß waren die Erinnerungslücken – und ich hielt es für unangemessen, für nicht zielführend, diese Lücken mit Vermutungen, Erfindungen oder auch mit Informationen zu füllen, die ich aus in unterschiedlicher Form zugänglichen Quellen hätte schöpfen können. Erinnerungsblitze haben ihr eigenes Recht; sie befreien einen von der Sorge um die Folgerichtigkeit, sie begründen den fragmentarischen Charakter, ja sie setzen ihn geradezu voraus. Und sie motivieren Heterogenität. Ich schreibe darüber, woran ich mich erinnern kann, und wenn ich mir über etwas unsicher bin, erwähne ich das ausdrücklich. Der Leser sollte sich nicht wundern, wenn er hier oder da der Formel „ich weiß nicht" begegnet. Diese Erzählungen berichten lediglich über das, was ich erfahren und erinnert habe. Indem ich mich darauf beschränke, was ich am eigenen Leib erfahren habe, indem ich ausschließlich über mein Schicksal erzähle, und manchmal über jene, die auf dieses Schicksal einwirkten, möchte ich meiner Überzeugung Ausdruck verleihen, nichts zu wiederholen, was schon gesagt worden ist, was bekannt oder gar allgemein verfügbar ist, auch wenn ich hoffe, dass ich den Berichten damit nicht ihren allgemeineren Sinn nehme.

Bruchstücke aus dem Ghetto

Das Wort

Ich erinnere mich daran, wie ich es zum ersten Mal hörte. Gleich zu Beginn des Kriegs, unmittelbar nach der Niederlage. Es kam mir zu Ohren, als man beratschlagte: Werden sie uns im Ghetto einsperren oder nicht? Ich wusste nicht, was dieses Wort bedeutet, war mir jedoch darüber im Klaren, dass es mit einem Umzug zusammenhängt. Ich erkannte, dass die Erwachsenen mit Schrecken davon sprachen, doch bildete ich mir ein, dass es ein interessantes Abenteuer werden würde. Und schließlich stellte ich mir vor, dass dieses geheimnisvolle und unverständliche Ghetto ein riesiger, vielstöckiger Wagen sei, der durch die Straßen der Stadt fuhr, gezogen von einem Dutzend Pferden. In einem solchen Wagen würden sie uns unterbringen, wir würden dort einziehen – das wäre sicherlich aufregend interessant und unterhaltsam. Ich stellte mir vor, dass es dort viele verschiedene Treppen geben würde, sodass man bequem von einem Stockwerk ins andere laufen kann, auch an Fenstern würde es nicht fehlen, nichts würde also im Wege stehen, um die unbekannte Welt zu betrachten. Dieses fantastische Fuhrwerk stellte ich mir wie einen Leichenwagen vor, eine schwarze Todeskutsche, wie man sie in unserer Stadt sah. Rasch sollte ich aber die Gelegenheit haben, mich von diesen kindlichen Phantasmagorien zu trennen – wir zogen tatsächlich um, doch wurde das nicht zu einem faszinierenden Abenteuer. Die präzise Bedeutung des Wortes sollten mich in der unmittelbaren Zukunft die direkten Erfahrungen lehren. Schon bald hegte ich keinen Zweifel mehr an seinem Sinn, obwohl es noch vor Kurzem so geheimnisvoll, exotisch, fesselnd geklungen hatte.

Die Farbe

Diesen von Mauern umgebenen Raum verstehe ich noch immer nicht, ich kann ihn nicht begreifen, nicht beherrschen, ich vermag nicht, die Prinzipien zu erkennen, die ihn organisierten, für mich stellt er immer noch ein Chaos dar, das sich nicht ergründen lässt. Und das geschieht nicht nur, wenn ich mich an ihn erinnere, wenn ich versuche, mich an ihn so zu erinnern, wie ich ihn damals wahrnahm, als ich darin eingeschlossen war. Es ist auch so, wenn ich auf die Karte des jüdischen Wohnbezirks blicke, der so schnell zu einem Gebiet des kollektiven Todes werden sollte. Für mich ist er ein Gewirr von Straßen geblieben, die auf eine Weise miteinander verbunden waren, die ich nicht fassen kann. Ich kann in seinem Inneren nicht diejenigen Orte ausmachen, an denen wir wohnten, nicht erklären, was in meinem damaligen Empfinden fern war und was nahe lag, obwohl ich heute weiß, dass diese räumlichen Vorstellungen keine objektive Dimension besaßen. Denn hinter den Mauern entwickelten sich – wie in jedem Gefängnis, in jedem Lager oder, allgemeiner, an allen Orten, die als Strafkolonie bezeichnet werden können – diese Beziehungen auf eine ganz eigene Weise. Das Straßengewirr ist in meiner Erinnerung keinen Augenblick leer. Natürlich hielt ich mich hier nicht auf, wenn Polizeistunde herrschte und wenn naturgemäß alles menschenleer war. Ich habe diese Wege am Tag gesehen und war einer in der Menge, einer dichten Menge, durch die man kaum hindurchkam.

Das Ghetto ist in meiner Erinnerung ein formloser Raum ohne ordnende Idee, ein Raum, den man mit Mauern umschlossen und ihm damit den Sinn genommen hatte, so wie man den Menschen den Sinn nahm, die hineingepfercht wurden. Ich kann mich jedoch an seine Farbe erinnern, eine eigentümliche und einzigartige, eine Farbe, durch die sich vielleicht jedes kollektive Unglück auszeichnet. Eine grau-bräunlich-schwarze Farbe, einzig in ihrer Art, bar jedes lebendigeren Farbtons, jedes bereichernden Elements. Vor Augen ist mir die Monochromatik des Ghettos geblieben, die vielleicht am besten durch das Wort „ausgeblichen" beschrieben wird. Denn eigentlich alles war ausgeblichen, unabhängig davon, welche Farbe es ursprünglich besaß, und unabhängig vom Wetter. Diese Ausgeblichenheit konnte selbst durch die intensivsten Sonnenstrahlen nicht belebt oder zumindest leicht gefärbt werden. Aber hat überhaupt jemals die Sonne über dem Ghetto geschienen? Kann sie denn dort scheinen, wo es keinen Zentimeter Grün gibt?

Die Farbe des Ghettos ist in meiner Erinnerung die Farbe des Papiers, mit dem man die auf der Straße liegenden Leichen bedeckte, ehe sie fortgebracht wurden. Sie gehörten fest zur Stadtlandschaft, denn die Straße war nicht nur ein Ort plötzlicher und unerwarteter Tode, sie war auch ein Ort langsamen Verendens – vor Hunger, wegen Krankheit, aus allen möglichen weiteren Gründen. Die Zeit des großen Sterbens endete im Ghetto nie. Die mit einem Bogen Papier bedeckten Leichen beeindruckten mich immer sehr. Es war dieses Papier, das für mich zum Inbegriff des Todes wurde, zu einem seiner Symbole. Ich vermag die Farbe nicht zu beschreiben, durch die es sich auszeichnete, ich habe nie mehr so ein Papier gesehen, doch glaube ich, dass die Bezeichnung „ausgeblichen" den Dingen am nächsten kommt, ihnen am ehesten entspricht. Diese farblose Farbe – weder weiß, noch aschgrau, noch grau – bezeichnet die Farbgebung des Ghettos, gibt ihr den Ton.

Und diese Ausgeblichenheit hat sich meinem Verstand dauerhaft eingeprägt. Deshalb wunderte ich mich, als ich sie plötzlich wiedersah, real und gegenständlich geworden. Ich sah sie im Kino, in Andrzej Wajdas Schwarz-Weiß-Film über Janusz Korczak. Doch war das kein gewöhnliches Schwarz-Weiß, und das nicht nur, weil der Regisseur in einer Zeit darauf zurückgriff, in der das Kino von Farbe dominiert wurde. Es war nicht gewöhnlich, weil es die Farbe des Ghettos wiedergibt, dieses grenzenlose Grau ohne Eigenschaften. Als ich den Film sah, glaubte ich meinen Augen kaum, dass ich diese ausgeblichene Farbe sehe, die eigentlich die Negation von Farbe ist, und zwar genau in der Form, in der sie sich für Jahrzehnte in meiner Erinnerung festgesetzt hatte. Allein schon wegen dieser Wiedergabe der Ghetto-Farbe bin ich Andrzej Wajda dankbar für diesen ungewöhnlichen und wichtigen Film, gegen den einige Fanatiker schwer begreifliche Vorwürfe erhoben haben.

Straßenszenen

Ich überlege, was mir von den Ghettostraßen in Erinnerung geblieben ist – außer einem ganz allgemeinen Bild, in dem sie einem labyrinthischen Netz gleichkommen, durch das kein einsamer Wanderer irrt, sondern eine erniedrigte, systematisch aller Güter beraubte Menschenmenge, die sich noch nicht ganz darüber im Klaren ist, dass man ihr das höchste Gut nehmen wird: das Leben. Es ist wenig geblieben, einige Bruchstücke, Einzelheiten, die für das Allgemeinwissen eine geringe Bedeutung haben, für mich aber als meinem Bewusstsein tief eingeprägte Spur jener Orte und jener Zeiten wichtig sind.

Ich weiß nicht, warum sich gerade diese Szene meiner Erinnerung so tief eingeprägt hat, weil sie nichts an sich hatte, was ein wenige Jahre altes Kind faszinieren konnte: Ich ging mit jemandem aus der Familie – diesmal nicht mit Mutter – durch eine der überfüllten Straßen, und auf einmal sah ich auf der Fahrbahn eine Rikscha oder eine Droschke (Aber gab es im Ghetto damals Droschken? Es war eine der Natur beraubte Welt; ich erinnere mich nicht, dort jemals ein Pferd gesehen zu haben. Und darin ein festlich gekleidetes junges Paar, das offensichtlich von der Hochzeit kam. Die Frischvermählten wirkten glücklich, der Bräutigam hielt die Hand seiner Begleiterin. An diesen Schnappschuss ohne größere Bedeutung erinnere ich mich sicherlich aus zwei Gründen. Zunächst deshalb, weil er ein wenig aus einer anderen Welt stammte, über das hinausging, was die Realität ausmachte, in der ich lebte. Nicht ausgeschlossen, dass ich die Szene gesehen habe, als wäre sie aus einem Märchen. Es gab aber noch einen zweiten Grund: Das Paar kam zwar nicht in einer vergoldeten Karosse von seiner Hochzeit, zog aber dennoch die Aufmerksamkeit der Passanten auf sich, die ihre Abneigung nicht verbargen: Eine Hochzeitsreise, selbst wenn sie nur von einer Straße des Ghettos in eine andere führte, passte offensichtlich nicht zur Wirklichkeit, sie schien unstatthaft zu sein. Ich erinnere mich daran, dass ein Junge dem Bräutigam zurief: „He du, halt sie fest, sonst läuft sie dir weg!" Vielleicht überlagert sich diese Szene mit einer anderen, von einem anderen Tag und einem anderen Ort – das mag ich nicht ausschließen –, doch scheint es mir, als hätte ich damals gesehen, wie die Deutschen die Ghettostraßen filmten. Das Bild des Brautpaares sollte vielleicht die Propagandathese unterstützen, dass im Warschauer Ghetto Ruhe herrsche und das Leben normal verlaufe.

Das nächste Straßenfragment, das mir in Erinnerung geblieben ist, besitzt einen ganz anderen Charakter, schon allein deshalb, weil es sich nicht um ein einmaliges und ungewöhnliches Ereignis handelte, sondern um eine sich mit großer Regelmäßigkeit wiederholende Szene; vielleicht wäre es nicht übertrieben, wenn man sie alltäglich nennen würde. Wenn ich zu dem von Fräulein Julia und Frau Bronisława erteilten geheimen Unterricht ging, stieß ich auf meinem – im Übrigen kurzen – Weg auf einen nicht mehr jungen, ausgemergelten Mann, der Geige spielte. Er fiedelte immer dieselbe Melodie; von einem der Erwachsenen erfuhr ich, dass es ein Fragment aus Mendelssohns *Violinkonzert* war. Man sagte, dass dieser Geiger vor dem Krieg Mitglied des Warschauer Philharmonieorchesters gewesen sei, erst das Ghettoelend habe ihn auf die Straße getrieben. Ich habe seine Gestalt immer noch vor Augen. Es war so wenig von ihm da, dass er in dem weiten grauen Mantel verschwand, der wohl in den guten Vorkriegszeiten maßgeschneidert worden war, nun aber an ihm herunterhing, als sei er für drei Kerle wie ihn gedacht. Er spielte stets, unabhängig vom Wetter, in einem Hut. Und auch dieser schien viel zu groß für ihn zu sein, sein Gesicht versteckte sich im Schatten der breiten Krempe. Alles, was mit ihm zu tun hatte – außer der Melodie, die er seiner Geige entlockte –, war grau, harmonierte also mit der allgemeinen Farbe des Ghettos. Ich weiß nicht, ob man ihm Spenden zuwarf, ich bin nicht in der Lage, mir vorzustellen, wie er sie einsammelte, denn seine beiden Hände waren mit dem Instrument beschäftigt. Es ist ihm wohl gelungen, etwas zu bekommen, denn er spielte ja jeden Tag, aber diese Summen genügten nicht, um die grundlegendsten Bedürfnisse zu stillen. Elend und Hunger prägten sich seinem Aussehen immer deutlicher auf. Ein in einen Mantel gehülltes, Geige spielendes Skelett.

Anblicke des Todes

Ich habe schon die auf den Straßen liegenden, mit Papier bedeckten Leichen erwähnt. Ihr Anblick war die erste Begegnung mit dem Tod in meinem Leben – und hat sich meiner Vorstellungswelt tief eingegraben. Doch war es nach wie vor ein anonymer und unpersönlicher Tod, denn ich kannte keinen von denen, die ihr Leben auf den Ghetto-Bürgersteigen vollendeten. In der Zeit des großen Sterbens konnte sich aber auch die kindliche Erfahrung des Todes nicht auf derlei Fälle beschränken, sie breitete sich überall aus und nahm persönlichere Dimensionen an. Rasch begriff ich, worauf dies beruht: Es gab einen Menschen ... und plötzlich gibt es ihn nicht mehr. Die Bewusstwerdung dieser Tatsache verband sich mit Entsetzen, rief eine schwer beherrschbare Angst hervor. Es kommt mir heute, nach Jahren, so vor, dass ich mich selbst unter den Bedingungen des Ghettos nicht an sie gewöhnen konnte, wo der Kontakt mit dem Sterben zu den alltäglichen, normalen und banal gewordenen Dingen gehörte.

Meine erste Erfahrung des Todes, die nicht nur aus dem Anblick von auf der Straße liegenden Körpern bestand, hängt nicht mit dem Ableben einer mir nahestehenden oder mir überhaupt näher bekannten Person zusammen. Sondern mit jemandem, den ich einige Male gesehen hatte; ich wusste noch nicht einmal, wie er hieß (und ich weiß es bis heute nicht). Es war ein großer, sehr magerer und leicht gebeugter Mann, der – wie mir schien – mechanische Bewegungen vollführte. Überhaupt präsentierte er sich so, als sei er künstlich aus verschiedenen Teilen montiert worden. Auch der Kopf mit den seltsam aufgeblasenen Backen und der auf die Nase gerutschten Drahtbrille machte den Eindruck, als sei er mit Schrauben am Rest des Körpers befestigt worden. Dieser seltsame Mensch rief bei mir panische Angst hervor, und vielleicht erinnere ich mich deshalb so gut an ihn, auch wenn ich natürlich keine Garantie habe, dass dieses Bild von ihm, wie es sich in meinem Bewusstsein festgesetzt hat, der wirklichen Person entspricht (viele Jahre später stellte ich mir genauso einige Gestalten aus Hoffmanns fantastischen Erzählungen vor). Ich sah ihn, wenn ich zum Unterricht zu Frau Anna ging; er lebte in derselben Wohnung wie sie und war wohl ihr Vetter. Eines Tages, als ich zur gewohnten Stunde an die Tür klopfte, hörte ich, dass der Unterricht heute nicht stattfinden würde, weil dieser Mensch, der in mir allein durch sein Aussehen Furcht hervorgerufen hatte, gerade gestorben war. Rasch erfuhr ich, dass er sich in der vergangenen Nacht im Badezimmer erhängt habe. Das Bild dieses leblos hängenden Menschen verfolgte mich noch längere Zeit danach, und ich denke, dass ich genau damals, mit nicht mehr als sieben Jahren, begriff, was der Tod ist; dieser Mann, der etwas von einer Vogelscheuche besaß, wurde für mich zu seinem Sinnbild.

Nur einmal sah ich eine Tötungsszene. Es geschah später, ich glaube in der Zeit unmittelbar vor dem Beginn der Aktion, der Deportationen nach Treblinka. Wir wohnten damals schon anderswo, unweit der Mauer, in einer Wohnung, in der die Küchenfenster auf einen für das alte Warschau so charakteristischen Innenhöfe mit Brunnen herausgingen. Ich hörte Schreie, wollte schauen, was geschieht. Auf der engen und schmalen Fläche waren einige Deutsche, an der Wand standen Männer. Die Hinrichtung begann. Ich weiß nicht, wer die Opfer waren und was die unmittelbare Ursache war, ich sah nur, wie nach einem Schuss ein Mensch hinfiel. Mutter zog mich vom Fenster weg, die nächsten Schüsse hörte ich nur noch, sie klangen merkwürdig in der Akustik des Brunnenhofes. Sie wollte nicht, dass ich Augenzeuge dieses schrecklichen Geschehens würde, selbst wenn ich schon so manches gesehen hatte, doch sie hatte auch Angst, dass die Deutschen nach oben schießen würden, auf diejenigen, die sich gerade aus dem Fenster lehnten. Ich weiß nicht, wie viele Personen damals umkamen, die Blutlache auf dem Hof war riesig. Diese Szene ist mir in Form eines Schnappschusses, eines Augenblickserlebnisses im Bewusstsein geblieben. Ich bin in Gedanken nicht sehr oft auf sie zurückgekommen, denn die Zeit des großen Sterbens erreichte soeben die Kulminationsphase und auch für ein Kind war es schwer, zu früheren Ereignissen zurückzukehren. In meinem Bewusstsein nahmen den ersten Platz zwei Worte ein, die man zuvor nicht gehört hatte: Umschlagplatz und Treblinka.

Der Keller

Was ich jetzt erzählen werde, geschah bereits in der Zeit jener Kulmination, als diese beiden Wörter auf den Lippen aller lagen, die hinter den Mauern eingeschlossen waren. Es war erst der Beginn der Liquidierungsaktion; an diesem Tag waren wir an der Reihe, wir sollten zum Umschlagplatz gejagt – und direkt ins Gas gebracht werden. Meine Familie versteckte sich so wie ein guter Teil der Nachbarn (vielleicht alle?) in einem der am weitesten vom Eingang entfernt gelegenen, wenngleich mit Sicherheit nicht allzu gut getarnten Kellerräume. Soweit ich mich erinnere, wurde er vom Hauswart von außen verschlossen. Ich habe seine Figur vor Augen: Es war ein junger, großer und breitschultriger Mann. Er selbst versteckte sich noch nicht mit uns zusammen, sicher dachte er, dass ihn die ausgeübte Funktion vor der Deportation schützen würde, doch seine Frau war wohl bei uns. Und tatsächlich, diesmal wurde er nicht mitgenommen.

Es fällt mir heute schwer, viel über unsere Zeit im Versteck zu sagen, die Einzelheiten sind zu Nebel verschwommen. Es herrschte Enge, und das Deckengewölbe war so niedrig, dass man nicht zu stehen vermochte. Ich wusste bereits gut, worum es hier ging, was wir vermeiden wollten, indem wir uns an einem Ort versteckten, der sich nicht zum Leben eignet. Jeder von außen kommende Ton rief Entsetzen hervor. Und auch ich war, verständlicherweise, von Angst erfüllt. Ich schmiegte mich an meine Eltern, aber in dieser Lage waren selbst sie keine Sicherheitsgarantie, ich war mir darüber im Klaren, dass sie genauso in Gefahr waren wie ich und alle anderen. Es war dunkel, es herrschte absolutes Schweigen, denn keinerlei Lebenszeichen durfte aus diesen Mauern herausdringen.

An diese Episode erinnere ich mich am besten: Auf einmal wurde die Stille radikal gestört. Eine der sich versteckenden Frauen hielt einen Säugling auf dem Arm, der wohl gerade einmal wenige Monate alt war (vielleicht war es die Frau des Hauswarts?). Er begann krampfhaft zu weinen und ließ sich nicht beruhigen. Die Mutter wiegte ihn, hielt ihm den Mund zu, schließlich gab man ihm ein Beruhigungsmittel. Man flüsterte sich zu, dass wir durch dieses Kind entdeckt und umkommen werden. Einige Stimmen verlangten, es zu ersticken, ansonsten würden es und mit ihm wir alle sterben, die wir uns in dem Keller verbargen. Eine Diskussion entstand, doch die junge Frau willigte nicht in die Ermordung ihres Kindes ein. Dazu kam es auch nicht; vielleicht beruhigte sich der Säugling, vielleicht aber löste auch ein Mann die Spannung, der sagte: „Dieses Kind wird unser Maskottchen sein, es bringt uns Glück." Die Regeln der Erinnerung sind merkwürdig, von dieser ganzen Geschichte erinnere ich mich augenscheinlich gerade an diese Worte – vielleicht, weil aus ihnen Hoffnung hervorlugte. Tatsächlich kam bald darauf der Hauswart und öffnete den Keller. Die Mannschaft, bei der den Deutschen die sogenannten „Šaulis" und „Czubaryks" halfen, hatte sich getrollt. Diesmal war es gelungen, den Weg zum Umschlagplatz zu vermeiden.

Ich weiß nicht, wie lange wir uns in dem Keller aufhielten, sicherlich einige Stunden. Aber selbst wenn ich es wüsste, hätte das keine größere Bedeutung, denn eine solche Zeit lässt sich nicht mit einfachen Maßstäben messen, in derlei Momenten sind dies wenig hilfreiche Werkzeuge. Ich denke auch deshalb so darüber, weil der Aufenthalt in dem Keller in mir bis heute andauert und nicht mit dem Öffnen der Tür beendet war – und das nicht nur, weil mit dem Augenblick, in dem diese konkrete Bedrohung endete, die Gefahr nicht vorüber war. In einer Welt, in der der einzige Gesetzgeber und Regelsetzer ein systematisch nach einem vorab beschlossenen Plan vollzogenes Verbrechen ist, haben Bedrohungen und Gefahren kein Ende, ihre finale Phase kann eigentlich erst seine Erfüllung sein, die vollständige Durchführung, nach der nichts mehr übrig ist. Natürlich war ich mir dessen im Sommer 1942 nicht bewusst, ich war noch nicht einmal acht Jahre alt. Aber ich denke, dass die meisten Erwachsenen schon davon wussten. Ganz sicher waren sich diejenigen dieses Sachverhalts bewusst, die meinten, der Grundsatz *contra spem spero*, die Hoffnung stirbt zuletzt, fände hier keine Anwendung – denn wenn es um alles oder nichts geht, zeigt sich, wie nutzlos er ist.

Das war meine erste Konfrontation mit einem derartigen Eingeschlossensein. Ich hatte schon früher erfahren, was es damit auf sich hat, als man uns aus dem kurzlebigen Ghetto in Pruszków ins Warschauer Ghetto gebracht hatte; diese Fahrt in einem Zug, den man nicht verlassen konnte, dauerte zwei Tage, obwohl mein Heimatstädtchen nur etwa 15 Kilometer von der Hauptstadt entfernt liegt. Dennoch war das etwas anderes.

Der Weg zum Umschlagplatz

Ich erinnere mich erst ab einem bestimmten Augenblick an ihn, als wir uns in der Menschenmenge befanden, die sich auf der Fahrbahn dahinschleppte und nicht nur von Deutschen und ihren ukrainischen und litauisch-lettischen Helfern, sondern auch von jüdischen Polizisten getrieben wurde. Ich vermag nicht zu berichten, wie man uns aus dem Haus gejagt hatte, diese Episode ist aus meinem Gedächtnis gelöscht – sicherlich deshalb, weil ich so erschrocken war, dass ich nicht bewusst wahrnahm, was geschah. Ich bin aber sicher, dass man uns aus der Wohnung jagte und nicht aus dem Keller; vielleicht waren meine Eltern der Meinung gewesen, dass es keinen Sinn mehr machte, sich zu verstecken, vielleicht wurden sie überrascht, weil sie nicht erwartet hatten, gerade an diesem Tag herausgeholt zu werden. Ich bedauere, dass ich sie zu ihren Lebzeiten nicht danach gefragt habe. Vielleicht hätten sie auf meine Frage antworten können, obwohl sie über ihre Erfahrung einen Mantel des Schweigens hatten fallen lassen und nicht gerne darauf zurückkamen, als wäre das Erinnern gleichbedeutend mit einer Erneuerung des Leidens, das man zwar nicht vergessen kann und darf, über das man aber auch schwer sprechen kann.

Ich erinnere mich, dass wir Gepäck trugen, Vater einen Rucksack, Mutter eine Tasche. Darin hatten sie sicherlich die grundlegendsten Dinge untergebracht, vielleicht hatten sie etwas zu Essen hineingepackt. Ich weiß nicht, ob sie diese kleinen Gepäckstücke im letzten Moment gepackt hatten oder ob sie schon fertig waren, um in dem Augenblick mitgenommen zu werden, in dem das eintreten würde? Ich weiß nicht, ob sie glaubten, dass wir sie brauchen würden, oder ob sie sie mitnahmen, weil man nicht ohne Gepäck auf eine Reise geht, weil man sie für alle Fälle mitnimmt, selbst wenn man direkt ins Gas fährt. Ob sie schon damals wussten, dass der Weg dorthin führt? Oder machten sie sich noch etwas vor? Diese Frage betrifft natürlich nicht nur sie: An diesem Tag hatten die meisten – oder vielleicht alle – irgendwelche Bündel dabei, irgendwelche Sachen, selbst wenn sie ganz bescheiden waren, doch ich weiß nicht, ob diese Sachen ein Zeichen dafür waren, dass trotz allem irgendwo tief im Bewusstsein der Glaube an die Rettung glomm. Natürlich weiß ich nicht, was ich selbst damals fühlte – außer Angst und Entsetzen. In vielen Situationen, vor allem dieser Art, hat das Kind den Status eines Gegenstands, was umso offensichtlicher ist, als der Status willenloser Wesen allen zu eigen war, die in dem Marsch zum Umschlagplatz getrieben wurden. Meine Eltern sorgten zweifellos dafür, dass ich nicht alle Hoffnung verlor.

Ich erinnere mich nicht an den Anfang dieses Tages, doch denke ich, dass er so war wie die anderen Tage in der Zeit der Liquidierung und Deportationen. Und darüber kann ich etwas sagen: Wir wohnten unmittelbar an der Mauer, aus den Fenstern unseres Zimmers konnte man die arische Seite sehen und hören. Wir hörten und sahen Abteilungen im Gleichschritt zum Ghetto marschieren und Nazi-Lieder brüllen, von fern erreichte uns auch das Klappern der Schuhe. Es bestand kein Zweifel, zu welchem Zweck sich diese Abteilungen auf die andere Seite der Mauer begaben. Die Aktion war in vollem Gange. Auch dieser Tag begann sicherlich auf diese Weise. Aber wussten wir, dass wir genau jetzt auf den Umschlagplatz kommen würden?

Wie gesagt, ich erinnere mich an diesen Menschenzug erst ab einem bestimmten Augenblick. Als wir uns dem Ziel näherten, wurde eine Selektion durchgeführt. So hieß das – das Wort „Selektion“ hat sich so stark damit verbunden, dass ich es bis heute nicht ruhig verwenden kann, obwohl ich mir bewusst bin, dass es in unterschiedlichen Zusammenhängen vorkommen und sich auf verschiedene Bereiche der Wirklichkeit beziehen kann. Die Selektion beruhte darauf, dass aus dem Menschenstrom einige wenige abgesondert wurden, die an diesem Tag nicht zur Deportation vorgesehen waren, sie sollten dableiben. Als wir an der Reihe waren, schien es mir, als seien wir zum Bleiben bestimmt worden. Ich war mir nicht darüber im Klaren, dass es die letzte Reise war, aber dennoch zog ich es vor, sie zu vermeiden, ich wollte nach Hause zurückkehren. Ich begann vor Freude zu hüpfen – einen Augenblick lang war ich glücklich. Erst nach zwei, drei Minuten dämmerte es mir, dass wir uns nicht unter den Auserwählten befanden, sondern in der Hauptgruppe, unterwegs zum Umschlagplatz. Die Begeisterung verwandelte sich in Verzweiflung. Von dem ganzen Tag erinnere ich mich an diese Episode am besten.

Als wir zum Umschlagplatz kamen, standen schon Güterwaggons bereit, der Zug schickte sich offenbar zur Abfahrt an. Es herrschte Gedränge; die Deutschen hatten an diesem Tag mehr Menschen zusammengetrieben, als sie fortbringen konnten, ein Teil musste bleiben. Ich erinnere mich daran, dass einige mit großen Buchstaben ihre Namen auf die Rucksäcke geschrieben hatten. Es war heiß, die Sonne schien, die Hochsaison des großen Sterbens fiel auf den Höhepunkt des Sommers. Das widerspricht dem, was ich geschrieben habe, dass über dem Ghetto die Sonne nicht schien. Doch wenn sie sich zeigte, so war auch sie unmenschlich, grausam und brachte, wie alles innerhalb der Mauer, Leiden. Sie brachte keine Hoffnung und peinigte die Todgeweihten noch stärker. Ein Gespräch zwischen meinen Eltern ist mir in Erinnerung geblieben. Mutter schlug vor, schneller mit allem fertig zu werden und sich zum Zug vorzudrängen, um mit dem Transport mitzukommen, der bald abfahren sollte. War sie sich voll darüber im Klaren, dass dies die Deportation in den Tod war? Vater war anderer Meinung. Er glaubte, dass wir uns so weit wie möglich von den Gleisen entfernt halten sollten, denn vielleicht würde es uns doch gelingen, vom Umschlagplatz fortzukommen. Es zeigte sich, dass er recht hatte.

Auch wenn ich dabei war, weiß ich nicht genau, wie es dazu kam. Ich kann es nicht in aller Ordnung erzählen. Als der Zug nach Treblinka fortgefahren war, wurde es auf dem Umschlagplatz leerer. Eine Gruppe von Menschen war übrig geblieben, die – wie wir – am spätesten herbeigetrieben, aus den entferntesten Gegenden des Ghettos geholt worden waren. Wir kauerten – und jeder überlegte wahrscheinlich, wie er von hier fortkommen könnte. Auch meine Eltern dachten nach. Der Zufall kam uns zu Hilfe: Vater traf einen seit vielen Jahren nicht gesehenen Bekannten aus seiner Jugendzeit, der jüdischer Polizist war. Er bat ihn, uns das Entkommen zu ermöglichen. Der Bekannte führte uns in ein Gebäude am Rand und brachte uns in einem dunklen Raum unter, eine Art Abstellkammer oder ein enger Verschlag, in dem früher Haushaltsgeräte gestanden hatten. Wir sollten hier bleiben, bis die deutschen Abteilungen nach der Erledigung der für diesen Tag vorgesehenen Aufgaben das Ghetto verlassen würden. Und so kam es auch. Dieser Bekannte aus alten Jahren ließ uns durch einen Seitenausgang vom Umschlagplatz heraus, vielleicht war es auch ein Loch im Zaun.

Wir waren gerettet, meine Eltern wurden gerettet, ich wurde gerettet. Eigentlich verstehe ich nicht, wie das geschehen ist, ich begreife nicht, wie das Schicksal gerade uns hold war. Ich wundere mich, ich wundere mich über alles. Ich wundere mich, dass ich lebe ... Aber ich lebe, ich bin, ich existiere ... Und ich erinnere mich!

Das Törtchen

Es fällt mir außerordentlich schwer, diese Erzählung zu beginnen. Nicht nur deshalb, weil in ihr Schrecken zu neuem Leben erweckt werden, zu denen man nicht zurückkehren möchte – obwohl es unmöglich ist, zu ihnen nicht zurückzukehren. Vor allem deshalb, weil die Zeit des Ghettos für mich einen Block darstellt, zumindest bis zu dem Augenblick, in dem die Deportationen begannen, als sich das, was noch kurz zuvor das Schlimmste gewesen zu sein schien, in etwas noch Schlimmeres verwandelte, in etwas so extrem Schlimmes, dass es keine Worte gibt, um darüber zu sprechen. Ich vermag es nicht, hier Differenzierungen vorzunehmen, ich kann diesen Block nicht kontrolliert überblicken. Vor allem aber bin ich in den meisten Fällen nicht in der Lage, das, an was ich mich als kleines Kind aus dem Ghetto erinnere, von dem zu trennen, was ich später gehört und gelesen habe. Ich bin mir also darüber im Klaren, dass ich ohne zu wiederholen, was schon gesagt worden ist, ohne Bedenken lediglich über eigene Erfahrungen erzählen kann, darüber, was ausschließlich mir gehört. Die Geschichte, die ich hier erzähle, erfüllt diese Bedingungen.

Sie begab sich zu Beginn unseres Aufenthalts im Warschauer Ghetto, bald nachdem wir aus dem kurz bestehenden (man möchte fast sagen: ephemeren) Ghetto in Pruszków umgesiedelt worden waren. Wir wohnten zunächst in der Nähe der Holzbrücke, welche die beiden Seiten der ulica Chłodna miteinander verband, die Landschaft dieses Stadtteils mitbestimmte und sich so gut meinem Gedächtnis eingeprägt hat, dass ich sie bis heute vor Augen habe.

In unserer Familie waren die grundlegenden Bedürfnisse gestillt, Hunger erlebte ich in dieser Zeit nicht. Alles aber, was diese Grundlagen überschritt, konnte nur Gegenstand kindlicher Sehnsüchte sein und hatte natürlich eine gewaltige, fantasieanregende Anziehungskraft. So geschah es auch, als mir ein Törtchen als Belohnung versprochen wurde. Zur Belohnung, denn ich war krank: Ich hatte – wenn ich mich nicht irre – eine langwierige Grippe mit irgendwelchen Komplikationen, vielleicht hatte mich auch der Keuchhusten erwischt; ich war insgesamt ein Kind, das keine besonderen Schwierigkeiten machte, doch ein lästiger, geradezu schrecklicher Patient, ich ließ mich nicht anrühren, blieb nicht still, quengelte. Das Törtchen sollte eine Prämie für gutes Verhalten in dieser Rolle sein. Meine Sehnsüchte konzentrierten sich auf das Törtchen, ich lebte nur dafür und konnte die Zeit nicht abwarten, in der ich wieder gesund sein und mit Mutter in einen nahen Laden gehen würde, wo wir diesen großartigen, so lange erwarteten Einkauf tätigen würden. Wir waren oft an diesem Laden vorbeigegangen, doch war ich nie darin gewesen. Die Auslage, in der meist zwei oder drei Törtchen zu sehen waren, war für mich eine ungewöhnliche, unzugängliche und zauberhafte Welt.

Endlich kam der ersehnte Moment. Ich wählte ein Törtchen aus, das mir am besten gefiel und das, wie ich mir ausmalte, am leckersten sein würde. Doch ich aß es nicht an Ort und Stelle. Mutter erklärte mir, dass ich es zu Hause essen sollte, in Ruhe, denn es sollte eine richtige Feierlichkeit sein, eine Art Ritual. Ich erinnere mich, wie es aussah: Außen hatte es eine Schicht aus rotem Gelee. Die Verkäuferin packte es elegant ein und band ein dünnes, farbiges Band herum. An diesem Band hielt ich das ersehnte Stück, das mir wohl seit einer Woche versprochen worden war. Ich war glücklich und sah überhaupt nicht vorher, was gleich geschehen sollte. Wir waren kaum einige Meter gegangen, als ein abgerissener Bengel auf mich zusprang (solche Kinder nannte man im Ghetto oc-rachmunes), mit Sicherheit etwas älter als ich, aber nicht viel – und mir dieses so wertvolle und so heiß ersehnte Päckchen aus der Hand riss. Er lief nur ein paar Schritte fort und machte sich schon im Laufen ans Essen. Alles geschah wirklich im Handumdrehen. War er so schrecklich hungrig, dass er es nicht aushalten und keinen Augenblick warten konnte? Oder hatte er Angst, dass ihm die Beute fortgenommen werden würde? Es ist ein halbes Jahrhundert und noch viel mehr vergangen, doch bis heute sehe ich diese Szene mit solcher Deutlichkeit vor mir, als hätte sie sich gerade eben erst zugetragen, erst gestern, höchstens vor einer Woche. Ich sehe, wie dieser abgerissene Bengel, ein lebendiges und ausgehungertes Skelett, das Törtchen verschlingt, als wollte er es zusammen mit dem Papier herunterschlucken.

Dieses Ereignis war ein Schlag für mich, gewissermaßen brach eine Welt für mich zusammen. Ich zählte knapp sieben Jahre und wusste schon, dass ich mit allen anderen in einer schrecklichen Wirklichkeit lebe. Doch natürlich verstand ich sie noch nicht ganz, und das Schlimmste hatte ich – dank den Eltern, die mich schützten, wie sie nur konnten – noch nicht kennengelernt; Leiden infolge von Hunger war mir damals noch nicht bekannt. Ich reagierte mit krampfhaftem Weinen, das ich überhaupt nicht in den Griff kriegen konnte, es wurde immer stärker, wandelte sich zu einem Heulen und Zähneknirschen. Ich glaube, dass es schon damals um etwas mehr ging als nur um dieses unglückliche Törtchen. Ich erkannte, wie furchtbar die Welt ist, ich begriff, dass nichts mehr nach meinem Wunsch geschehen wird, dass ich Aggression ausgesetzt bin und mir das genommen wird, was ich gerne für mich hätte und woran mir lag. Ich hatte schon früher ungeheuerliche Dinge gesehen, ich hatte auf den Straßen des Ghettos liegende Leichen gesehen, bedeckt mit einem merkwürdigen Papier, dessen erdige Farbe schwer zu beschreiben ist, und sie hatten Eindruck auf mich gemacht. Doch diese Geschichte mit dem Kuchen war die erste grausame Lektion, die mir so direkt und so persönlich erteilt wurde.

Wenn ich heute daran denke, stellt sich mir eine Frage: Wie hat man versucht, mich zu trösten und mir zu erklären, was geschehen war? Ich bin sicher, dass mein Großvater, der die Mentalität eines Besitzers hatte und für den Eigentum unabhängig von den Umständen stets Eigentum war, den Angreifer bedingungslos verurteilte. Aber was haben mir die Eltern gesagt? Was habe ich von ihnen gehört? Haben sie mir erklärt: Es ist etwas Schlimmes geschehen, etwas sehr Unangenehmes, doch du musst eines verstehen – dieser unglückliche, zerlumpte Junge war hungrig, und du warst nicht hungrig, dir ging es nur um die Annehmlichkeit? Ich gestehe, dass ich – heute – froh wäre, wenn man mir damals solche Worte gesagt hätte. Doch wie es wirklich gewesen ist, das weiß ich nicht. Und ich werde es nie mehr erfahren.

Emil

In dieser Zeit besuchte ich den Unterricht bei Fräulein Julia und Frau Bronisława, zwei Schwestern, die vor dem Krieg Lehrerinnen gewesen waren und für eine geringe Gebühr eine Gruppe von mehreren Kindern unterrichteten. Es war nicht mein erster Unterricht, denn zuvor hatten mich die Eltern in eine winzige, private Schule geschickt, die von Frau Anna geleitet wurde. Wir wohnten zuerst in den Randgebieten des Ghettos. Als diese von den Deutschen dann ausgegliedert wurden, mussten wir umziehen. Auch Frau Anna wechselte ihre Adresse und es war nun zu weit, um bei ihr in die Schule zu gehen, zumal die Straßen des geschlossenen Wohnbezirks immer gefährlicher wurden und man nie wissen konnte, was geschehen würde. Das Zimmer, in dem Fräulein Julia und Frau Bronisława wohnten, befand sich unweit des Lochs, in dem wir untergekommen waren, ebenfalls am Rand des Ghettos, nur an einem anderen Rand, gleich hinter der Mauer. Es trennten uns nur wenige Häuser, ich erinnere mich jedoch an die Strecke, die ich zurücklegen musste. Oft lagen dort die Leichen von Menschen, die vor Hunger gestorben waren, bedeckt mit Bahnen aus grauem Papier. Ich erinnere mich auch an die Nähe der Mauer, die jenen Raum markierte, in dem alles, was lebte, unweigerlich zum Tode verurteilt war. Ich erinnere mich an viel ... Aber mit Sicherheit kann ich mich an noch viel mehr nicht erinnern.

Ich erinnere mich also an das Zimmer, in dem unser Unterricht stattfand: Es war lang, mit einem großen Fenster; für die Zeit unseres Hierseins wurden drei kleine Tischchen aufgestellt, um es zumindest ein wenig einem Klassenzimmer ähnlich werden zu lassen. In einer Ecke war ein provisorischer Herd eingerichtet, und in einer anderen saß meist Herr Mieczysław, der Mann von Frau Bronisława. Er war vor dem Krieg Journalist in einer der auf Polnisch erscheinenden jüdischen Zeitungen gewesen, war also ein Mensch, der im Ghetto nicht in seinem Beruf arbeiten konnte, keinerlei Arbeit fand ... und viel Zeit hatte. Während unseres Unterrichts las er in der Regel etwas, manchmal hörte er gelangweilt den Stunden zu, die uns seine Frau und seine Schwägerin erteilten. Ich erinnere mich nicht, wie er aussah, habe aber immer noch die gute und zerbrechliche Frau Bronisława und Fräulein Julia vor Augen, die einer besonderen Beschreibung wert ist. Sie war groß und entsetzlich dürr, es war jene pathologische Dünnheit, wie sie Krankheit und Unterernährung verursachen, so typisch für die Menschen im Ghetto. Im Sommer trug sie ein dunkles kurzärmliges Kleid, man sah also ihre gelblichen und ausgemergelten Arme, nur Haut und Knochen. Ihr längliches Gesicht mit eingefallenen Wangen konnte furchterregend aussehen, ihre Züge hatten eine Schärfe angenommen, die sie in besseren Zeiten gewiss nicht besaßen. Sie war eine sympathische Person, auch wenn manch einer denken mochte, sie erinnere an eine Hexe oder sehe aus wie der Tod. Wenn ich mich an diese Frauen erinnere, so denke ich noch an etwas anderes: Es ist nicht ausgeschlossen, dass ich der Einzige bin, der sich an sie erinnert, der einzige, dem bewusst ist, dass sie einmal gelebt, gearbeitet, gelehrt haben – und dass sie mit der Welt, deren Teil sie waren, untergegangen sind.

Und ich bin gewiss der Einzige, der die Klassenkameraden, die Schüler von Fräulein Julia und Frau Bronisława, noch im Gedächtnis hat. Ich kenne ihre Nachnamen nicht, ich erinnere mich an die Vornamen, und auch hier nur an einige. Vor Augen steht mir Susi, hochgeschossen und etwas älter, die merkwürdig Polnisch sprach, weil sie in Hamburg geboren war; sie gehörte zu einer Familie, die von den Deutschen kurz vor dem Krieg zur polnischen Grenze gebracht worden war. Vor Augen steht mir die hellhaarige und lächelnde Mela, die einmal ergriffen von einem ungewöhnlichen und freudigen Ereignis des Vortags erzählte, als es zum Mittagessen Nudelsuppe gegeben hatte. Vor Augen steht mir ein Mädchen mit schwarzem Haar, das anonym bleibt, weil ich nicht in der Lage bin, mir ihren Vornamen ins Gedächtnis zu rufen; sie sammelte Briefmarken. Vor Augen steht mir schließlich Tadzio (obwohl ich nicht sicher bin, ob er wirklich diesen Namen trug), stets lebhaft und unbändig, der sich gerne mit seinem Vater brüstete, einem, wie er sagte, hervorragenden Rechtsanwalt. Ich wurde von ihm Giraffe genannt, weil er fand, ich habe einen komisch langen Hals. Außer ihnen habe ich niemanden aus unserem Unterricht vor Augen, obwohl wir mehr waren. In meiner Erinnerung aus dieser ermordeten Welt sind mir nur Fragmente, Fetzen, Reste geblieben.

Doch ein Junge ist geblieben, mit dem ich nie direkt zu tun hatte, auch wenn ich ihn mehrmals sah. Er hieß Emil und war eine lebende Legende unserer Gruppe. Als ich dazustieß, war er nicht mehr bei uns, doch beide Lehrerinnen erinnerten sich mit Sympathie, Zärtlichkeit und Bewunderung an ihn, auch die Mitschüler erwähnten ihn mit Zuneigung. Er war gewiss ein netter, angeblich sogar ein genialer Junge (er war nicht älter als neun). Über Emil sprach man wie über jemand Außerordentlichen, jemanden, der über uns alle herauswächst, der unglaublich begabt ist. Der eine erzählte, dass er Emil auf einer Straße des Ghettos zusammen mit seiner Mutter getroffen habe, ein anderer, dass er etwas über sein Schicksal gehört habe. Er war abwesend und doch unter uns anwesend. Im Ghetto war er mit seiner Mutter, doch auch über seinen Vater sprach man mit Bewunderung und Neugier: Er war als Offizier der polnischen Streitkräfte Kriegsgefangener, hielt sich in einem fernen Lager auf – und konnte natürlich nicht für seine Frau und seinen Sohn sorgen. Einmal in einer Pause zwischen den Stunden (die Kurse von Fräulein Julia und Frau Bronisława waren einer Schule immer ähnlicher geworden) blickte jemand aus dem Fenster im ersten Stock und sah Emil. Aufregung machte sich breit: Emil ist da, Emil ist da. Wir riefen:

Emil, komm zu uns! Doch Emil kam nicht, ging weiter mit seiner Mutter über die mit Menschen überfüllte Ghettostraße in der Nähe der Mauer. Sie hatte darauf verzichtet, ihn zum Unterricht zu schicken, weil sie in ein noch größeres Elend als zuvor geraten war und die geringe Summe nicht mehr zusammenkratzen konnte, um ihn zu bezahlen. Wir wussten, dass Fräulein Julia und Frau Bronisława auf alle Gebühren verzichten wollten, um Emil umsonst weiter unterrichten zu können, der die Zierde der Gruppe und aller Liebling war. Es war bekannt, dass sie seine Mutter um ihr Einverständnis gebeten hatten, sie baten sie mehrfach, bedrängten sie geradezu, doch sie war konsequent und wollte darauf nicht eingehen. Vielleicht lehnte sie deshalb ab, weil ihr Ehrgeiz ihr nichts anderes erlaubte; vielleicht befürchtete sie, ihr Sohn, der als Einziger von den Gebühren befreit sein würde, könnte sich in einer erniedrigenden Lage befinden, seine Kameraden könnten ihm seine privilegierte Lage vorhalten. Es ist jedoch nicht ausgeschlossen, dass es zum Teil auch um etwas anderes ging: Seine Mutter glaubte vielleicht, Emil sei so begabt, dass er den Unterricht nicht brauche, denn er wisse sowieso schon viel und würde, sofern nötig, nach dem Krieg rasch alle Lücken aufholen. Und so wurde er zu unserem Vorbild und zu unserem Mythos, vielleicht auch deshalb, weil er am Unterricht nicht teilnahm. Darüber, wie viel über ihn geredet wurde, zeugt auch, dass ich mich an seine Geschichte so gut erinnere, obwohl seit diesen Ereignissen schon mehr als ein halbes Jahrhundert vergangen ist.

Ich weiß nicht, was mit ihm geschehen ist, ich weiß also nicht, ob er eine Chance hatte, seine Bildungslücken nach dem Krieg zu schließen, vermute aber, dass ihm dies nicht gegeben war, dass er wie die Mehrheit umgekommen ist. Die Sommerpause im Unterricht begann wie in normalen Schulen in den letzten Junitagen und sollte nie mehr aufhören. Es kam der 22. Juli 1942, es begann die letzte Phase der „Endlösung“. Als die Deportationen vom Umschlagplatz einsetzten, konnte nicht mehr davon die Rede sein, irgendetwas fortzusetzen. Ich weiß mit großer Sicherheit, dass

Fräulein Julia und Frau Bronisława zusammen mit Herrn Mieczysław den Krieg nicht überlebten, sie kamen in Treblinka ums Leben. Ich weiß aber nicht, welches Schicksal meine Altersgenossen hatten. Ich weiß nicht nur nichts über Emil, den ich nie getroffen hatte, ich weiß auch nichts über Susi, die Polnisch mit deutschem Akzent sprach, ich weiß nichts über die heitere Mela, nichts über die kleine Brünette mit den traurigen schwarzen Augen, die Briefmarken sammelte (ich sammelte auch Marken, weshalb mir dieses Detail in Erinnerung geblieben ist), ich weiß nichts über den unbändigen Tadzio. Und umso mehr habe ich keine Ahnung, was mit denen geschehen ist, an die ich mich nicht erinnere. Ich kenne ihr Schicksal nicht, kann aber nicht umhin zu denken, dass alle umgekommen sind und dass das, was ich geschrieben habe, ein kollektives Epitaph ist. Ich schließe nicht aus, dass nur ich lebe und der einzige dieser Unterrichtsgruppe bin – deren ältester Teilnehmer nicht mehr als zehn Jahre alt war –, der sich an ihre Existenz erinnert und etwas über sie sagen kann. Es ist schwer, von sich selbst als den einzigen Zeugen zu denken, und noch schwerer, mit dem Bewusstsein zu leben, dass man dieser einzige Zeuge ist. Ich kann schließlich nicht fragen, warum gerade ich unter den Lebenden weile und nicht der großartige und außergewöhnliche Emil, die so merkwürdig Polnisch sprechende Susi oder der unbändige Tadzio. Warum, warum? ... Antworten auf derlei Fragen gibt es nicht, man kann sich nur überlegen, ob zum Beispiel Emil dieses besondere Geschenk des Lebens nicht besser, klüger, schöpferischer genutzt hätte. Das Leben eines Menschen, der schon in der Kindheit zur Vernichtung verurteilt war.

Großvaters Selbstmord

Ich begegnete ihm nur wenige Male im Leben und er hat sich meinem Gedächtnis nicht allzu gut eingeprägt – im Gegensatz zu meinem Großvater mütterlicherseits, den ich von frühester Kindheit an kannte und den ich lange kannte, denn er überlebte den Krieg und starb im Jahre 1952, als ich schon studierte. Über diesen weniger vertrauten Opa möchte ich aber einige Worte schreiben, denn ich bewundere ihn für seine Entscheidung in einer Extremsituation.

Sein ganzes Leben verbrachte er in Słupca, doch eines Tages tauchte er bei uns in Pruszków auf. Er war damals nicht mehr jung, ich erinnere mich an einen großen, schlanken Mann, der leicht – aber deutlich – gebückt war. Ich war damals drei, höchstens vier Jahre alt und bin dem älteren Herrn, der mich auf die Knie nehmen wollte, ganz und gar nicht zugeneigt gewesen. Ich weiß nicht wieso, aber er löste bei mir Angst aus. Erst nach einiger Zeit wurde ich mit ihm vertraut. Doch nur kurz, denn nach einer Weile rief er bei mir Entsetzen hervor: Ich erschrak, als er unerwartet ein kleines rundes Käppchen aufsetzte, wie es die orthodoxen Juden tragen. Er war nicht orthodox, lebte aber in der jüdischen Tradition, in Einklang mit ihren Regeln, und es ist nicht ausgeschlossen, dass gerade Sabbat war. Zwar wurden die religiösen Regeln in meinem Elternhaus nicht eingehalten, es bestand jedoch kein Grund, dass ein älterer Mensch ihnen nicht treu blieb, selbst wenn er sich nicht durch besondere Frömmigkeit auszeichnete. Ich weiß wirklich nicht, warum er mir von dem Moment an, in dem er das Käppchen aufsetzte, bedrohlich, merkwürdig, fremd vorkam – und ganz anders als noch vor einer Weile. Die Reaktionen kleiner Kinder sind sonderbar und schwer vorherzusagen, also habe ich keinen Grund, mich groß mit meinem Verhalten auseinanderzusetzen. Ich möchte nur anmerken, dass dieses plötzliche Entsetzen groß gewesen sein muss, da es eine meiner deutlichsten Erinnerungen aus der frühen Kindheit war.

Leider erinnere ich mich an den Großvater im Ghetto nicht, obwohl ich ihn zumindest gelegentlich gesehen haben muss. Ich weiß noch nicht einmal, aus welchen Gründen er sich hinter den Mauern in Warschau befand, mit dem er zuvor nichts zu tun gehabt hatte; ich weiß nicht, ob alle Juden aus Słupca hierhergebracht wurden oder ob er Bemühungen unternommen hatte, um zur Familie zu stoßen (er war seit mindestens einem Vierteljahrhundert Witwer). Er wohnte bei seiner ältesten Tochter, die in der Familie unter dem polonisierten Vornamen Zosia bekannt war, am anderen Ende des Ghettos, und somit für die Verhältnisse des abgeschlossenen und maximal komprimierten Stadtteils – sehr weit weg. Mir ist in Erinnerung geblieben, wie wir sie einmal mit Vater besuchten. Immer noch sehe ich ihren Mann vor Augen, der damals schon schwer krank war, mit geschwollenen Beinen im Bett lag und sehr litt (anscheinend gelang es ihm nicht, vor der Deportation nach Treblinka zu sterben). Ich erinnere mich aber nicht an meinen Großvater, obwohl er dort gewesen sein muss.

Alles, was ich bis jetzt geschrieben habe, ist nur eine Vorbereitung auf die Reflexion über seine letzte Tat, eine Tat, zu der ich in Gedanken oft zurückkehre. Zur Reflexion, nicht zur Erzählung, denn ich weiß zu wenig über die wahren Geschehnisse, die damit einhergingen, um davon erzählen zu können. Ende Juli, Anfang August 1942 (das genaue Datum kenne ich nicht), nachdem die Deutschen schon mit der Deportation nach Treblinka begonnen hatten, beging mein Großvater Selbstmord. Er sprang aus dem zweiten oder dritten Stockwerk, sprang mit Erfolg, denn er war sofort tot. Ich erinnere mich, wie diese Nachricht bis an den entlegenen Rand des Ghettos gelangte, wo wir wohnten, und wie Vater sich um die Beisetzung kümmerte. Ich schreibe bewusst nicht Beerdigung, denn in der Zeit, in der die Deportationen vom Umschlagplatz nach Treblinka stattfanden, wurden im Ghetto keine Beerdigungen im normalen Sinn mehr organisiert. Die Leichen wurden in ein Massengrab auf dem jüdischen Friedhof geworfen. Hierher kam auch der Körper meines Großvaters. Ich weiß nicht, ob außer Vater ihn jemand bis zur Grube begleitete, in die man die Glücklichen fallen ließ, denen es gelungen war, hier, an Ort und Stelle, zu sterben ... und der Gaskammer zu entgehen.

Ich würde viel darum geben, zu erfahren, welche gedanklichen und emotionalen Prozesse meinen Großvater zu seiner Entscheidung gebracht haben. In dem Augenblick, in dem er sie fasste, war er bereits ein alter Mann. Ich kenne sein genaues Geburtsdatum nicht, weiß aber, dass er zu Beginn der 1870er-Jahre auf die Welt gekommen ist, also in einer Zeit, in der selbst der pessimistischste Visionär sich keine Welt hätte vorstellen können, in der man massenhaft in Gaskammern ermordet wird. Einmal habe ich darüber gedacht: Der Holocaust betraf auch im 19. Jahrhundert geborene Menschen, also – kürzer – Menschen des 19. Jahrhunderts, die aus dieser Epoche ihre Sitten mitgebracht haben, ihre Weltsicht, Gewohnheiten und Vorurteile. Drei Jahrzehnte im Leben meines Großvaters entfielen auf dieses Jahrhundert, doch weiß ich nicht, ob man ihn einen Menschen des 19. Jahrhunderts nennen kann. Eher nicht, denn eine solche Bezeichnung wäre wahrscheinlich falsch; mein Großvater hatte mit Sicherheit keinen Kontakt zu den großen Ideen des vergangenen Jahrhunderts. Er hatte sich nicht in seine herrliche Literatur eingelesen, er war ein bescheidener Provinzkaufmann, der mit seinen Angelegenheiten beschäftigt war, er erzog seine Kinder und war bestrebt, dass seine nicht allzu große Firma der Familie die materielle Existenz sicherte. Und er hat wohl nicht viel von der Welt außerhalb von Słupca und dessen nächster Umgebung gesehen, die größten Brüche in seiner täglichen Routine waren Fahrten nach Posen von Zeit zu Zeit. Mein

Großvater war ein einfacher Mensch, ein jüdischer Kleinbürger, der nur eine elementare Schulbildung besaß, und wenn ich nun gerade an seine Bescheidenheit und seine Normalität denke, kommt seiner finalen Geste in meinen Augen eine besondere Bedeutung zu.

Ich würde also viel dafür geben, zu erfahren, wie er zu dieser letzten Entscheidung gelangt ist. War ihm klar geworden, dass er keine Perspektiven mehr hatte? Er, Lajzer Głowiński, ein besonnener, höflicher, auf seine Weise religiöser Mensch, der die Siebzig überschritten hatte, war alt und kränklich, konnte also nicht damit rechnen, das Kriegsende zu erleben und zu einem normalen Leben zurückzukehren, in Słupca oder sonst irgendwo. Die Entscheidung könnte eine rein persönliche Dimension besessen haben, doch ich glaube, dass sie breitere Bezüge aufwies, etwa aufgrund des Zeitpunkts, zu dem sie umgesetzt wurde. In den Zeiten der Shoah gibt es keine privaten Selbstmorde, denn jeder Tod, vor allem ein solcher, wird gewissermaßen öffentlich. Ich kann nicht sagen, dass mein Großvater sich völlig im Klaren darüber war, was die Deportation nach Treblinka bedeutete, dass er sich bewusst war, dass es sich dabei um keine Ansiedlung im Osten oder um ein Arbeitslager handelte. Doch kann ich auch nicht ausschließen, dass er sich keinerlei Illusionen machte – und dass er nur einen Tod in Verachtung und Qualen vor sich sah. Er wollte ihm entkommen, wählte deshalb das, was er unter den extremen Bedingungen noch wählen konnte, und gab sich selbst den Tod. Er erkannte, dass in der Zeit der „Endlösung" für ihn der Selbstmord die beste Lösung war. Seine Entscheidung war richtig, er hatte schließlich keine Überlebenschance, jede Rettung war ihm versperrt. Das Einzige, was er hätte erreichen können, waren ein paar Tage Aufschub, also unter Aufbringung größter Anstrengungen eine Verschiebung des letzten Wegs auf den Umschlagplatz von, sagen wir, Montag auf Freitag. Für einen solchen Aufschub brauchte man sich nicht anzustrengen, zumal mit ihm keinerlei Hoffnung auf eine zumindest ein wenig längere Zukunft einherging. In dieser

Zeit bedeutete das Ende wirklich das Ende. Diesbezüglich gab es kaum Zweifel. Die Beschleunigung des eigenen Endes war ein Akt der Freiheit, damals fast der einzig mögliche. Und mein Großvater traf im sterbenden Ghetto genau diese Wahl.

Ich denke daran mit der größten Bewunderung, zumal ich mir bewusst bin, dass ein Selbstmord, der unter solchen Umständen begangen wird, eine besondere symbolische Bedeutung besitzt. Ich hege die Überzeugung, dass diesem Freitod, einem Tod, zu dem sich dieser alte Mensch entschloss, etwas Imponierendes innewohnt. Es ist eine der Taten, die allein dadurch, dass sie aus freiem Willen entstehen und Folge einer freien Entscheidung sind, das infrage stellen, was man die Logik (oder Ordnung) des Holocaust nennen kann. Wer in einer solchen Situation zum Tode verurteilt wurde, stellt sich dadurch, dass er sich selbst das Leben nimmt, dem Urteil entgegen und demonstriert, dass er moralisch von ihm unabhängig ist. Und das ist auch dann der Fall, wenn dieser Akt die einfache Folge von Verzweiflung ist. Ich weiß nicht, ob es im Warschauer Ghetto oft Selbstmorde gab, wahrscheinlich wurden keine Statistiken geführt. Selbstmorde konnten in seiner Anfangszeit ja etwas anderes bedeuten als in seiner finalen Phase, als die Züge vom Umschlagplatz nach Treblinka aufbrachen.

Kurzum, über den Selbstmord meines Großvaters, den er in einer von der Shoah gezeichneten Zeit beging, denke ich wie über eine heroische Tat, eine Tat mit größter moralischer, existenzieller oder auch nur menschlicher Aussagekraft. Dieser Mensch hatte verstanden, dass in der Lage, in der er sich mit Millionen Verurteilten befand, die einzige verfügbare Form, über das eigene Schicksal zu entscheiden, und die einzige Form von Freiheit der sich selbst zugefügte Tod war, ein Tod aus eigenen Stücken. Würde ich die Geschichte meiner Familie schreiben oder ihre Legende erschaffen wollen, so würde ich meinem Großvater viel Platz widmen, der sich nicht ermorden ließ, weil er es vorzog, es selbst zu tun. Ich würde das tun, obwohl ich ihn wenig kannte und mich kaum an ihn erinnere. Ja, die Erinnerung von vor dem Krieg, aus der frühesten, so idyllischen Kindheit hängt überhaupt nicht mit dem finalen Akt zusammen. Die Mechanismen des Erinnerns unterliegen jedoch keiner rücksichtslosen Logik und keiner Hierarchie der Wichtigkeit. Damals, am Ende der 1930er-Jahre, konnte nicht nur ich, der ich damals nicht älter als vier war, sondern überhaupt niemand vermuten, dass dieser bescheidene Provinzkaufmann zu einer solchen Tat fähig sein würde. Und obwohl das Grauen bereits an die Tür klopfte, konnte sich auch in diesen Jahren niemand vorstellen, dass jemand Gaskammern in Betrieb nehmen würde, um darin mit industriellen Methoden zu morden.

Im Zusammenhang mit der Shoah ist oft vom „würdevollen Tod“ die Rede, und gelegentlich gibt es wenig gescheite und leichtsinnige Meinungen dazu. Jeder, der durch verbrecherische Urteile starb, ist würdevoll gestorben – das muss gesagt werden, selbst wenn man Brutus recht gibt, der, unmittelbar bevor er seinem Leben ein Ende setzt, in Shakespeares *Julius Cäsar* sagt: „Der Feind hat uns zum Abgrund hingetrieben. / Es ziemt sich mehr, von selbst hineinzuspringen, / Als zu erwarten seinen letzten Stoß.“ Es gab nur unterschiedliche Stile des Sterbens. Stile der Opfer, die sich ohne Proteste in die Gaskammern bringen ließen, und die Stile derer, die es vorzogen, aktiv zu sterben. Die einen – wie die Aufständischen des Ghettos – leisteten Widerstand, andere begingen Selbstmord. Ein Mensch, der so alt war wie mein Großvater, konnte nur den Selbstmord wählen.

Die Bohnen und die Geige

Es war gleich zu Beginn der Zeit, in der meine Eltern im Többens-Shop arbeiteten. Ich war damals schon ein so bewusster Teilnehmer und Beobachter der Ereignisse, dass ich verstand, was mit dem Wort Shop assoziiert wurde, das in dieser Bedeutung wohl weder davor und noch danach verwendet wurde. Auch der Namen Többens war mir nicht fremd, schon deshalb, weil er mir ständig zu Ohren kam. In dieser Firma unterzukommen, in der die einzige Art von Arbeit Zwangsarbeit war, bot die Hoffnung, der Deportation zu entkommen, erlaubte es, an eine Überlebenschance zumindest zu denken. Der Shop von Többens, zu dem sich meine Eltern täglich begaben und von dem sie bei verschiedenen Gelegenheiten sprachen, blieb für mich ein ferner und unbekannter Raum. Ich war nie dort, ich wusste nicht, wie er aussah und wo er sich befand, ich hätte ihn nicht unterbringen können auf der Karte des schrumpfenden und sich immer weiter entvölkernden Ghettos. Mein einziges Terrain blieb die Wohnung – eigentlich nur ein Zimmer –, in der wir uns seit längerer Zeit aufhielten, in einem Haus, das sich gleich an der Mauer befand und nach der Aktion, die auch eine räumliche Verkleinerung des Ghettos verursacht hatte, in ihm verblieben war. In den Winkeln dieser Wohnung sollte ich mich so gut wie möglich verstecken, wenn Gefahr drohte. Oft hielt ich mich hier übrigens allein auf, obwohl die Eltern eigentlich versuchten, zu unterschiedlichen Schichten in den Shop zu gehen.

Einst war die Wohnung belebt gewesen, viele Personen hatten hier Unterschlupf gefunden. Das begann sich in der Zeit zu ändern, von der ich jetzt erzähle, die erste Phase der Deportationen näherte sich ihrem Ende oder war bereits beendet. Ich könnte von wirklich großen Bevölkerungsbewegungen in der Wohnung sprechen. Verschiedene Personen kehrten nicht zurück, weil sie vom Umschlagplatz ihren letzten Weg antraten, der direkt zum Gas führte, einigen gelang es, auf die arische Seite zu wechseln. Nur an wenige von ihnen erinnere ich mich. In meinem Bewusstsein ist Frau Franka geblieben, die kurz zuvor ihr einziges Kind verloren hatte, einen Jungen in meinem Alter oder jünger. Sie war eine Bekannte meiner Familie aus der Vorkriegszeit. Sie überlebte, behielt nach dem Krieg Vor- und Nachnamen aus der Besatzungszeit und war bis zum Ende ihres langen Lebens als Frau Natalia bekannt. Irgendwo am Rand meiner Erinnerung taucht eine anonyme Frau auf, die sich nicht lang in der Wohnung aufhielt. Festgesetzt hat sie sich nur durch eine Erzählung, ja vielleicht nur durch einen Satz. Sie berichtete von der Selektion, bei deren Durchführung den Deutschen ein gewisser Jude half, ihr Bekannter von vor dem Krieg. Mit tiefer Überzeugung seufzte sie: „Was für ein ordentlicher Mensch!“, da er bewirkt hatte, dass man sie diesmal in Ruhe ließ. Als der Deutsche auf sie zeigte, habe er ihm nahegelegt, eine andere zu nehmen.

Mich beschäftigen die Mechanismen der Erinnerung, die dazu führen, dass sich gerade diese Äußerung in ihr erhalten hat und gewissermaßen für immer konserviert wurde, während sich so viele andere Sätze und Ereignisse verflüchtigt haben und auf keine Weise mehr rekonstruiert werden können. Ich kann es nicht erklären, schließlich war mir nicht bewusst, wie schrecklich das war, was diese Frau erzählte. Die moralische Reflexion eines knapp achtjährigen Kindes kann die Aussage von derlei Erklärungen nicht begreifen und bewerten. Das Kind kann nicht darüber nachdenken, wie die Wirklichkeit, in der es lebt, die Entstehung von Kriterien bei der Beurteilung von Einstellungen und menschlichen Verhaltensweisen beeinflusst, wie sie dazu zwingt, in Kategorien zu denken, die sich, wenn die Dinge günstiger gelaufen wären, sicherlich nicht ausgeprägt hätten. Es bleibt jedoch eine Tatsache, dass ich mir gerade diesen Sachverhalt behalten habe, obwohl er mich gar nicht interessiert haben dürfte. Umso mehr, als ich diesen jüdischen Kollaborateur nie gesehen hatte und seinen Namen nicht kannte, auch nicht wusste, wer diese „eine andere" war.

Ich erzähle hier nicht die Geschichte dieser Frau, über deren Schicksal mir nichts bekannt ist, ich weiß nicht, ob es ihr gelang, sich vor Treblinka zu retten. Ich will vielmehr von drei Schwestern erzählen, die – freilich nur kurz – ein Zimmer in der Wohnung belegten, in der auch wir wohnten. Ich erinnere mich an ihren Nachnamen: Urstein. Ihr Bruder, der gleich zu Beginn der Besatzungszeit gestorben war, war ein bekannter Musiker. Er hat einen Eintrag in der *Mała Encyklopedia Muzyki,* im Kleinen Musiklexikon: „Urstein, Ludwik, geb. 1874 in Warschau, gest. am 5.10.1939 ebd., polnischer Pianist und Pädagoge. Er studierte am Warschauer Konservatorium. Bedeutender Begleiter und Kammermusiker."

Dieser unter anderem aufgrund zahlreicher Auftritte im polnischen Rundfunk geschätzte Künstler hatte Glück: Er starb zum richtigen Zeitpunkt, er umging das Ghetto und die mit ihm verbundenen Qualen. Doch seine Schwestern erlitten sie. Ich erinnere mich daran, wie sie aussahen: Sie waren schwarz gekleidet. Einander sehr ähnlich, kamen sie mir alt vor, obwohl sie sicherlich kaum die mittleren Lebensjahre überschritten hatten. Ich wechselte kein Wort mit ihnen. Sie hielten sich abseits und knüpften keinen Kontakt zu den Mitbewohnern, ich verbinde mit ihnen Stille und Schweigen. Sie sprachen wohl nur untereinander, und das flüsternd. Vielleicht wollten sie auf diese Weise ihre Privatsphäre bewahren. Vielleicht wurden sie aber auch von Unglück und Leiden erdrückt, sodass sie es vorzogen, diese in familiärer Isolation zu erdulden und nicht in der Lage waren, Kontakte aufrechtzuerhalten, auch nicht mit denen, die so wie sie zu Erniedrigung und Qualen verurteilt waren, zum Verlust ihrer Liebsten und zu unaufhörlichem Warten auf den Tod.

Nichts Konkretes kann ich über diese Frauen sagen – ich weiß nicht, ob sie verheiratet oder Witwen waren, ich weiß nicht, ob sie jemals eigene Familien besaßen und sie im Zuge der Liquidierung des Ghettos verloren hatten, ich weiß nicht, ob sie einander schon immer so nahe standen oder ob erst der Aufenthalt hinter der Mauer diese Vertrautheit hatte entstehen lassen. Auf jeden Fall haben sie sich meinem Gedächtnis als Personen eingeprägt, die stets zusammen waren, als drei schwarze Gestalten, die gemeinsam die Wohnung verließen, um zur Arbeit in Többens Shop zu gehen, und gemeinsam zurückkehrten. Und eines Tages kehrten sie solidarisch – also wieder gemeinsam – nicht zurück. Es war schwer, nicht zu erahnen, was geschehen war: Sie waren zur Deportation ausgewählt worden, es fand sich kein „ordentlicher Mensch", der sie davor beschützt hätte. Ich weiß natürlich nicht, wie das vorging. Vielleicht suchten diejenigen, die die Selektion durchführten, an diesem Tag alle drei heraus und verurteilten sie zum Tod im Gas. Vielleicht riefen sie auch nur eine heraus und die beiden anderen meldeten sich von selbst, weil sie beschlossen hatten, nicht nur gemeinsam zu leben, sondern auch im Familienkreis zu sterben. In solchen Fällen spricht man in der Regel davon, dass das Geheimnis mit ins Grab genommen wird, hier jedoch wäre diese Formel widersinnig, da die ermordeten Juden ihre Geheimnisse mit ins Gas nahmen.

Ihre Geheimnisse nahmen auch die Schwestern Urstein mit, an die sich heute kaum jemand mehr erinnert, vielleicht auch niemand – außer mir. Doch ich rufe sie mir auf besondere Weise ins Bewusstsein, so wie man Gestalten und Ereignisse aus der Kindheit evoziert, auch aus der makabersten. Das ist ein karges Erinnern, nur wenig lässt sich daraus hervorluchsen: sie lebten ... und sie kamen um ...

Sie ließen ein abgeschlossenes Zimmer zurück, und damit hängt zusammen, was ich jetzt erzählen will. Sie hatten keine Familie mehr, die all das, was sie hinterlassen hatten, übernehmen und ordnen konnten. Das Zimmer, das sie vor nicht allzu langer

Zeit bezogen hatten, war zu Niemandsland geworden, und die Dinge, die ihnen noch gestern gehört hatten, konnte sich jeder, der wollte, aneignen. Im Ghetto hörten in der Zeit der Liquidierung die meisten Gesetze zu gelten auf, das Eigentumsrecht hatte seinen Sinn verloren, wo doch das Eigentum noch vor Kurzem vielen Menschen als heilig gegolten hatte. Wertvolles konnte ebenso wie Wertloses herrenlos werden, herrenlos wurden auch die persönlichen Erinnerungsstücke, die noch am Vortag für jemanden sehr kostbar gewesen waren.

Dessen war sich zweifellos ein junger Mann bewusst, den niemand unter denen, die immer noch in der Wohnung ausharrten, kannte. Er erschien einige Tage nach dem Verschwinden der Schwestern Urstein, erklärte, er wisse, dass sie eine wertvolle Geige hinterlassen hätten, und sagte, dass er sie mitnehmen wolle. Anfangs fragte man ihn aus, welches Recht er darauf habe. Mit Sicherheit waren das keine allzu weitreichenden Ermittlungen, denn dieser Unbekannte legte keine Beweise vor, die seine Ansprüche hätten begründen können. Doch man sprach mit ihm; das Instrument konnte nun ihm ebenso gehören wie jedem anderen. Das Zimmer der Schwestern Urstein war verschlossen, den Schlüssel hatten sie mit auf ihre letzte Reise genommen. Man musste es also auf andere Weise öffnen. Die Tür wurde nicht aufgebrochen, sie ließ sich leicht öffnen, fast ohne Mühe. Und tatsächlich, die Geige befand sich an einem exponierten Platz. Der Herr, der gekommen war, um sie zu holen, sagte, sie sei alt und wertvoll, er nannte sie die Violine von Ludwik Urstein. Aber hat Ludwik Urstein tatsächlich auf ihr gespielt? Er war schließlich Pianist, der zwar Geiger begleitete, aber kein Virtuose auf diesem Instrument. Vielleicht gehörte sie einer der Schwestern und sie hatte darauf gespielt? Ich weiß natürlich nicht, wie sich die Dinge verhielten, ich weiß nicht, wer der Mann war, der sie mitnahm, ich weiß nicht, was aus ihr geworden ist. Vielleicht konnte sie das Ghetto verlassen, denn in dieser Zeit konnte sie hier schließlich niemand mehr gebrauchen, in der Zeit der Deportationen, als der Umschlagplatz zum zentralen Ort innerhalb der Mauern wurde, spielte niemand mehr irgendetwas. Vielleicht gelangte sie so heraus wie die Menschen, die vor der Vernichtung auf die arische Seite flohen. Vielleicht ist sie erhalten geblieben und dient – wenn sie wirklich gut war – heute einem Künstler, der Bach und Beethoven darauf spielt, ohne sich bewusst zu sein, welch dramatische Geschichte sie hat. Aber vielleicht ist sie auch zerstört worden, ist im schrecklichsten Sinn des damals fundamentalen Wortes „untergehen" untergegangen, zusammen mit dem jungen Mann, der meinte, sie müsste nach dem Verlust der Schwestern ihm gehören. Es ist nicht ausgeschlossen, dass er Geiger war und an seinen letzten Lebenstagen auf einem ordentlichen Instrument spielen wollte.

Ich könnte noch lange Mutmaßungen anstellen, doch ich möchte lieber über das berichten, woran ich mich erinnern kann. In diesen Erzählungen über das Ghetto beschäftigen mich nicht die möglichen Welten, sondern mich interessiert, was in seinem Wesen noch kurz zuvor unmöglich gewesen zu sein schien – und zwar aus vielen Gründen –, nun aber Wirklichkeit war, die schrecklichste Realität aller Wirklichkeiten war, die noch vor zwei oder drei Jahren überhaupt nicht denkbar gewesen waren. Wirklichkeit war zweifellos das Zimmer, das die Schwestern Urstein hinterlassen hatten. Es war nun ohne Besitzer, offen, für jeden zugänglich, der es betreten wollte. Vater ging hinein, und ich mit ihm. Ich kann nicht sagen, wann das geschah, gleich nach dem Abschied des Mannes mit der Geige oder etwas später. Für mich, der auf Dauer in der Wohnung eingesperrt war, der die Welt schon lange nicht mehr betrachtet hatte und keine anderen Freuden kannte, war das gewiss eine Abwechslung und Attraktion: etwas zu sehen, was ich bis dahin nicht gesehen hatte, zumindest nicht im jetzigen Zustand. Denn ehe die drei Schwestern es bezogen hatten, hatte ich mich oft in diesem Zimmer aufgehalten.

Sie hatten hier nur wenige Tage gewohnt, hatten sich noch nicht einleben und einrichten können, alles lag herum und war in Unordnung. Vielleicht wollten sie aber auch gar keine Ordnung herbeiführen, in dem Bewusstsein, dass dies ein Provisorium kurz vor dem Tod war, dass jedes Bemühen um Ordnung und jedes Wurzelschlagen, sofern es überhaupt möglich gewesen wäre, ein Betrug an ihnen selbst war – in der Zeit vor dem Tod. Der Unordnung kam entgegen, dass es in dem Zimmer fast keine Möbel gab. Mit Sicherheit fehlte in ihm ein Schrank, und so lagen verschiedene, die elementarsten, für die bescheidenste Existenz notwendigen Gegenstände offen herum: ein paar Teller, vielleicht auch Küchengeschirr, vor allem aber Teile der Garderobe. Das war alles, was von den Schwestern geblieben war. Diese Unordnung wurde zu einem Zeichen eines plötzlich und gewaltsam unterbrochenen Lebens, eines Lebens, dem sich keine Chance mehr bot.

Vielleicht waren auch einige Essensreste geblieben und ganz sicher etwas, was einen Schatz darstellte: eine Tasche mit einigen Kilo Bohnen. Diesen Vorrat hatten die Schwestern sicherlich für eine schwarze Stunde angelegt, für eine Zeit schlimmen Hungers. Ich erinnere mich, dass Bohnen im Ghetto ein besonders geschätztes Nahrungsmittel waren. Dieser Schatz war nun, so wie die Geige, herrenlos, ein Gut ohne Besitzer. Vater nahm ihn und wir aßen diese Bohnen eine Zeit lang und teilten sie sparsam in Portionen auf, damit sie länger reichten.

Aber bald wurden auch unsere Habseligkeiten herrenlos. Wie verließen das Zimmer und ließen alles zurück. Ich weiß nicht, ob es noch jemand geschafft hat, von diesen Dingen Gebrauch zu machen, zu essen gab es darunter eher nichts. Wir verließen das Zimmer, zum Glück nicht zum Umschlagplatz und in die Öfen der Krematorien getrieben – wir gelangten auf die arische Seite.

Das Verlassen

Ich gebrauche dieses Wort nur deshalb, weil ich kein anderes bei der Hand habe, eines, das passender wäre. „Flucht" ist für mein Gefühl noch weniger angemessen. Freilich, es hat großartige Konnotationen, es lässt an die biblische Welt denken, doch würde ich den Ausdruck „Exodus" nicht verwenden, weil er in Bezug auf derlei Ereignisse sowohl viel zu erhaben als auch zu prätentiös klänge. Und wenn von einer furchtbaren Welt die Rede ist, von einer der furchtbarsten, welche jemals Menschen bereitet wurde, sind alle erhabenen und feierlichen Worte überflüssig. Ein Missklang stiehlt sich in sie hinein. In den Geschichten, aus denen sich die Shoah zusammenfügt, gibt es noch nicht einmal Analogien zu den grausamsten Episoden der Bibel. Auch in den Fragmenten, in denen nicht vermieden wurde, von erschütternden, ungeheuerlichen Ereignissen zu erzählen, hat die Heilige Schrift stets gewisse Werte festgelegt, hat angenommen, dass es in der Welt eine gewisse Ordnung gibt, die ihren Sinn hat. In der Shoah gab es so etwas nicht. Hier war ein System des Verbrechens am Werk, und in dem, was zur Rettung menschlichen Lebens führte, spielten Zufälle eine gewaltige Rolle – dunkle und unermessliche, die sich nicht beherrschen, verstehen, ordnen lassen.

Ich habe diese allgemeinen Erörterungen gerade hier aufgegriffen, weil das Wort „Verlassen" mich darauf gebracht hat, obwohl sie auch in die anderen Erzählungen passen würden. Ich weiß nicht, aus welchem Grund es eine Konvention geworden ist, vom

„Verlassen des Ghettos“ (*wyjście z getta*) zu sprechen, wenngleich man auf Polnisch nicht sagen kann: „das Verlassen des Konzentrationslagers“ – und zwar sowohl dann, wenn es um eine dramatische, höchst risikoreiche Flucht ging, als auch dann, wenn man an eine Freilassung denkt (die natürlich im Fall der Juden ganz unvorstellbar war). Also unser Verlassen – das meiner Eltern und meines – des Ghettos erfolgte gleich Anfang Januar 1943, wohl einen Tag nach Neujahr. Wir verließen es als letzte von dem Teil der Familie, der innerhalb der Mauern lebte und ein geschlossenes Ganzes bildete. Ich denke nicht an die Großeltern, die aufgrund eines reinen Zufalls noch vor Beginn der Deportationen auf die arische Seite gelangt waren, ein außergewöhnlicher Zufall, der für sie unerwartet gnädig war. Ich denke an meine beiden Tanten, die eine nach der anderen mit ihren Kindern herauskamen. Und dann an ihre Männer: Beide gelangten etwas später über die Mauer und kamen kurz darauf ums Leben.

Diejenigen Verwandten sowohl meiner Mutter als auch meines Vaters, die an anderen Stellen des Ghettos wohnten, kamen nicht heraus – und nicht mit dem Leben davon. Sie machten sich von dort aus auf ihre letzte Reise, direkt nach Treblinka. Es ist unbekannt, an welchen Tagen das geschah und unter welchen Umständen genau. Als man versuchte, mit ihnen Kontakt aufzunehmen, was zweifellos nicht leicht war, musste man feststellen, dass sie nicht mehr da waren. Sie waren, existierten, lebten – und dann waren sie auf einmal nicht mehr da. Niemand konnte sich Täuschungen hingeben, es war bekannt, was geschah. Doch ich vermag nicht zu sagen, ob man auf Nachrichten dieser Art reagierte wie auf Trauerbotschaften. Ist denn in einer systematisch und geplant ermordeten Gemeinschaft Trauer in der Form, wie sie sich in etwas normaleren Zeiten zeigt, überhaupt möglich? Wenn ein Tod auf den anderen folgt, wenn er allem und jedem einzeln droht, ist es schwer, zu kontemplieren. Wenn das Nachdenken über ihn überhaupt möglich ist, so lediglich in den Dimensionen eines Augenblicks, nicht in längeren Zeiteinheiten.

Wir waren also von dem Teil der Familie, der der Vernichtung entkommen konnte, am längsten im Ghetto. Ich weiß nicht, was dafür den Ausschlag gab: Vielleicht waren die Umstände ungünstig, vielleicht war es schwer, zu einer Entscheidung zu gelangen, zumal die Entscheidung keine Kleinigkeit war. Das Risiko, die gut bewachte Grenze zu überschreiten, die mitten durch die Stadt führte, musste bedacht werden. Und es war kein Geheimnis, dass man gleich nach der Ankunft auf der anderen Seite leicht in die Hände von *szmalcownicy* fallen konnte, was bedeutete, erpresst zu werden, gelegentlich aber auch gleichbedeutend mit dem Tod war.

Das Verlassen organisierte Vater – und er machte es gut. Die Operation verlief rasch und reibungslos. Wir zwängten uns, im Gegensatz zu einer Tante, nicht durch die Kanäle (hätte ich eine Flucht durch unterirdische Wege erlebt, so würde ich ihr wohl die Platzangst zuschreiben, die mich in unterschiedlicher Intensität seit der frühen Jugend plagt). Ich weiß nicht, wie Vater es geschafft hat, und ich werde es auch nie mehr erfahren, denn ich habe nicht daran gedacht, ihn nach den Einzelheiten zu fragen, wobei ich auch gar nicht sicher bin, ob er sie behalten hatte. Wie viele von denen, denen das Verlassen gelungen war und die den Krieg überlebt hatten, mied er die Erinnerungen, er unterdrückte sie wohl. Vielleicht war das eine der Bedingungen für die Rückkehr zu einer normalen, banalen Alltäglichkeit, in der sich selbst ernste Schwierigkeiten bewältigen lassen. Doch die Verwirklichung dieser Absicht, bei der es um das Leben ging, die Verwirklichung dieses Auszugs aus einem Teil der Stadt in den anderen, der den hinter den Mauern eingesperrten Menschen als Domäne der Freiheiten und der Normalität vorkam, obschon auch er sich unter der Besatzung befand und schreckliche Dinge in ihm geschahen – diese Verwirklichung war keine leichte Aufgabe. Es ging darum, die Grenze zu überqueren, die von einer Mauer markiert wurde, aber auch darum, etwas auf der arischen Seite vorzubereiten, um nicht im Leeren zu landen, nicht sofort in unerwünschte Hände zu geraten und in eine ausweglose Situation zu kommen, selbst wenn sie eine Folge des Auswegs war.

Wir zogen gemeinsam aus, alle drei, auf riskante Weise. Aber damals gab es nichts, was nicht riskant gewesen wäre. Der Einsatz beim Retten des Lebens war das Leben selbst. Auf riskante, zugleich aber auf – ich muss dieses hier so unangemessene Wort verwenden – luxuriöse Weise: Wir fuhren durch das Tor, welches das Ghetto von der arischen Seite trennte, in einem von einem deutschen Soldaten gelenkten Automobil. Als wir hinausfuhren, war es noch dunkel, es ging alles schnell, den Soldaten habe ich wohl überhaupt nicht gesehen. Ich habe mir das Auto auch nicht angeschaut, ich erinnere mich nicht daran und weiß nur, dass es kein Lastwagen war, aber es war auch kein Personenwagen im engeren Sinne. Mit einer Plane bedeckt war es vielleicht ein Militärwagen, wie sie damals zur deutschen Ausrüstung gehörten. Wir sollten hinten sitzen, gebückt und so gekleidet, dass wir am wenigsten auffielen.

Aber unserem Hinausgehen war ein Ereignis vorausgegangen. Es ist mir nicht klar, wie Vater das Verlassen des Ghettos eingefädelt hatte, ich erinnere mich aber, dass er die Sache mit einem nicht mehr jungen Menschen Namens Kryształ erledigte. In der Endphase des Ghettos übte er irgendeine Funktion aus, er war wohl ein Beamter, der Kontakt zu den Deutschen hatte. Ich weiß nichts über ihn, ich vermag nicht zu sagen, ob er für die aussterbende Gemeinschaft tätig war oder ob es sich um einen Kollaborateur handelte, der die Zusammenarbeit vielleicht in der Hoffnung aufgenommen hatte, dadurch sein Leben und das seiner Familie zu retten. Wie auch immer es sich verhielt, er war es, der bei unserem Hinausgehen vermittelte, er erledigte es. Er kannte einen deutschen Soldaten (es gab so einen, vielleicht sogar mehrere), der bereit war, unter bestimmten Bedingungen und gegen Bezahlung Juden aus dem Ghetto herauszufahren. Er verlangte, dass sie kein semitisches Aussehen haben dürften. Wenn ich mich nicht irre, beauftragte er Kryształ mit der Beurteilung. Offensichtlich hatte er Vertrauen in dessen diesbezügliche Fertigkeiten: Er vertraute

Kryształs Kriterien und glaubte sicherlich, dass ein jüdisches Auge ein schlechtes Aussehen besser erkenne als sein germanischer Blick. Es ist aber auch nicht ausgeschlossen, dass er sich aus Sicherheitsgründen nicht mit denen treffen wollte, denen er einen so wichtigen Dienst erweisen sollte.

Mit dieser Rolle Kryształs als Begutachter hängt zusammen, was zum ersten Mal seit Monaten geschah: Ich ging aus der Wohnung, die ich seit Langem nicht verlassen hatte. Vater hatte er schon kennengelernt, Mutter hatte er sich im Shop von Többens angeschaut, nun musste er mich noch ansehen, um festzustellen, wie ich aussehe, ob ich nicht das Stereotyp vom Juden verkörpere. Es war schon dunkel, als wir uns trafen und ich erinnere mich nicht an den Ort, an dem es geschah. Kryształ selbst hat sich in meiner Erinnerung jedoch gehalten: Er war von kleinem Wuchs, ganz grauhaarig, mit kurz gestutztem Bart. Vater besprach lange etwas mit ihm und ich lauschte diesem Gespräch mit Anspannung, weil ich wusste, welch große Sache auf dem Spiel stand. Sicher legten sie die Einzelheiten fest, also Tag und Ort, an dem wir uns gleich nach Ende der Polizeistunde einfinden sollten, aber sie einigten sich auch über die Höhe der Bezahlung. Sie waren eindeutig zu einem Kompromiss gelangt. Kryształ hatte den Preis wohl noch etwas gesenkt, und vielleicht servierte ihm Vater zum Lohn dafür ein Kompliment: „Sie sind ein wahrer Kristall." Ich schließe nicht aus, dass dieser Satz fiel, nachdem er festgestellt hatte, dass mein Aussehen unsemitisch genug war, um eine positive Meinung über mich abgeben zu können, so also, dass der geheimnisvolle und anonyme Soldat einverstanden wäre, uns fortzubringen. Hätte es dieses Wortspiel nicht gegeben, das sich meinem Gedächtnis eingeprägt hat, so hätte ich vergessen, wie dieser Mensch hieß. Selbst wenn er ein Kollaborateur war, so hat er mit Sicherheit keine größere Rolle gespielt, seinen Namen habe ich in keiner Arbeit über die Geschichte des Warschauer Ghettos je gelesen.

Als sie das Datum festlegten, wurde auch berücksichtigt, welche Mannschaft an diesem Tag am Ghettotor Wache haben würde. Es ging darum, dass sie aus solchen Wachmännern bestand, die – selbst wenn sie nicht geneigt waren, das Hinausgehen zu erlauben – so gleichgültig und wenig neugierig waren, dass sie sich nicht allzu sehr dafür interessierten, wer sich in dem Wagen befand. Wir saßen auf der Rückbank, so zusammengekauert, dass so wenig wie möglich von uns zu sehen war, Mutter mit einem Tuch auf dem Kopf und ich in einer dicken Wollmütze, „Pilotenmütze" genannt, die einen großen Teil des Gesichts verdeckte. Sie war mir noch vor dem Krieg in der ulica Nalewki gekauft worden, in einem Geschäft für Kindermode, das wohl „U Franciszki" (Bei Franciszka) geheißen hat. Diese Pilotenmütze wuchs gewissermaßen zusammen mit mir und leistete mir einige Kriegsjahre hindurch gute Dienste.

Am dramatischsten war die Fahrt durch das Tor. Der Soldat, der eine so explosive Ladung wie eine aus dem Ghetto fliehende dreiköpfige Familie transportierte, musste natürlich anhalten und dem Wachmann seine Dokumente zeigen. Das dauerte nicht lange, die Kontrolle war routinemäßig, und wir fuhren rasch weiter. Am vereinbarten Ort stiegen wir aus, irgendwo in der Innenstadt, wohl nicht allzu weit von der Mauer entfernt. Es war immer noch dunkel. Ich weiß nicht, wie Vater es organisiert hatte, wie es ihm gelungen war, mit jemandem auf der anderen Seite Kontakt aufzunehmen, doch an der vereinbarten Stelle wartete auf uns der Lange zusammen mit einem unbekannten Mann, der – was etwas Besonderes darstellte – ein „blauer Polizist" war. So also gelangten wir auf die arische Seite. Eine neue Etappe meiner Geschichte begann.

Der Lange

Ich erinnere mich an ihn aus den ältesten Zeiten, aus der frühesten Kindheit, aus diesem kleinen Fetzen von ihr, der in jene mythische Zeit fiel, die mit den Worten „vor dem Krieg“ bezeichnet wurde. Er verkehrte im Haus meiner Eltern und sah so eigentümlich aus, dass er sich meinem Gedächtnis sofort einprägte und meine Fantasie anregte. Er war sehr groß (es fehlte ihm wohl nicht viel bis zu zwei Metern) und er sprach auf eine ungewöhnliche und charakteristische Weise, doch das begriff ich erst später, denn damals beschäftigten mich derlei Dinge aus naheliegenden Gründen nicht. Es konnte jedoch nicht meiner Aufmerksamkeit entgangen sein, dass er Mühe hatte zu gehen. Er ging schleppend, vom Stuhl stand er mit deutlicher Anstrengung auf und er bewegte sich nicht ohne Stock. Es hieß, er sei schwer krank. Die Schwierigkeiten beim Gehen bildeten einen erstaunlichen Kontrast zu seiner Größe, seine langen Beine konnten noch nicht einmal kleine Distanzen überwinden und waren so wenig brauchbar. Er gehörte zu den Erwachsenen, die die Gegenwart von Kindern nicht ignorieren. Ganz offensichtlich schenkte er mir Aufmerksamkeit, und wenn er zu dem Schluss gelangte, dass ich mich nicht verhielt, wie es sich gehörte, sprach er in einem belehrenden und irgendwie drohenden Ton mit mir, aber doch so, dass er eigentlich keine Angst bei mir hervorrief. Es war ganz einfach der Rat einer klugen und erfahrenen Person. Er warnte mich: „Pass nur auf, wenn du böse bist, dann kommt Łojewski.“ Ich wusste nicht, wer dieser geheimnisvolle Łojewski war und was er mir antun würde. Allein die Ankündigung, dass er kommen würde, sollte mich zur Ordnung rufen. Er war eine mythische Gestalt meiner ersten Kindheit, ich erinnerte mich gut und lange an ihn, sodass ich, als ich ein halbes Jahrhundert später vor der Notwendigkeit stand, mir ein Pseudonym auszusuchen, um damit Artikel für die Untergrundpresse zu unterzeichnen, eben den Namen Łojewski wählte. Zweifellos konnte der Gast meiner Eltern nicht vorhersehen, dass er, als er für mich eine fiktive Person erschuf, einen Mythos zum Leben erweckte, auf den ich mich viele Jahre später unter ganz anderen Umständen beziehen sollte, die er nicht kannte, da er bereits seit Jahrzehnten nicht mehr lebte.

Man nannte ihn den Langen, als habe man vergessen, dass er mit Vornamen Józef hieß. So sprach man stets von ihm, weshalb man ihn auch immer so anredete, wohl nicht nur, um ihn unter einigen anderen Józefs hervorzuheben, die es damals im Familienkreis gab. Er war ein enger Cousin meiner Mutter, mehr als zehn Jahre älter als sie. In den alten, meist zahlreichen Familien gab es viele Vettern, ich konnte aber keinen von ihnen kennenlernen oder mich zumindest an ihn erinnern – außer an diesen einen. Er war eine interessante, charakteristische Person mit einer ungewöhnlichen Biographie. Der älteste Sohn der ältesten Schwester meines Großvaters, die den Namen Mechła trug, war wohl um das Jahr 1890 geboren worden und wurde später amerikanischer Staatsbürger. Damit verbindet sich eine ganz merkwürdige und besondere Geschichte.

Die Familie meines Großvaters stammte aus dem nördlichen Masowien, aus der Gegend von Płock, aus einem Ort namens Bielsk, einem unvorstellbar gottverlassenen Nest. Um die Jahrhundertwende zogen die Angehörigen der jüngsten Generation nacheinander fort, um sich in der Gegend von Warschau, in Lodz oder sonstwo niederzulassen. Die Einzelheiten kenne ich nicht, da die Ereignisse von vor einem Jahrhundert im Vergessen versinken und es unter den Lebenden niemanden mehr gibt, der mir glaubwürdige Informationen übermitteln könnte. Auf jeden Fall zog Mechła eine Weile nach ihrer Heirat und schon als Mutter eines ersten Sohnes nach Pruszków, wohin bald auch zwei ihrer Brüder nachkamen, darunter mein Großvater. Ich weiß nicht, wie sich ihr Eheleben gestaltete. Aus der Familienüberlieferung ist mir jedoch zu Ohren gekommen, dass ihr Mann so wie viele junge Juden in jenen Zeiten nach Amerika auswandern wollte. Sie aber habe sich diesem Plan entschlossen widersetzt, vielleicht weil sie befürchtete, sie würden in der neuen, unbekannten Welt nicht zurechtkommen, vielleicht aber auch deshalb, weil sie sich ein Leben außerhalb eines polnischen Städtchens nicht vorstellen konnte (selbst einem wie Pruszków, in dem nicht viele Juden lebten). Schließlich war dieser Raum für sie heimisch, vertraut und gut bekannt. Ihr Mann setzte sich jedoch durch, und zwar auf äußerst eigentümliche Weise: Eines Tages fuhr er nach Warschau und kehrte nicht mehr nach Hause zurück. Tage vergingen, Wochen und Monate, und er gab kein Lebenszeichen von sich. Die arme Mechła wusste nicht, ob sie sich für eine Witwe halten sollte oder für eine – ebenso unglückliche – sitzen gelassene Mutter dreier Kinder, die ihrem eigenen Schicksal überlassen wurde. Wie dem auch sei, es war ein Skandal in der vorbildlichen kleinbürgerlichen Familie. Erst nach einigen Monaten stellte sich heraus, dass sie weder Witwe noch sitzen gelassen war, sondern die Frau eines Mannes, der Einfälle und Fantasie hatte, der auf allen Wegen nach der Verwirklichung seiner Vorhaben strebte – und zudem unverantwortlich war. Sie erhielt einen Brief aus New York, in dem er mitteilte, dass er gerade nach Amerika ausgewandert sei und Arbeit gefunden habe, und – wenn er erst ein wenig Geld verdient habe – für sie und die Kinder Fahrkarten schicken werde. Er hielt Wort, nach einer Zeit machte sich Mechła mit zwei Söhnen und einer Tochter auf den Weg über den Ozean. Sie ließen sich in Brooklyn nieder. Sie starb betagt, einige Jahre nach dem Ende des Zweiten Weltkriegs, und so rettete sie der geheime, geradezu irrsinnige Plan ihres Mannes vor der Shoah. Der Lange wurde, ebenso wie seine Eltern und Geschwister, zu einem amerikanischen Staatsbürger, was einige Jahrzehnte später wichtig werden sollte, als er sich in einer Gegend aufhielt, in der sich die Geschichte grausam austobte.

Über seinen Aufenthalt in Amerika weiß ich nicht viel. Als er erwachsen war, arbeitete er als Vertreter für die berühmte, damals auch in Polen bekannte Firma Singer, die Nähmaschinen herstellte. Ich vermute, er hat sie auf Jiddisch oder auch auf Polnisch angepriesen, denn ich kann mir kaum vorstellen, dass er das auf Englisch getan hat. Polnisch sprach er auf wunderliche Weise, er „jiddelte", man hörte aber auch Einflüsse des Englischen. Doch ebenso wie Jiddisch sprach er Polnisch von klein auf, während er in das Englische erst als heranwachsender Junge eintauchte, und so könnte ich wetten, dass er es nur schlecht sprach und keine Fertigkeiten besaß, die es ihm erlaubt hätten, die Singer-Produkte auch vor weißen angelsächsischen Protestanten erfolgreich anzupreisen. Zweifelsohne war er in Brooklyn tätig.

Er heiratete, wie es scheint, in jungen Jahren und hatte einen Sohn. Die Ehe hielt nicht lange, sie war von Anfang an verhängnisvoll, da er, wie er immer wieder betonte, an ein schreckliches Weib geraten war, das er *heksa*, Hexe, nannte. Sie hätte aber wohl auch deshalb nicht lange halten können, weil für den Langen jede Frau, sofern sie nicht allzu betagt war und halbwegs nach etwas aussah, eine Verlockung war. Auf diesem Gebiet besaß er gewaltige Bedürfnisse und Ambitionen. Die Hölle brach los, am Ende gab es einen Prozess. Das Gericht erklärte die Ehe für geschieden, stellte fest, er sei für deren Zerfall verantwortlich, und legte eine gewaltige Alimente fest, die – wie er meinte – im Verhältnis zu seinen Einkünften unverhältnismäßig hoch war. Er hätte ausschließlich für diese Unterhaltszahlungen arbeiten müssen, doch darauf hatte er keine Lust. Um sich davon zu befreien, tat er das, was sein Vater mehr als ein Jahrzehnt zuvor getan hatte: Ohne seine ehemalige Frau über seine Entscheidung zu informieren und ohne sich von seinem Sohn zu verabschieden, machte er sich auf die Reise. Nur in die entgegengesetzte Richtung, nach Polen. Nicht nur mit der *heksa*, sondern auch mit seinem Sohn unterhielt er keinerlei Kontakte. Es mochte den Anschein haben, dass ihn das alles nicht berühre, als sei der Hass zu seiner geschiedenen Frau auch auf den Sohn übergegangen. Bar aller väterlichen Instinkte interessierte er sich viele Jahre nicht für ihn und wusste nicht, was aus ihm geworden war. Er korrespondierte lediglich mit seinen Eltern und den Geschwistern, denen es in Amerika durchaus gut ging; der jüngere Bruder, Tobiasz, hatte es schon recht bald zu etwas gebracht.

Ich kann diese Ereignisse zeitlich nicht präzise einordnen, nur eines weiß ich sicher: Der Lange kehrte bereits in den 1920er-Jahren nach Polen zurück. Als er das Land nach dem Krieg verließ, ließ er ein Fotoalbum bei meinen Eltern zurück, das sich heute bei mir befindet. Darin habe ich ein Bild von Mutter mit ihrer drei Jahre jüngeren Schwester Maria gefunden, sie sind in Begleitung des Langen in Zakopane. Dieses Foto hat für mich einen besonderen Wert, weil es eine der wenigen erhaltenen Fotografien meiner Mutter vor ihrer Ehe ist, es ist sicher um das Jahr 1930 herum entstanden.

Nach seiner Rückkehr suchte der Lange die Nähe meiner Großeltern. Ihr Haus in Pruszków hielt er für seinen familiären Hafen, er war oft bei ihnen und wohnte hier angeblich auch für einige Zeit – stets gehörte er zu den gern gesehenen Menschen. Man mochte ihn wegen seiner Direktheit, seiner Fantasie, seines Witzes. Man mochte ihn, obschon sein Lebensstil zweifellos mit der strengen Atmosphäre des Hauses und den hier geltenden überaus steifen Grundsätzen kontrastierte. Er, ein geschiedener Mann mit einem ungeregelten Privatleben, der sich ständig in neue Romanzen stürzte, von denen er selbst erzählte oder über die es Gerüchte gab, ein Mensch mit einer in jeder Hinsicht instabilen Position, war ein seltsames Geschöpf vor dem Hintergrund einer bis zum letzten Zentimeter geordneten und unglaublich soliden Welt. Ich glaube, es spricht für meine Großeltern, dass sie ihn nicht nur tolerierten, sondern ab einem bestimmten Zeitpunkt auch als Teil der engsten Familie ansahen. Und diese Bande wurden nur noch enger, als sich herausstellte, dass der Lange schwer krank war, dass ihn eine schreckliche und zerstörerische Krankheit befallen hatte, die langwieriges Leiden und den Verlust weiterer Fähigkeiten bedeutete. Doch das ist eine andere Geschichte.

Nach seiner Rückkehr nach Polen musste er alles von Neuem beginnen und er war vor grundlegende Entscheidungen gestellt: Was tun, wo wohnen, wie überhaupt im Leben zurechtkommen? Für eine Zeit lang fand er Unterkunft in Pruszków, doch ich weiß nicht, welcher Beschäftigung er hier nachging. Dann entschloss er sich zu etwas, was heute wunderlich und leichtsinnig erscheinen könnte: Er wollte sich auf dem Land niederlassen und mit dem aus Amerika mitgebrachten Geld ein kleines Landgut kaufen. Einen solchen Lauf der Dinge hätte niemand erwartet, denn in der Familie gab es keine landwirtschaftlichen Traditionen und er selbst hatte nie Kontakt zu Ackerbau und Viehzucht gehabt. Wie alles in seinem Leben schien diese Entscheidung unverantwortlich, ja geradezu verrückt zu sein. Der Lange setzte seinen Beschluss aber um und kaufte vom Grafen Sobański ein fast fünfzig Hektar großes Gut. Ich weiß nicht, wer Graf Sobański war, obwohl er in seinen Erinnerungen oft wiederkehrte und – wie die meisten Personen der Erzählungen, die der Lange bei diversen Gelegenheiten spann – zu einer Art mythischer Gestalt wurde. Dass die Größe dieses Besitzes die Marke von fünfzig Hektar zwar fast erreichte, jedoch nicht überschritt, sollte noch große Bedeutung haben, denn so unterlag es 1945 nämlich nicht dem Gesetz über die Landreform.

Es befand sich in Radziwiłłów, einem großen Dorf an der Bahnstrecke von Żyrardów nach Skierniewice. Der Lange ließ sich hier nieder und machte sich an die Arbeit; er beschäftigte natürlich eine gewisse Anzahl von Leuten, beschloss aber, alles selbst zu beaufsichtigen. Anfangs beging er anscheinend Fehler über Fehler, doch lernte er bei der Arbeit dazu, selbst wenn er, wie ich gehört habe, niemals besonders gute Erträge erzielt hat. Die Arbeiter und die Nachbarn waren sich rasch darüber im Klaren, dass er keine Ahnung hatte, und so taten sie, was sie wollten, redeten ihm diverse irrsinnige Geschichten ein – und ließen ihn Verluste machen. Ich kann nicht viel über diesen Hof sagen, ich habe ihn gesehen, als er schon im Niedergang begriffen war und der Lange sich – nach dem Krieg – auf seine Rückfahrt in die Vereinigten Staaten vorbereitete.

Seine schreckliche Krankheit brach in der Zwischenkriegszeit aus. Zunächst machten sich Schwierigkeiten beim Gehen bemerkbar, bald darauf stellten die Ärzte die Diagnose: Sein Gebrechen war eine *sclerosis multiplex*. So bezeichnete er selbst seine Krankheit und so sprach man über sie, denn die polnische Bezeichnung – *stwardnienie rozsiane* – wurde damals vielleicht von Fachleuten gebraucht, hatte aber keinen Eingang in die Umgangssprache gefunden. Er litt sehr und bewegte sich nur mit Mühe. Die Krankheit hatte aber dennoch einen relativ milden Verlauf, schließlich lebte er mit einem aktiven Lebenswandel mehr als dreißig Jahre mit ihr. Anscheinend zeigte sie erst in der letzten Phase ihre ganze Schrecklichkeit, doch dies geschah bereits nach seiner Rückkehr nach Amerika, also in einer Zeit, in der man hier nicht mehr viel über ihn wusste.

Er ließ sich in Polen behandeln, fuhr aber jedes Jahr zur Kur nach Österreich. In dem erwähnten Album haben sich Fotos von ihm aus Baden bei Wien erhalten, wo er Heilbäder nahm. Er ließ sich meist umkränzt von Frauen ablichten. Eine von ihnen taucht mehrfach auf den Bildern auf, eine junge, sich gut präsentierende Frau, die nach den modischen Vorstellungen der Zwischenkriegszeit gekleidet ist. Das ist gewiss Herta, seine langjährige österreichische Geliebte, die er oft erwähnte. Was erotische Eroberungen betrifft, so hatte er viele Erfahrungen und mehrte sie trotz seiner schweren Erkrankung immer weiter. Und das nicht nur bei seinen Kuraufenthalten in dem nahe Wien gelegenen Kurort, sondern auch in Lodz, wo er angeblich auch mit einer Dame verbunden war, die nicht den besten Umgang gepflegt haben soll. Und auch in dem Dorf, in dem er lebte, war er auf diesem Gebiet nicht untätig, was eine ernste Geschichte war, denn in den letzten Jahren seines Aufenthalts in Polen lebte er mit einem Mädchen zusammen, das er beschäftigt hatte, damit sie ihm den Haushalt führe.

In Baden verbrachte er seine Zeit nicht nur bei der Kur und mit dem Anhimmeln der schönen Herta, sondern er genoss auch die Reize des kulturellen Lebens. Meine Mutter erinnerte sich, dass er ihr einmal erzählt hatte (wohl in der Mitte der 1930er-Jahre), er besuche mit Herta Konzerte in Baden, auf denen die gewaltig ausgedehnten Symphonien eines Komponisten gespielt werden, den in Polen noch niemand kennt; er heiße Mahler. So hörte Mutter erstmals diesen Namen, und als sie kurz darauf im polnischen Rundfunk auf seine 4. Symphonie stieß, wusste sie schon, wer er war. Es fällt mir schwer zu sagen, ob sich der Lange stärker für Musik und andere Kunstformen interessierte oder ob die Begegnung mit Mahler das Ergebnis eines Zufalls oder des Einflusses seiner österreichischen Geliebten war, die monumentale Symphonien mochte. Auf jeden Fall ist die Anekdote überliefert, dass er als Halbwüchsiger mit einem Freund eine Aufführung von *Halka* im Warschauer Großen Theater besuchen wollte. Eine Eintrittskarte wurde ihm verkauft, doch als er vor der Vorstellung im Pelzmantel und mit nicht allzu gut geputzten Schaftschuhen erschien, wollte man ihn nicht in den Saal lassen. Der Arme konnte damals Moniuszkos Oper nicht sehen. Er war sehr jung und wusste nicht, dass man sich ins Theater etwas festlicher und zugleich etwas konventioneller gekleidet zu begeben hatte.

Dann, in einem historisch wichtigen Augenblick, endeten die jährlichen Reisen nach Österreich. Zunächst gab es den „Anschluss“ und dann – nun, das ist bekannt. Als der Krieg ausbrach, versuchte der Lange angeblich noch nicht einmal, nach Amerika zurückzukehren, sondern beschloss, auf seinem Hof in Radziwiłłów zu bleiben. Das war ihm nicht vergönnt: Die Deutschen warfen ihn heraus und übertrugen sein Gut einem Treuhänder, einem Volksdeutschen aus dem Posener Raum, der übrigens einen polnischen Namen trug, an den ich mich bis heute erinnere: Er hieß Pawlak. Der Lange verließ das Dorf aber nicht, zumindest vorerst nicht. In dieser Zeit, gleich zu Beginn des Kriegs, vielleicht auch kurz davor, ging er eine Beziehung mit Natka ein (dieser merkwürdige Vorname war wohl eine Verniedlichungsform von Natalia). Ich bin nicht in der Lage, die genaue Chronologie zu rekonstruieren, es gibt niemanden, der mir dabei helfen könnte. Vielleicht lebt Natka noch, wenn ja, dann ist sie eine Frau über achtzig. Ich könnte sie aber nicht finden, selbst wenn ich es wollte, ich weiß nicht, wie ihr Mädchenname lautete und wie der Name, den sie nach der Heirat annahm (denn schließlich heiratete sie, wie wir noch sehen werden); es wäre die Suche nach der Nadel im Heuhaufen – einer Nadel von vor vielen Jahrzehnten.

Der Lange hatte sie noch in Friedenszeiten eingestellt. Sie kümmerte sich wohl auch später um den Haushalt, doch schon bald veränderte sich ihre Rolle radikal, sie wurde ungleich wichtiger. Bis zum Ende seines Aufenthalts in Polen war sie seine Geliebte und machte daraus kein Geheimnis, was in der dörflichen Gemeinschaft, aus der sie stammte, Anlass für viele Gerüchte und für Gerede gewesen sein muss – und als er im Alter immer gebrechlicher wurde, sorgte sie sich um ihn. Sie war auch aktiv, als der Lange dabei half, seine Familie zu retten, indem er sie aus dem Ghetto herausholte. Natka hat sich in der Besatzungszeit viele Verdienste erworben. Als es Ende November, Anfang Dezember 1943 in der Gegend gefährlich wurde und die Deutschen einige untergetauchte jüdische Familien aufstöberten und erschossen, fanden Mutter und ich eine Woche lang Zuflucht in einer Kartoffelmiete, die zu dem winzigen Hof ihrer Familie gehörte. Sie ließ uns jeden Morgen und jeden Abend für einen Augenblick heraus, damit wir unsere körperlichen Bedürfnisse erledigen konnten, und sie brachte uns auch Essen. Der Lange hatte volles Vertrauen in sie, er hatte sie in alle seine Geheimnisse eingeführt und nahm, offensichtlich, ihre Hilfe in Anspruch, um Menschen, denen es gelungen war, aus dem Ghetto zu entkommen, zu verstecken.

Eigentlich war man verwundert, dass er gerade mit ihr zusammenlebte. Sie war von der Schönheit eines drallen Dorfmädchens weit entfernt, es ließ sich schwer verbergen, dass sie hässlich und dabei noch unsympathisch war, in ihren Umgangsformen scharf und herrisch. Es hieß, offensichtlich nicht ohne Grund, dass er unter ihrem Pantoffel stand und dass sie zumindest ab einem bestimmten Zeitpunkt tat, was sie wollte. Jedenfalls muss sie irgendwelche Vorzüge gehabt haben, die nur schwer aus der Ferne zu erkennen waren, sonst hätte er sie nicht ausgesucht und mit ihr ein ganzes Stück seines Lebens verbracht. Sie war seine Gefährtin in der Besatzungszeit. Denn ins Ghetto ging der Lange nicht und er trug auch keine Armbinde mit dem Davidstern.

Er entsprach voll und ganz den von den Nazis aufgestellten Kriterien, nach denen man ein Jude war, doch für lange Zeit versteckte er sich nicht, sondern lebte auf der arischen Seite, obwohl es sicher kaum möglich ist zu sagen, dass er ein normales Leben führte. Entscheidend hierfür war zweifelsohne der amerikanische Pass, dessen glücklicher Besitzer er war. Juden mit US-amerikanischer Staatsangehörigkeit wurden zwar auch in den Ghettos eingesperrt, sie hatten jedoch vergleichsweise größere Überlebenschancen, wovon Mary Berg in ihren ergreifenden Erinnerungen berichtet. Wenn ich mich nicht irre, tauchte er einige Male irgendwie im Warschauer Ghetto auf, um die Familie zu besuchen, er war wie ein Gast aus einer anderen Welt. Seine Beziehungen zum Ghetto beruhten vor allem darauf, dass er dabei half, Familienmitglieder herauszuholen, als die Aktion begann, also nach dem schrecklichen Datum 22. Juli 1942, und einmal sogar schon früher.

Dieses eine Mal waren es meine Großeltern. Sie überlebten den Krieg dank eines Quäntchens Glück – und vor allem dank des Langen. Ich muss gestehen, dass ich ihre Rettung entgegen aller Wahrscheinlichkeit für eines der Wunder der Besatzungsjahre halte; wäre ich ein gläubiger Mensch, so würde ich schreiben, dass Gott seinen ganz besonderen Schutz über sie ausgebreitet hat, den er Millionen anderen Menschen vorenthielt. Sie waren schon alt (beide waren in der zweiten Hälfte der 1870er-Jahre auf die Welt gekommen), kränklich, aber immer noch halbwegs rüstig. Dabei geht es hier nicht nur um das Geburtsjahr, denn in schrecklichen Zeiten altern die Menschen schneller, die Jahre mehren sich in doppelter oder dreifacher Geschwindigkeit. Ich kann nicht umhin, hier kurz abzuschweifen und etwas über das Schicksal alter Menschen zu schreiben, die in der Zeit der Judenvernichtung keinerlei Überlebenschance besaßen. Seit Jahren denke ich an den Holocaust als an ein Blutbad, das an denen verübt wurde, die im 19. Jahrhundert geboren wurden, an einer gewaltigen Menge von Menschen, die von diesem Jahrhundert geprägt wurden, die Vorstellungen und Ideen besaßen, die sie sich damals angeeignet hatten. An Menschen, denen die Idee vom Mord mit industriellen Methoden nicht in den Kopf wollte, aus dem einfachen Grund, weil das die Möglichkeiten ihrer technischen Vorstellungskraft überstieg. Manchmal denke ich darüber nach, wann für die Juden das 19. Jahrhundert endete, und denke, dass dies nicht wie für alle anderen mit dem Ausbruch des Ersten Weltkriegs geschah, sondern in dem Augenblick, in dem die Krematorien von Treblinka, Auschwitz und anderen Orten des Völkermords in Betrieb genommen wurden.

Meine Großeltern mütterlicherseits entgingen der Deportation vom Umschlagplatz und den Öfen von Treblinka vor allem durch Zufall, durch etwas, was ein Unglück zu sein schien und tatsächlich auch war, jedoch dazu führte, dass ihnen das Schicksal kein noch größeres, endgültiges Unglück beschied. Großmutters Sehkraft ließ sehr schnell nach, die Blindheit kam mit jedem Tag näher. Der Augenarzt sagte, dass sich dieser Prozess nur durch eine Operation aufhalten lasse, doch im Ghetto gebe es keine Bedingungen, um sie durchzuführen, das sei nur auf der arischen Seite machbar. Nach langem Zögern und Erörterungen, aber auch einer eingehenden Betrachtung ihrer finanziellen Möglichkeiten, entschlossen sich die Großeltern, irgendwie aus dem Ghetto herauszugelangen, sich rund zwei Wochen auf der anderen Seite der Mauer aufzuhalten – denn so viel Zeit würde alles mehr oder weniger brauchen, was mit der Operation zusammenhing – und danach wieder zurückzukehren. Die Operation kam aus vielen Gründen, medizinischen und allgemeinen, nicht zustande, meine Großmutter versank ganz in Dunkelheit und erlangte ihre Sehkraft nie mehr zurück, doch ins Ghetto gingen die Großeltern nicht wieder. Als es Zeit wurde für die Rückkehr, begann *es*, also die Aktion, die Liquidierung, die Deportation.

Ihr Entkommen war nun dank des Langen möglich. Nicht nur, dass er am vereinbarten Ort auf der arischen Seite wartete, sondern er hatte das ganze schwierige und gefährliche Unterfangen auch organisiert. Meine Großeltern sprachen gut Polnisch und besaßen auch das sogenannte gute Aussehen, insbesondere der Großvater, der mit seinem grauen Haarschopf und dem buschigen Schnurrbart eher an einen Krautjunker denn an einen Juden aus einer kleinen Stadt bei Warschau erinnerte. Doch das Risiko war trotzdem gewaltig. Ich kenne die Einzelheiten nicht und weiß nicht, was sie in den ersten Tagen ihres Aufenthalts *extra muros* erlebten, doch eines ist sicher: Der Lange kümmerte sich um sie. Er fand einen Unterschlupf für sie, als sich herausstellte, dass nach dem, was begonnen hatte, eine Rückkehr keinen Sinn mehr hatte. Er bemühte sich um fiktive Dokumente und brachte sie bei einer befreundeten Bauernfamilie unter, in einem der Dörfer, die an Radziwiłłów grenzten, wo er damals immer noch lebte. Er war, zusammen mit Natka, in stetem Kontakt mit ihnen, und wenn es nötig war, kam er ihnen zu Hilfe. Er war es auch, der ihre Flucht aus Radziwiłłów organisierte, als diese Gegend besonders gefährlich wurde, er ermöglichte ihnen den Umzug nach Milanówek, wo er ein Versteck für sie vorbereitet hatte.

In der Gegend, in der der Lange wohnte, versteckten sich auch noch zwei Cousinen, Töchter von Großvaters älterem Bruder, zusammen mit ihren Verwandten. Sie befanden sich hier zweifellos auch aufgrund seines Zutuns. Allerdings gelang es ihnen nicht, den Krieg zu überleben: Beide Familien wurden an zwei unterschiedlichen Orten aufgedeckt und erschossen. Dies geschah in der Zeit, als die Großeltern überstürzt die Gegend verlassen mussten und Mutter und ich uns eine Woche in der Kartoffelmiete versteckten. Später stahlen wir uns eines Tages vor Tagesanbruch in völliger Dunkelheit zum Bahnhof in Radziwiłłów, um mit dem ersten Zug nach Warschau zu fahren. Es war Spätherbst 1943, als jemand gemeldet hatte, dass sich in einigen Dörfern Juden verstecken, die Deutschen sich also daranmachten, das Gebiet zu durchkämmen. Mehr als ein Dutzend Menschen kam ums Leben.

Dass Mutter und ich uns in Radziwiłłów versteckten, im Häuschen der Familie Wolski, und Vater einige Kilometer weiter, bei einem Bauern, war natürlich dem Langen zu verdanken (Kazimierz Wolski war ein pensionierter Bahnhofsvorsteher in Radziwiłłów; eine Zeit nachdem wir fortgegangen waren, wurde er von der Gestapo erschossen, aber nicht, weil er Juden in seinem Haus beherbergt hatte, sondern wegen seiner Arbeit im Untergrund: Er war Mitglied der Heimatarmee). Der Lange half uns vor allem damals, als wir aus dem Ghetto flohen. Unter seinen Bekannten war ein blauer, also ein polnischer Polizist, den er überredete, uns gleich nach dem Verlassen des Ghettos in Empfang zu nehmen und dann einen Tag lang oder zwei in seiner Wohnung unterzubringen, was auch geschah, denn es gab, wie man sieht, solche und solche blauen Polizisten. Auf diese Weise kamen wir darum herum, riskant durch die Stadt zu irren, und befanden uns bei Morgengrauen in einer halbwegs auf unseren Aufenthalt vorbereiteten Welt, zumindest innerhalb der nächsten Tage.

Es war eine Zeit, in der sich der Lange – als amerikanischer Staatsbürger – noch relativ ungezwungen bewegen konnte, doch dies sollte bald darauf ein Ende nehmen. Ich kann nicht sagen, in welcher Phase der Besatzung es geschah, doch ist es eine Tatsache, dass auch er jetzt untertauchen musste. Nun erwies sich Natka nicht nur als eine ihm ergebene, sondern auch verantwortungsvolle, energische und tapfere Frau. Über diesen Lebensabschnitt des Langen kann ich nicht viel sagen, ich hielt mich nun schon fern von Warschau auf und in meiner Erinnerung haben sich keine Familienerzählungen erhalten, sehr wahrscheinlich habe ich nie etwas darüber gehört. Doch mich interessiert in größerem Maße als die biographischen Details hier etwas anderes: die Veränderung, die der Lange während der Besatzungszeit durchmachte. Er hatte als leichtsinniger und verantwortungsloser Kerl gegolten, der sich von Hirngespinsten und zeitweiligen Capricen leiten ließ, ein innerlich und äußerlich unorganisierter Mann, der nicht klar zu handeln vermochte und die in Angriff genommenen Dinge nicht zu Ende bringen konnte, der sich hauptsächlich für seine kleinen Angelegenheiten interessierte und kaum bereit war, sich mit dem zu beschäftigen, was andere betrifft. Und hier stellte sich plötzlich heraus, dass der Lange unter Bedingungen, auf die schließlich niemand vorbereitet war, mit Energie zu handeln imstande war und den Lauf der Dinge voraussah, dass er bereit war, sich in Gefahr zu begeben und eigentlich alles auf eine Karte setzte, um der Familie am effizientesten zu helfen. Er präsentierte sich als verantwortungsbewusster Mensch, der seine Fantasie und seinen Einfallsreichtum für konspirative Unternehmungen einsetzen konnte (die Konspiration besteht schließlich nicht nur aus bewaffneten und politischen Aktionen, sondern auch daraus, denen das Leben zu retten, denen es gelungen war, die Mauer zu überwinden). Der Effizienz seines Tuns kam zugute, dass er es verstand, Kontakt mit Menschen zu knüpfen, sie zu überzeugen, ihre Vorstellungskraft anzuregen. Der Krieg machte ihn zu einem anderen Menschen, er setzte etwas frei, von dessen Existenz in sich er wohl selbst nichts geahnt hatte.

Seine Aktivität ist umso mehr hervorzuheben, als er ein schwerkranker Mann war. Die *sclerosis multiplex* hatte nicht in dem Stadium angehalten, das sie in den schönen Vorkriegszeiten erreicht hatte, sondern er lief mit immer größerer Mühe, und auch weitere Symptome der Krankheit traten auf. In einem solchen Zustand befand er sich im Moment der Befreiung. Er kehrte nach Radziwiłłów zurück, bekam seinen Besitz wieder, musste sich aber überlegen, wie er sein Leben fortan gestalten sollte, also fragen: was nun? Er war sich gewiss bewusst, dass er immer gebrechlicher werden würde und dass es seine Möglichkeiten bald übersteigen würde, sich um den Hof zu kümmern, der im Übrigen nie in einem guten Zustand gewesen und während des Kriegs noch weiter heruntergewirtschaftet worden war. Immer intensiver dachte er an eine Rückkehr nach Amerika, zumal die in Polen eingeführte kommunistische Ordnung bei ihm immer größere Befürchtungen hervorrief, selbst wenn er damals, 1946, noch nicht wissen konnte, dass er, wäre er geblieben, bald schon als Kulak bezeichnet worden wäre, als Klassenfeind, den es zu bekämpfen galt.

Dann begab er sich auf seine erste Reise nach dem Krieg. Er wollte herausfinden, ob eine Rückkehr nach New York nach zwanzig Jahren Abwesenheit Sinn machte, ob er dort nach einer so langen Zeit wieder Wurzeln schlagen könnte, aber auch, ob er – eine wichtige Frage! – auf die Hilfe der Familie rechnen konnte, die ihren Status in der Zwischenzeit erheblich verbessert hatte. Er wollte sich mit ihnen treffen, vor allem mit seiner Mutter, die damals schon sehr betagt war. Soviel ich weiß, lag ihm am wenigsten am Kontakt zu seinem Sohn; er hatte sich ja an dessen Erziehung nicht beteiligt und behandelte ihn im Grunde wie einen fremden Menschen (zu einem Treffen ist es zweifellos gekommen, doch viel ergab sich daraus nicht). Er glaubte auch, dass ihm die amerikanischen Ärzte besser helfen könnten als die polnischen. Und so beschloss er, in Amerika zu bleiben; nach Polen kehrte er nur noch zurück, um seine Angelegenheiten zu regeln.

Tatsächlich, gleich nach der Rückkehr, begann er damit, alles aufzulösen. Es handelte sich um komplizierte Vermögensfragen, über die ich nicht Bescheid weiß; ich weiß, dass er einen Teil des Hofes verkaufte, einen Teil musste er dafür aufwenden, um rückständige Hypothekenschulden zu begleichen, und einen letzten Teil, wohl den größten, überschrieb er Natka. Er hatte viele Jahre mit ihr zusammengelebt und war wohl darauf bedacht, sie nicht auf dem Trockenen sitzen zu lassen, wenn er das Land für immer verließ, sie also halbwegs auszustatten. Dabei stand er unter ihrem großen Druck; sie forderte ihre Rechte ein, angeblich höchst energisch. Der Lange beschloss, ihr nicht nur soundsoviel Hektar zu überschreiben, sondern sie auch noch zu verheiraten. Und er suchte mit aller Macht nach einem Kandidaten. In einem der Nachbardörfer fand er ihn. Der Junge kannte Natka zwar nicht, er hatte sie nie gesehen, doch die Perspektive, ein gutes Dutzend Hektar zu erlangen, die dieses nun schon vermögende Fräulein einbringen würde, tat das ihre – er entschloss sich. Doch er stellte eine Bedingung: Die Verlobte dürfe nicht älter sein als er selbst. Leider war sie das, und zwar nicht unerheblich: Sie war bereits über dreißig, weshalb man sie nicht nur nach ländlicher Gepflogenheit in die Reihen der alten Jungfern hätte aufnehmen müssen, während der landgierige Jüngling gerade einmal die Zwanzig überschritten hatte. Der Lange wollte seine nicht alltäglichen Bemühungen als Ehestifter mit Erfolg krönen und machte sich mit doppelter Energie ans Werk. Er überzeugte den mit Mühe aufgetriebenen Heiratswilligen davon, dass Natka eine junge Frau sei. Doch das genügte nicht, es waren noch Beweise in Gestalt von Dokumenten nötig, vor allem galt es zu verhindern, dass jemand die Intrige aufdecken würde. Zu diesem Zweck ging er zum örtlichen Pfarrer, mit dem er in korrekten, wenn nicht sogar guten Beziehungen stand, um diesen zu bitten, Natkas Geburtsdatum bei der Erledigung der Formalitäten und, anschließend, bei der Hochzeitszeremonie nicht aufzudecken. Der Pfarrer wollte dieser Bitte anfangs nicht entsprechen, am Ende überredete ihn der Lange aber, indem er argumentierte, dass die ganze Sache, sollte er etwas über das Alter der Braut sagen, platzen würde, was für alle nachteilig wäre.

Natkas Verheiratung war seine letzte Tat auf polnischem Boden. Er tat das, was er tun musste, und machte sich auf die Reise, diesmal auf die letzte, auf die andere Seite des Atlantiks. Wenn ich mich recht erinnere, bestieg er in Gdynia die „Batory“, denn damals überflog man den Ozean noch nicht mit Flugzeugen. Er war alt und krank, sicherlich war er sich bewusst, dass er Polen, in dem er einen beträchtlichen Teil seines Lebens verbracht hatte, nie mehr sehen würde. Über sein Schicksal in Amerika weiß ich nicht viel; wahrscheinlich sorgte seine Familie für ein Existenzminimum – sie könnte den Umzug als Rückkehr eines verlorenen Sohns angesehen haben, eines siechen Sohns im fortgeschrittenen Alter, der dem Grab schon nahestand. Er hatte nie viel Lust zum Schreiben von Briefen, und so schickte er nach seiner Abreise nur zwei oder drei, um dann zu verstummen. Vielleicht hatte die sich verstärkende Krankheit nicht nur mehr die Beine angegriffen, sondern in ihrem zerstörerischen Werk auch die Hände, sodass er aus rein körperlichen Gründen keinen Stift mehr halten konnte. Aber vielleicht gab es auch andere Ursachen; der stalinistische Terror wurde stärker, der Lange könnte also angenommen haben, ein fortgeführter Kontakt mit Verwandten aus Amerika könnte die Familie Schikanen aussetzen.

Sein Todesdatum kenne ich nicht, doch ich vermute, dass er unser Jammertal spätestens Mitte der 1950er-Jahre verlassen hat. Niemand hat die polnische Verwandtschaft darüber informiert, obwohl er so enge Beziehungen zu ihr gehabt hatte.

Die schwarze Stunde

Ich habe diese Geschichte verschiedenen Personen erzählt und wollte sie auch schon lange als Zeugnis jener Zeit auf Papier festhalten, doch immer hat mich etwas davon abgehalten. Eigentlich habe ich mich dagegen gewehrt, so als würde der Prozess der Niederschrift dazu führen, dass die Ereignisse in mir mit all ihrem Grauen noch einmal aufleben. Ich gebe zu, dass ich mich auch heute nur mit Mühe an diese Arbeit mache, ich muss Widerstände überwinden, will aber nicht, dass diese Erzählung auch weiterhin nur in meinem Kopf bleibt. Darauf, dass ich sie jahrelang nicht überwinden konnte, hatten auch besondere literarische Gründe einen Einfluss, ich befürchtete, dieser authentische Bericht könnte sich entgegen meinem Willen einem gewissen Muster unterordnen. Es gibt nämlich den uralten Topos des Spiels mit dem Tod, der vor allem in der bildlichen Darstellung verewigt, aber auch verbal oft umgesetzt worden ist. Der Einsatz in diesem Spiel, meist mit Karten oder Würfeln, ist der höchste: das Leben. Ich spielte allerdings Schach, und das auch nicht mit dem Tod, sondern mit einem jungen Mann, der beschlossen hatte, mich dem unweigerlichen Verderben anheimzugeben. Eine Schachpartie zwischen einem Kind und einem *szmalcownik* könnte als ein billiger literarischer Einfall erscheinen, als eine absonderliche Wiederaufnahme eines archaischen Motivs, doch in meiner Erzählung gibt es kein Gramm Fiktion, es gibt keine erdachten Konzepte, und wenn sich in ihr „Literatur" findet, so nur auf sekundärer Ebene, durch Zufall, ohne meine Absicht. Ich erzähle eine Begebenheit, die in eine

Zeit fiel, in der die außergewöhnlichsten, grausamsten Dinge geschehen konnten. Und das war so:

Kurz nach dem Verlassen des Ghettos, zu Beginn des Jahres 1943, nisteten wir uns zu dritt – mit Mutter und meiner Tante Teodora – in einer Mansarde in der ulica Srebrna ein, also im Zentrum von Warschau. Das Haus war alt und verwahrlost und die Mansarde in einem beklagenswerten Zustand. Ich weiß nicht, wer sie für uns gefunden hatte, sie schien uns halbwegs sicher zu sein. Wir hatten die Hoffnung, dass wir niemandes Aufmerksamkeit auf uns ziehen würden und uns hier zumindest für eine Zeit lang verstecken könnten. Die Mansarde war leer, es gab kein einziges Möbelstück außer zwei Schemeln, an den Wänden zeichneten sich Schimmelmuster ab, der Strom war wohl abgeschaltet worden, es fehlte auch eine Heizung (die Winter der Besatzungszeit zeichneten sich durch ihre Strenge aus) und die Rolle eines Herds übte ein Kanonenofen aus, ein eiserner Ofen mit langem Rohr. Wir schliefen auf Strohsäcken. Diese primitiven Bedingungen waren kein Anlass zur Klage, wichtig war, dass wir überhaupt eine Zuflucht hatten, diesen vier heruntergekommenen Wänden verdankten wir, dass wir nicht obdachlos, also einem schnellen und unweigerlichen Tod ausgeliefert waren.

Ich war acht Jahre alt geworden und war mir über die Situation im Klaren, in der ich mich befand. Die Angst ist eine hervorragende Lehrerin. Sie lehrt einen rasch, sich über die eigene Lage zu orientieren, sie begünstigt, dass man sich bewusst wird, wozu man verurteilt ist, und gewöhnt einem nicht nur die kindlichen Fantasien und Träumereien ab, sondern sie erlaubt es auch nicht, dass sich das kindliche Interesse herausbildet. Zeit hatte ich viel und ich versank in Tatenlosigkeit, weil ich sie nicht auf eine Weise anfüllen konnte, die diesem Alter eigen ist. In einer bestimmten Zeit im Ghetto, vor dem Beginn der Aktion, als man noch nicht von Umschlagplatz und Treblinka sprach, hatte ich begonnen, Bücher zu verschlingen. Doch in der Srebrna hatte ich kein gedrucktes Wort – außer einem Gebetsbuch, das mir von jemandem geschenkt worden war und aus dem ich die wichtigsten Gebete lernen sollte, um bei Bedarf das *Vaterunser*, das *Ave Maria* oder das *Glaubensbekenntnis* aufzusagen – und um so zu demonstrieren, dass ich kein Jude war. Die Kenntnis der heiligen Texte, die ein Katholik auf ganz natürliche Weise von Anfang an kennt, galt als Prüfung, obwohl sie wohl niemandem geholfen hat. Und dennoch lernte man sie überall auf der arischen Seite, da man dachte, dass ihre Kenntnis eine Art Legitimation sei oder vielleicht, zumindest unter bestimmten Umständen, ein letzter Rettungsring. Auch ich lernte sie auswendig. Ich brachte sie mit nichts Besonderem in Verbindung, sie waren nicht mehr als eine Sequenz von Sätzen, die man unbedingt beherrschen musste und die mir nur schwer in den Kopf wollten – denn ich war damals schwerfällig, so als wäre ich in meiner Entwicklung stehen geblieben. Die Gebete, die ich ohne Verstand büffelte, erwiesen sich in diesem dramatischen Augenblick übrigens als nutzlos, unser Verfolger hegte keinen Zweifel, wer wir waren, und musste nichts überprüfen. Selbst wenn ich den halben Katechismus besonders schön rezitiert hätte, hätte ihn das kaum bewegt.

Ich hatte jedoch etwas bei mir, das dafür da war, mir die schreckliche Zeit angenehmer zu machen: ein Schachspiel. Ich hatte früh Schach spielen gelernt, noch im Ghetto, und bald nach dem Beginn der Deportationen nach Treblinka, als man begann, mich an verschiedenen Orten zu verstecken, war Schach meine Hauptbeschäftigung. Die Grundlagen beherrschte ich rasch – ich erinnere mich nicht, wer mich damit vertraut gemacht hatte –, aber natürlich hatte ich keinen Partner. Jemand schenkte mir ein dickes Schachbuch, das die Notation der Partien der großen Schachmeister enthielt. Angezogen von der Dramatik der berühmten Duelle, spielte ich sie mit Eifer auf meinem Schachbrett nach. Ich identifizierte mich mal mit dem einen, mal mit dem anderen Partner. Doch in der Mansarde in der Srebrna hatte ich das Buch nicht mehr, denn es war im Ghetto geblieben. Es hatte keine Möglichkeit gegeben, es mitzunehmen, als wir uns aus dem Mauerkreis herausstahlen. Doch ich hatte die kleinen hölzernen Schachfiguren, die ich in einer beschädigten Pappschachtel aufbewahrte (bis heute erinnere ich mich an ihre verblichene blaue Farbe), sowie ein ziemlich aus dem Leim gegangenes Schachbrett. Ich spielte gegen mich selbst, stundenlang, weil es meine einzige Beschäftigung war. Sie machte mir zweifellos Spaß. Ich bin mir heute nicht mehr darüber im Klaren, wie es mir gelang, mich auf zwei Rollen und Sympathien aufzuspalten, doch ich weiß, dass dies die wichtigste Art und Weise war, um die unsäglichen und leeren Stunden zu füllen. Ich konnte nicht auf den Hof gehen, ich konnte keine Altersgenossen treffen, um mit ihnen zu spielen, ich hatte kein Buch – außer dem kleinen Gebetbuch, aus dem ich die wichtigsten Gebete lernen sollte.

Und als ich so gegen mich selbst spielte, klopfte jemand an die Tür. Ein nicht angekündigtes, zuvor nicht verabredetes Klopfen verhieß nichts Gutes, und bei dem, das gerade ertönte, war von vornherein klar, dass es nicht freundschaftlich war. Es war aggressiv, laut, selbstbewusst. So klopft nicht jemand, der kommt, um dir zu helfen, so klopft jemand, der mit dir kurzen Prozess machen will. Wir erstarrten vor Angst, doch am Ende öffneten wir die Tür, da sie sonst aufgebrochen worden wäre. Bestenfalls konnte es der Hauswart sein, der kam, um uns aus der Mansarde zu werfen – schließlich waren wir wilde Hausbewohner, die nirgendwo gemeldet waren, obwohl wir jemandem für dieses Obdach zahlten. Doch es war nicht der Hauswart. In der Tür stand ein unbekannter junger Mann, mit der Eleganz der Besatzungszeit gekleidet. Es war schwer, sich über seine Absichten zu täuschen. Es bestand kein Zweifel, dass wir aufgeflogen waren. Es war Zeit, vom Leben Abschied zu nehmen.

Der Kerl erklärte schon auf der Schwelle, dass er wisse, wer wir sind, und dass er uns deswegen den Deutschen übergeben werde. Versuche, ihn davon zu überzeugen, dass er sich irre – unsere Papiere waren schließlich alle in Ordnung –, hatten natürlich keinen Erfolg, ebenso wenig wie unser Bitten. Der junge Mann war unnachgiebig und taub für Flehen und Argumente. Ich weiß nicht, ob ich schon damals das Wort *szmalcownik* kannte; wenn nicht, so verstand ich an diesem Januartag, was es bedeutet und auf wen es sich bezieht. Bald kam die Sprache auf einen Freikauf. Doch wir hatten keinen wertvollen Gegenstand bei uns und auch kein Geld. Die elenden Groschen, über die beide Frauen bei seinem Kommen verfügten, hätten den ungebetenen Gast natürlich nicht zufriedengestellt, sie hätten vielleicht für zwei Laib Brot und einen Liter Milch gereicht. Es entstand die dramatische Notwendigkeit, sofort etwas zu finden, womit wir uns freikaufen konnten. Vater, der sich damals in einem anderen Teil der Stadt versteckte, hatte noch eine gewisse Geldsumme und einen Rest Schmuck, die er für eine schwarze Stunde aufbewahrte; sie waren jene unabdingliche Reserve, die sich als der Preis des Lebens erweisen konnte. Es war schwer, eine schwärzere Stunde zu finden als diese, die uns in der Mansarde in der Srebrna überkommen hatte. Hier war die Grenze zwischen Leben und Tod schon fast verwischt und das Spiel drehte sich um das Wichtigste. Schließlich wurde nach langen Verhandlungen festgelegt, dass Teodora in die Stadt gehen, jemanden kontaktieren und das Lösegeld bringen sollte, während ich und Mutter als Geiseln in der Wohnung blieben. Der *szmalcownik* war gnädigerweise damit einverstanden.

Es dauerte lange. Ich kann nicht sagen, wie viele Stunden, doch mit großer Sicherheit lange – und zwar nicht nur, weil uns die Zeit lang wurde während des von Entsetzen erfüllten Wartens. Wir wussten schließlich nicht, was geschehen würde, ob es gelingen würde, das Lösegeld zu finden und ob der *szmalcownik* uns nach dessen Erhalt nicht vielleicht doch zur Gestapo bringen würde. Wir hatten keine Ahnung, was für ein Typ von Gauner er war, ob ihm nur am Erhalt von Geld gelegen war oder ob er auch ein überzeugter Antisemit war, der seine Mission darin sah, Juden aufzustöbern und auszurotten, die sich auf der arischen Seite versteckten. Hätten wir es mit einem von diesen Ideen überzeugten *szmalcownik* zu tun gehabt, so wären unsere Chancen, diese Heimsuchung zu überleben, auf null gesunken.

Während des sich hinziehenden Wartens saß er auf einem der beiden Schemel, er zog sich nicht aus. In unserer Mansarde war es kalt, denn seit er gekommen war, hatte sich niemand mehr mit dem Kanonenofen beschäftigt und er war ausgegangen. Bis heute erinnere ich mich an seinen Mantel: Er war grau und dick, aus Stoff mit Fischgrätenmuster gemacht. Seltsam sind die Mechanismen der Erinnerung. Diese seine Winterkleidung hat sich mir tiefer und dauerhafter eingeprägt als sein Gesicht; wahrscheinlich zeichnete es sich durch nichts aus, außer vielleicht durch das kurz gestutzte Schnurrbärtchen, das die volkstümliche Physiognomik gerne Betrügern zuschrieb. Er saß ruhig da, sprach nicht mit uns. Von Zeit zu Zeit drückte er Ungeduld aus, beklagte, dass sich alles so hinziehe und er seine Zeit unnötigerweise vergeude. Ganz offensichtlich langweilte er sich.

Auch ich tat nichts. Gedankenlos saß ich auf dem Strohsack, doch kann man kaum sagen, dass ich mich langweilte – Angst und Entsetzen kommen der Langeweile nicht entgegen. Ich war ein erfahrenes jüdisches Kind, begriff unsere Lage bestens und wusste, was „gehen wir zur Gestapo" bedeutete. Ich hatte keine Illusionen und war mir darüber bewusst, dass dieser schreckliche Tag für mich mit dem Tod enden könnte. In der Mansarde herrschte Stille, man könnte sie ohne Übertreibung Grabesstille nennen. Da erblickte ich das Schächtelchen mit den Schachfiguren auf dem Fensterbrett. Ich legte das Schachbrett auf den Strohsack, war aber natürlich nicht in der Lage, etwas zu tun, was auch nur annähernd sinnvoll gewesen wäre. Ich schob die Figuren ohne Sinn und Verstand hin und her, wahrscheinlich nur deshalb, um dieses schreckliche Warten zu überbrücken und mich wenigstens für einen Augenblick der Herrschaft der tödlichen Stille zu entziehen.

Dann geschah etwas Unerwartetes: Der gelangweilte *szmalcownik* schlug vor, Schach zu spielen. Ich erinnere mich nicht, wie diese Partie verlief, auf wessen Seite es eine Siegchance gab, doch weiß ich, dass wir sie nicht beendeten, denn als sie sich ihrem Ende näherte, kehrte Teodora zurück. Der *szmalcownik* interessierte sich nur für die Beute, auf die er mehrere Stunden hatte warten müssen. Zunächst war er erbost, dass sie so klein war, aber schließlich nahm er sie und ging. Ich wollte „ließ er uns in Ruhe" schreiben, doch war mir gleich klar, dass diese Redewendung nicht zur Situation gepasst hätte. Sie hätte falsch geklungen, und zwar nicht nur aus allgemeinen Gründen, denn wir, die Verurteilten, konnten damals keine Sekunde lang Ruhe genießen. Sie hätte auch in Anwendung auf diese konkrete Situation falsch geklungen, denn schließlich mussten wir die dramatische Frage beantworten: Was nun?

Es lag auf der Hand, dass wir nach dem Fortgang des *szmalcowniks* keinen Augenblick länger in der Mansarde bleiben konnten, denn die Wohnung war ja aufgeflogen oder – wie man damals sagte – verbrannt. Wir konnten nicht naiv davon ausgehen, dass der *szmalcownik* nicht einen Moment später oder morgen früh zurückkehren würde. Wir konnten auch nicht ausschließen, dass er einen Kumpel herschicken und damit alles von vorne beginnen würde, nur dass es dann gewiss anders enden würde, denn diese nächste schwarze Stunde würde ohne Zweifel unsere letzte sein. Das war kein Schachspiel mehr. Es war also schwer zu ergründen, welche Spielregeln der *szmalcownik* befolgte (obschon man das Ende leicht vorhersehen konnte), ob er der Auffassung war, dass in seinem Beruf alles erlaubt sei, oder ob er ein „ehrlicher" Erpresser war, der nicht zum zweiten Mal zu denen kam, denen er schon Geld abgepresst hatten?

An diesem Tag konnten wir die Mansarde nicht mehr verlassen. Die Polizeistunde rückte näher und es wäre noch gefährlicher gewesen, wenn sie uns auf der Straße vorgefunden hätte. Das hätte den sofortigen Tod bedeutet. Wir wussten nicht, wohin wir gehen sollten, also hielten wir es bis zum Morgengrauen in der verbrannten Wohnung aus. Kaum war die Polizeistunde zu Ende, brachen wir auf. Wir hatten fast keine Sachen: Mutter und Tante Teodora nahmen kleine Bündel und ich hielt in der Hand die Schachtel mit den Schachfiguren, mit denen ich gegen den gespielt hatte, der keine Skrupel besaß, über mich zu urteilen, selbst wenn er das Urteil sicher nicht selbst vollstreckt hätte. Es begann eine neue Etappe auf der Flucht vor dem Tod, die wohl eher aus einer instinktiven Bindung ans Leben herrührte als aus einem bewussten Glauben an die Rettung. Die ganze Zeit, unabhängig davon, auf welcher Seite der Mauer wir waren, wurde zu einer einzigen schwarzen Stunde; wenn es gewisse Differenzierungen gab, dann nur in den Schattierungen.

Mit dieser Reflexion könnte ich die Erzählung darüber beenden, was an einem Januartag im Jahre des Herrn 1943 in einer Mansarde in der ulica Srebrna geschah, und doch spüre ich das Bedürfnis, noch etwas zu ergänzen. Ich möchte hinzufügen, dass mir immer noch die Figur des *szmalcownik* vor Augen steht, ich sehe immer noch diesen stämmigen jungen Mann, der die schrecklichste Verdienstmöglichkeit gewählt hatte, so kann man die Erpressung der Todgeweihten sicherlich nennen. Manchmal betrachte ich ihn nicht nur als eine konkrete Person, sondern – und vielleicht vor allem – als eine Art empirischen Typ von Hyäne der Besatzungszeit. Immer, wenn das Tun der *szmalcowniks* erwähnt wird, tritt aus der Tiefe meines Gedächtnisses genau dieser Kerl hervor.

Und noch ein Wort über das Schachspiel. Aus der Srebrna hatte ich es in der beschädigten Pappschachtel mitgenommen, doch ich erinnere mich nicht, was mit ihm geschehen ist, unter welchen Umständen ich es verlor. Ich denke aber, dass es bald nach dem Verlassen dieser verhängnisvollen Mansarde verschwand, während einer der folgenden Etappen meiner Wanderschaft. Es ist vielsagend und charakteristisch, dass ich das vergessen habe. Noch bis vor Kurzem war es für mich ein Gegenstand von ungeheurem Wert gewesen, mit dem ich mir die Zeit im Versteck vertrieb. Doch plötzlich hörte es auf, mich zu interessieren, ich brauchte es nicht mehr. Meine Leidenschaft verging. Vielleicht deshalb, weil ich in Apathie fiel und mich nichts mehr anzog und anging, sodass ich in einen Zustand des Dahinvegetierens fiel, in eine solche Abstumpfung, als wäre alle Intelligenz und alle Denkfähigkeit aus mir verdampft. Doch ich denke, dass die plötzliche Veränderung am stärksten von der Partie mit dem *szmalcownik* ausgelöst worden war. Eine Partie mit dem Tod, der diesmal nicht die Gestalt eines Sensenmannes annahm, sondern eines stämmigen jungen Mannes mit einem schelmisch gestutzten kleinen Schnurrbart.

Offene Abendgespräche

Jedes zuvor nicht abgesprochene Klopfen, selbst wenn es leise, ruhig und sanft war, rief Unruhe hervor. Es signalisierte, dass etwas Unerwartetes geschehen war, also etwas von Natur aus Ungutes, denn man konnte nur schwer daran glauben, dass in dieser Zeit etwas geschehen konnte, was man als nützlich und günstig hätte bezeichnen können. Man könnte im Übrigen eine richtige Phänomenologie des Klopfens ausarbeiten; alles daran war bedeutungsvoll. Wer ohne böse Absichten kam, meist in eiligen Angelegenheiten, die keinen Aufschub duldeten und sofort erledigt werden mussten oder sich aus einer plötzlichen Wendung der Dinge ergaben, klopfte für gewöhnlich so, dass er möglichst keine Angst hervorrief und keine Panik verursachte. Er musste ein Signal übermitteln und eine Reaktion hervorrufen, gab aber gleichzeitig zu verstehen, dass er kein Deutscher, Polizist oder *szmalcownik* war. Diese klopften anders. Vom ersten Takt an laut und energisch, und genau auf diese Weise zeigten sie ihre Absichten. Das Klopfen wurde zu einer Art Visitenkarte, es besaß eine Bedeutung, war eine Form der Vorstellung. Es sollte nämlich nicht nur zur sofortigen Antwort zwingen, die auf dem Öffnen der Tür beruhte, sondern den Aufgesuchten auch aufzeigen, mit wem sie es zu tun haben. Macht, Entschlossenheit, Willensstärke demonstrieren. Und davon überzeugen, dass sie jeder Chance beraubt sind, dass das Einzige, was sie tun können, ist, sich widerstandslos zu unterwerfen und sofort jede Hoffnung zu verlieren. Ein solches Klopfen, das ohne Vorbereitungen in *forte* oder gar *fortissimo* einsetzte, war gleichbedeutend mit Hämmern und konnte der erste Akt eines Aufbrechens der Tür sein, wäre es ohne Reaktion geblieben.

Wenn ich über das Klopfen schreibe, denke ich an die Welt der Geräusche, die die Juden in der schwarzen Zeit umgab. Man könnte sagen, dass es klangliche Signale gab, die typisch für die Henker waren. Es geht mir nicht so sehr um das Knallen beschlagener Schuhe auf Straßenpflaster, das ankündigte, dass Abteilungen auf dem Weg ins Ghetto waren, um Menschen auf den Umschlagplatz zu treiben – ein ähnlich Unheil verkündendes Geräusch wie die von ihnen gesungenen Marschlieder. Ich denke eher an die Laute, die an und für sich neutral sind und einen in normalen Zeiten an nichts denken lassen, nicht mit Angst assoziiert werden. Als ich mich mit Mutter auf dem Land versteckte, rief das Dröhnen eines sich nähernden Automobils eine nur schwer vorstellbare Furcht hervor. Er war gewissermaßen eindeutig, denn Autos kamen selten und sie gehörten ausschließlich Deutschen. Wenn eines auf dieser miserablen Seitenstraße auftauchte, so verhieß dies nichts Gutes. Die vom Motor abgesonderten Geräusche konnten eine Ankündigung des Todes sein. Ich erinnere mich bis heute an mein ungeheures Entsetzen, als es mir eines Tages vorkam, als habe das Dröhnen plötzlich aufgehört und ein deutscher Wagen sei vor dem Haus stehen geblieben, in dem wir uns aufhielten. Dieses Gefühl ist immer noch in mir wach, als würde sich eine Schnur um meinen Hals drücken, genau wie der Augenblick der Entspannung, in dem kein Zweifel mehr bestand, dass das Auto ohne stehen zu bleiben weitergefahren war, also keine Deutschen gekommen waren, um uns mitzunehmen, um uns umzubringen oder um uns hier an Ort und Stelle zu ermorden.

Ich rufe mir die Geräusche der Besatzungszeit nicht um ihrer selbst willen in Erinnerung, die, wenn sie sich zu einem musikalischen Ganzen verbanden, eine infernalische Komposition bildeten, sogar unabhängig von der Lautstärke. Ich schreibe darüber, weil ich von einer bestimmten Begebenheit erzählen möchte. Ich versteckte mich damals mit Mutter bei den Wolskis. Wir belegten in ihrer kleinen Wohnung einen Winkel in der Küche. Bis zu einer bestimmten Zeit war es relativ ruhig, obwohl ich vor allem Angst hatte, auch davor, den Hof zu verlassen, obwohl es Sommer war und die benachbarten Wiesen und Felder anziehend sein mochten. Vater versteckte sich nicht weit entfernt in einem der nächsten Dörfer. Und an einem dieser Sommertage erklang bei Morgengrauen ein sanftes Klopfen am Küchenfenster. Es scheint mir, als habe Mutter anfangs nicht darauf reagiert, weil sie dachte, dass vielleicht zu so früher Stunde jemand eilig etwas mit unseren Gastgebern zu klären hatte. Nach einer Weile begann das Klopfen wieder, vielleicht hörte sie auch ein Flüstern – jedenfalls schaute sie diskret nach, was los war. Mit diesem Anblick hatte sie nicht gerechnet: Vor dem Fenster stand Vater. Sie hatte keinen Zweifel, dass etwas geschehen war, was ihn zur plötzlichen Flucht aus dem Ort gezwungen hatte, an dem er sich versteckte.

Der Lange hatte ihm einen Unterschlupf bei einem nicht mehr jungen Bauern verschafft. Seine Hütte stand abseits; er lebte hier allein, seitdem er vor einigen Jahren Witwer geworden war; die Kinder hatten sich über die Gegend verstreut. Ihm gehörte nur ein Fetzen Land, also hatte er nicht viele bäuerliche Pflichten und konnte sich über Zeitmangel nicht beklagen. Seine Zeit füllte er mit Trinken. Es war schwer, einen Augenblick zu finden, in dem er ganz nüchtern war. Für Vater war das lästig, doch anfangs gestalteten sich die Beziehungen relativ korrekt. Dieser Bauer, an dessen Vor- und Nachnamen ich mich nicht mehr erinnere, hatte ihm eine Ecke in seinem verfallenden Haus vermietet und war wohl zufrieden, denn er bekam dafür Geld, wenn auch nicht viel, und er hatte jemanden, mit dem er reden konnte, woran ihm – nach Vaters Bericht – auch lag, zumindest gab es jemanden, an den er seine Säufermonologe richten konnte. Nach einer gewissen Zeit wurde sich der Bauer bewusst, dass es ihn im Jahre 1943 einer bedrohlichen Gefahr aussetzte, wenn er in seinem Anwesen einen Juden beherbergte – und er verlangte eine höhere Zahlung. Damit endete es aber nicht. In seinem Kopf entstand ein, wie man objektiv zugestehen muss, ganz rationaler Gedanke. Er eröffnete Vater, dass dieser als Jude sowieso unweigerlich totgeschlagen werden würde, dass es aber nicht gut sei, wenn bei dieser Gelegenheit auch er selbst leiden oder gar das Leben verlieren würde. Die Folge eines derart illusionslosen Blicks auf die Wirklichkeit war jedoch nicht, dass er ihm den Platz kündigte. Der Gedankengang des Bauern ging weiter. Er verkündete, es mache doch keinen Sinn, wenn Vater ganz normal und einfach so umkäme, wo er doch ohnehin ermordet werden würde. Es wäre am besten, wenn er ihn selbst zu den Deutschen brächte, konkret – zum nächsten Gendarmerieposten. Vater würden sie zwar ermorden, aber ihm würde nichts geschehen, und er würde sogar noch etwas verdienen, denn es gäbe eine Belohnung.

Vater wusste die Rationalität dieser gedanklichen Konstruktion zweifellos zu schätzen, vielleicht bewunderte er sogar den pragmatischen Geist seines Vermieters. Sein Geplapper behandelte er aber anfangs so, als sei es nur das Gewäsch eines Besoffenen. Dieser absonderliche Vorschlag begann sich dann jedoch obsessiv zu wiederholen und wurde zum Hauptmotiv der offenen Abendgespräche. Vater dämmerte es, dass es hier nicht um leeres Geschwafel nach einigen Selbstgebrannten ging. Er hegte bald keinen Zweifel mehr, dass die Lage ernst wurde, von Tag zu Tag bedrohlicher. Es wäre schwer gewesen, den Urheber dieses Gedankens davon abzubringen, eines Gedankens, der so kristallklar war, so sehr in der Realität verwurzelt war und die Realität der Besatzungszeit bestens berücksichtigte. Es wäre schwer gewesen, ihn davon zu überzeugen, aus seinem vom Alkohol benebelten Kopf herauszuschmeißen, was sich hier festgesetzt hatte. Für jede Sorte von Argumenten war er taub, sie drangen einfach nicht bis zu ihm vor, er konnte sich von seinem Plan nicht trennen.

Vater war von Tag zu Tag mehr überzeugt davon, dass es kein leeres Gerede war, dass es immer unsicherer wurde, aber dennoch blieb er in seinem Versteck – es gab keinen anderen Ort, an dem er sich hätte verstecken können. Zur Flucht entschloss er sich erst, als dieser Bauer, der für mich ein anonymer Mensch bleibt, erklärte, es sei nun Schluss mit lustig; da Vater nicht wolle, dass er ihn zu den Deutschen bringe, werde er also morgen die Deutschen ins Haus holen, denn man müsse dem schließlich ein Ende setzen. Diese Lösung sei zwar schlechter, weil er eine geringere Belohnung bekommen würde, aber etwas würde für ihn sicher abfallen. Ein Hauch des Grauens war zu spüren, zum ersten Mal war ein konkretes Datum genannt worden. Vater hatte keine Illusionen und keinen Ausweg: Er musste fliehen, selbst wenn das eine Flucht ins Leere war. Er packte seine wenigen Sachen und glitt in der Nacht aus der Hütte, deren Besitzer selbst dann rationale Gedanken hatte, wenn er vom Selbstgebrannten benebelt war.

Nach Jahren, als diese Geschehnisse lange vorbei waren, sagte mir Vater, er habe keine genauen Pläne gehabt, er habe verstanden, dass er sich nicht länger an diesem Ort aufhalten könne, aber nicht gewusst, was er mit sich anfangen solle. Er wollte sich mit uns treffen, sich verabschieden, vielleicht für immer verabschieden, denn schließlich wurde damals jeder Augenblick als der letzte empfunden. Die Unsicherheit des Augenblicks bestimmte ausnahmslos alle Gedanken und alles Tun. Und das mit besonderer Macht, wenn eine Veränderung eintrat, wenn neue Elemente auftauchten, die meist mit etwas zusammenhingen, was gefährlich war, was eine weitere Folge von Bedrohungen mit sich brachte. Und in einem dieser Momente klopfte Vater an das Fenster der Küche, in deren Winkel wir uns eingenistet hatten. Mutter war gleich klar, dass etwas Ungutes geschehen sein musste. Sie wusste nicht, was genau, denn zwar hatten sich die Eltern in dieser Zeit nicht weit voneinander aufgehalten, doch hatten sie überhaupt keinen Kontakt gehabt – das erforderten die Regeln des Untertauchens –, und wenn sie einander irgendwelche Lebenszeichen oder Nachrichten übermittelten, dann durch Vermittlung des Langen, der stets bereit war, mit allen möglichen guten Taten zu Hilfe zu kommen. Es musste entschieden werden, was weiter zu tun war, denn diese Etappe von Vaters Herumirren war zweifellos zu Ende gegangen, in dieser Gegend gab es keinen Platz mehr für ihn, es musste etwas Neues gefunden werden. Die Frage „Was weiter?" wurde in dieser Zeit zu einer der dramatischsten, denn sie verlangte es, dass man in unterschiedlichen Situationen sofort darauf antwortete, selbst wenn es keine guten Antworten gab. Jede konnte verhängnisvoll sein – und überhaupt die letzte. Manchmal gab es tatsächlich keine, die Dinge entwickelten sich so, dass man Grund hatte anzunehmen, es gäbe keine Perspektive mehr und sich auch nicht der kleinste Funke Hoffnung abzeichnete. Über die weitere Zukunft eines Menschen konnte allein der Zufall entscheiden.

Diesmal stellte sich rasch heraus, dass Vaters Lage noch nicht extrem war, zumindest was die nächsten Tage anging. Die Eheleute Wolski kamen zu Hilfe: Sie erlaubten Vater, sich in ihrem Schrebergarten aufzuhalten, solange sich keine Lösung abzeichnete. Der Garten befand sich unweit der Eisenbahnstrecke, in einer gewissen Entfernung vom Haus, in dem Mutter und ich lebten. Es wuchsen dort einige Obstbäume und Frau Wolska baute in ein paar Beeten Gemüse an. Die Parzelle war nicht groß und besaß keine Gebäude. Es stand hier nur ein kleiner Holzschuppen, der nicht für einen Menschen gedacht war, sondern dazu diente, Spaten, Rechen und andere einfache Werkzeuge für die Gartenarbeit aufzubewahren. In diesem Schuppen sollte sich Vater verstecken. Er ging bald hin und wohnte dort eine Woche lang, vielleicht zehn Tage. In dieser Zeit wurde ihm Essen gebracht, aber so, dass niemand die Anwesenheit eines unbekannten Mannes im Garten mitbekam, dass er niemandes Interesse weckte oder vielleicht auch einen Verdacht hervorrief. Denn es war nie bekannt, wessen Auge das Auge eines Verräters sein würde.

Der Aufenthalt in der Werkzeughütte im Schrebergarten verschob jedoch nur für kurze Zeit die fundamentale Frage: Was weiter? Schließlich musste etwas beschlossen werden. Vater entschied sich, nach Warschau zu fahren. Er kannte die Adresse seiner

Cousine und wollte zu ihr gehen, vielleicht würden sie und ihr Mann irgendwie behilflich sein, ihm etwas raten, eine Lösung aufzeigen können. Diese Cousine hatte Jahre vor dem Krieg einen Katholiken geheiratet – oder, wie man unter der Besatzung sagte: einen Arier –, und zwar zur Verwunderung der ganzen Familie (und wahrscheinlich zum Entsetzen der älteren und konservativeren Familienmitglieder), denn damals gehörten Mischehen zur Seltenheit. Ins Ghetto ging sie nicht. Gemeinsam mit ihrem Mann zog sie um und hörte auf zu arbeiten (sie war Zahnärztin). Beide waren damit beschäftigt, ihre Familien zu retten – und so überlebten dank ihnen ihre Schwester mit ihrem Mann, der mit einem verhängnisvollen Akzent Polnisch sprach (mit dieser schrecklichen jüdischen Intonation, die man nur schwer ablegen konnte und die einen sofort demaskierte), sodass er längere Zeit hindurch gezwungen war, einen Stummen zu spielen.

Vater erfuhr, dass sich in Kielce auf der arischen Seite seine Schwester mit Mann und Tochter – meiner Altersgenossin – befanden. Sie lebten dort unter einem fiktiven Namen und hatten irgendwo Arbeit. Er entschloss sich also, nach Kielce zu fahren und sich eine Arbeit zu suchen. Und so kam es. Er hielt sich längere Zeit in dieser Stadt auf und war als Arbeiter in einer Firma in einer Vorstadt tätig, natürlich besaß er falsche Papiere. Hier hätte er, vielleicht, das Kriegsende erlebt, hätte man ihn bei einer Straßenrazzia nicht aufgegriffen und in ein Arbeitslager nach Deutschland gebracht. Es kam nicht heraus, dass er Jude war, und seine Rettung bestand aus einer Reihe von Wundern – aber das ist schon eine andere Geschichte. Selbst in der schwierigsten Lage war ihm das Schicksal hold. Man könnte also sagen, dass er in den Zeiten der Shoah Glück hatte.

Der Bauer, der während der abendlichen Gespräche mit der Offenheit eines wahren Säufers seine Absicht kundgetan hatte, verschwand ganz aus dem Blickfeld. Ich weiß nicht, welches Schicksal ihm widerfuhr, aber ich vermute, dass es dabei nichts gegeben hat, was besonderes Interesse hervorrufen könnte: Er soff und soff, bis er sich totgesoffen hatte. Allerdings gestehe ich, dass ich gerne wüsste, wie er an diesem Morgen reagierte, als er feststellte, dass der Jude verschwunden war, dessen Tod seine bescheidenen Finanzen aufbessern und zumindest einen kleinen Verdienst für eine weitere Flasche bringen sollte. Ich vermute, dass er sich an diesem Tag eine größere Menge Schnaps als gewöhnlich verordnete.

Die Villa in der ulica Odolańska

Als wir mehr als ein Jahrzehnt nach dem Krieg beschlossen, von Pruszków nach Warschau zu ziehen, stellte Mutter entschlossen klar: Sie sei nicht damit einverstanden, dass sich die neue Wohnung auf dem Gebiet des ehemaligen Ghettos befände, und auch nicht in Mokotów. Der erste Wunsch schien auf der Hand zu liegen, denn es ist schwer, ein normales Alltagsleben auf einem Stück Land zu führen, auf dem die allerschrecklichsten Dinge geschehen sind, auf dem man die entsetzlichsten Erfahrungen durchgemacht hat und dessen Erde mit Leiden und Verbrechen so durchtränkt ist, wie dies nur auf Todesfeldern möglich ist, an Stätten von Massenmord. Man führt auf einem Friedhof kein ruhiges, auch nur annähernd normales Leben, selbst wenn es hier keine Gräber im wortwörtlichen Sinn gibt. Man kann sich nicht dauerhaft in Gegenden aufhalten, in denen jedes architektonische Detail, jeder Stein, jeder Name Erinnerungen heraufbeschwören kann, denn es gibt hier nichts, was gleichgültig und bedeutungsleer wäre, selbst in einer zerstörten Stadt, die bewusst und konsequent dem Erdboden gleichgemacht worden ist.

Doch der Widerstand gegen eine Wohnung in Mokotów war verwunderlich, denn weder Mutter noch die Familie verband überhaupt etwas mit diesem Stadtteil. Anfangs wusste ich nicht, woher die Abneigung rührte. Erst nach einiger Zeit wurde mir klar, dass auch sie ihren Ursprung in diesen Zeiten hatte und mit einem Ereignis zu tun hatte, das in Mutters Bewusstsein dauerhafte Spuren hinterlassen hatte und auch mir nicht aus dem Kopf gegangen war. Es geschah in einer der Straßen von Mokotów, an einem düsteren Dezembertag des Jahres 1943. Aufgrund eines ungewöhnlichen Zusammentreffens von Umständen war es uns nicht vergönnt, uns in diesem Teil der Stadt zu verstecken.

Wir waren nach Warschau gekommen, denn in Radziwiłłów konnten wir uns nicht mehr verbergen, das Dorf und seine Umgebung waren gefährlich geworden. Wir wussten nicht, was wir mit uns anfangen sollten, wir hatten keinen Ort, an dem wir absteigen konnten. Ein Freund hatte uns für kurze Zeit einen Platz bei einer gewissen Familie Bobrowski in der ulica Litewska besorgt. Kurz, denn er kostete viel und war zudem aus verschiedenen Gründen besonders gefährlich, es konnte somit lediglich eine vorübergehende Lösung sein, sich hier aufzuhalten. Die Wohnung der Bobrowskis ist eine Beschreibung wert: Sie war groß, hatte viele Zimmer und befand sich im obersten Stock eines eleganten Hauses an der Litewska, also gleich neben dem deutschen Stadtteil; vor dem Krieg hatte es sicherlich einer wohlhabenden Bürgerfamilie gehört, die derzeitigen Hausherren waren in der Besatzungszeit eingezogen.

Die Bobrowskis waren Geschäftsleute, denen es mit Sicherheit gut ging. Sie verstanden es geschickt, die Kriegszeit zu nutzen, um es zu etwas zu bringen. Mit dem jungen, kinderlosen Ehepaar lebte eine ältere (aber noch nicht alte), ungemein energische Frau, die sie Mami nannten, obwohl ich nicht weiß, wessen Mutter sie genau war. Sie waren im Handel tätig. Diese Mami besaß einen Verkaufsstand, ich glaube auf dem Różycki-Basar, und Bobrowski – wenn ich mich nicht irre – auf dem Kercelak (oder umgekehrt). Frau Bobrowska half bei den Geschäften, vor allem aber kümmerte sie sich darum, was in der Wohnung geschah, und da geschah viel. Sie war nämlich eine Art Hotel für untergetauchte Juden, natürlich angemessen konspirativ. Die meisten Zimmer wurden an Leute vermietet, die sich, wie Mutter und ich, kurz hier aufhielten. Nur in einem lebten feste Mieter: Ein Herr, den man, wenn ich mich recht entsinne, Ingenieur nannte mit seinem Sohn sowie ein einzelner Junge. Die beiden waren meine Altersgenossen und hießen beide Stefan; der Ingenieur erteilte ihnen Unterricht, ein oder zwei Mal hörte ich ihnen zu. Frau Bobrowska, die nicht gerade eine schweigsame Person war, gestand Mutter, dass sie den einsamen Stefan für eine geringe Gebühr beherberge, aber nur deshalb, weil seine Eltern sich formell verpflichtet hatten, ihr nach dem Krieg ein riesiges Vermögen zu übertragen. Alles war hier eine Sache des Geldes, Gefühle spielten keine Rolle, auch wenn man zugeben muss, dass sie sich gegenüber diesem Jungen gut verhielt. Die Bobrowskis waren sich natürlich bewusst, für welch riskante Verdienstmöglichkeit sie sich entschieden hatten. Sie mussten wissen, dass auf das Verstecken von Juden aus Geldgründen ebenso die Todesstrafe stand wie dann, wenn man sie aus Freundschaft, humanitären oder sonst wie edlen Gründen verbarg. In der Wohnung gab es bestimmte Absicherungen, einige Verstecke, die ausreichten, wenn Gäste und Bekannte kamen, vor denen die Bobrowskis verheimlichen wollten, was sich bei ihnen tat, doch diese geheimen Orte wären unzulänglich gewesen, wenn die Deutschen oder eine Revision gekommen wären.

Als wir uns in der Wohnung in der Litewska aufhielten, wurde ein Versteck gesucht, das uns länger hätte Schutz bieten können. Es war – verständlicherweise – nicht leicht, auch nur ein schlechtes Zimmer für eine Jüdin mit einem Kind zu finden. Doch endlich gelang es. Es wurde ein Platz gefunden! Wie gewöhnlich half die große und wunderbare Irena Sendler, der gute Geist der Versteckten (Irena Sendler trug zur Rettung von nicht weniger als zweieinhalbtausend jüdischen Kindern bei! Vgl. auch Nachwort S. 238). An einem Dezembermorgen sollten wir nach Mokotów umziehen, um uns im Souterrain einer bewohnten, aber noch nicht fertig gebauten Villa an der ulica Odolańska einzurichten. Ich vermag nicht zu sagen, ob die Besitzerin von vornherein wusste, wem sie die Stube gegen wenig Geld vermietete, ob man es ihr offen gesagt hatte oder ob sie es nur ahnte. Doch sie war einverstanden, und das war das Wichtigste. Wir sollten uns zur verabredeten Stunde einfinden, gleich nach dem Ende der Polizeistunde.

Und so kam es auch. Für uns, die Gehetzten ohne einen Platz auf der Erde, war dieses Souterrain in der Villa in der Odolańska eine große Chance, auch wenn es natürlich keine Garantie dafür gab, dass es ein sicherer Unterschlupf sein würde. Für solche wie uns gab es damals keine sicheren Punkte, jeder Schutz konnte sich – und zwar sofort – als der letzte erweisen, konnte zur Szenerie des letzten Unglücks werden. Ich war mir darüber ebenso gut bewusst wie Mutter, aber wir mussten bei der Suche nach einem Versteck zumindest eine minimale Hoffnung hegen, dass dies ein Raum sein würde, in dem wir überleben könnten. In dieser Hoffnung begaben wir uns in die Odolańska. Und als wir ankamen, uns durch die Straßen stehlend, sodass wir ja keine Aufmerksamkeit auf uns zogen, erblickten wir etwas, womit wir nicht hatten rechnen können, was uns vollkommen überraschte: Ein verbranntes Haus. Das Adjektiv „verbrannt" hatte in der Besatzungszeit eine besondere Bedeutung: Es bezeichnete eine Wohnung, in der jemand aufgeflogen, entdeckt, dekonspiriert worden war und in der man sich nicht mehr sicher verstecken oder Untergrundarbeit betreiben konnte. Doch in diesem konkreten Fall hatte dieses Wörtchen keine übertragene Bedeutung, sondern wir sahen etwas kaum Fassbares: Eine Villa nach einem gerade eben erst gelöschten Brand. Nach einem ganz gewöhnlichen, normalen Brand, wie er auch in friedlichen und ruhigen Zeiten hätte ausbrechen können, da er mit Krieg und Besatzung nichts gemein hatte. Die Feuerwehr war kurz vor unserer Ankunft abgefahren.

Wir befanden uns in einer Ruine, es war niederschmetternd für uns. Das Haus war ausgebrannt und im Keller stand das Wasser, wie meist nach Bränden, bis zu den Knöcheln. Wir kauerten uns in eine Ecke und wussten nicht, was tun. Die Besitzerin wartete nicht auf uns – kaum verwunderlich, dass sie in dieser Situation nicht daran dachte, dass sie sich mit uns verabredet hatte, mit Sicherheit hatte sie unsere Existenz überhaupt ganz vergessen. Ich weiß nichts über sie, ich bin nicht in der Lage, sie zu beschreiben, doch nach wie vor habe ich die Gestalt einer großen schlanken

Frau vor Augen, die in einem Zustand des Entsetzens und Schocks durch etwas lief, was noch gestern ihr Zuhause gewesen war. Auch andere Leute trieben sich herum, vielleicht Mieter, vielleicht Bekannte, die der von einem so großen Unglück geschlagenen Frau zu Hilfe gekommen waren, vielleicht Beamte, die feststellen sollten, was der Grund des Brandes war oder die den Schaden schätzen sollten. Ich saß mit Mutter im am wenigsten sichtbaren Winkel, in dem es relativ wenig Wasser gab. Wir gaben uns Mühe, uns so zu verhalten, dass uns niemand bemerkte; wir konnten ja nicht sicher sein, ob einer der vielen Menschen ringsum uns nicht enttarnen und denunzieren würde. Wir saßen da, unter der Last des Unglücks, ratlos und gelähmt von dem, was geschehen war. Mutter musste eine Entscheidung fällen, beschließen, was wir mit uns anfangen sollten, doch offensichtlich war sie dazu nicht in der Lage. Es zeichnete sich allerdings auch keine Möglichkeit auch nur ansatzweise ab. Wohin sollten wir gehen? Es gab keine vorab ausgespähten Orte und auch keinerlei andere, in die wir uns hätten zurückziehen können. Der Kontakt mit der Familie, die sich in Warschau aufhielt, bereitete Schwierigkeiten (Vater war damals in Kielce, wo er als Arbeiter tätig war), und wir konnten uns auch nicht mit den polnischen Freunden verständigen, die uns halfen. Ich weiß nicht, ob Mutter ihre Telefonnummern kannte, denn aus Sicherheitsgründen hatte sie sich diese wohl nicht notiert. Zumal in der zerstörten Villa das Telefon, sofern es zuvor eines gegeben hatte, nach der Katastrophe sicherlich nicht mehr funktionierte. Wir waren auf uns allein gestellt, waren sozusagen von der Welt abgeschnitten.

Und so saßen wir tatenlos bei Hunger und Kälte. Mutter beschloss, dass wir bis zum nächsten Tag bleiben, da wir nicht wussten, was zu tun war. Vielleicht würde sich nach den ersten Aufräumarbeiten herausstellen, dass das Souterrain, in das wir einziehen sollten, trotz allem zu etwas zu gebrauchen war? Das wäre für uns die Rettung gewesen. Also saßen wir tatenlos da und warteten ab, wie sich die Dinge entwickeln würden. Doch plötzlich stellte sich heraus, welchen Verlauf sie nahmen: Nach einigen Stunden des Dahinvegetierens in dem beschädigten, größtenteils überschwemmten Keller kam die Besitzerin zu uns. Nicht, weil sie sich erst jetzt an uns erinnert oder uns erst jetzt bemerkt hätte – wahrscheinlich hatte sie die ganze Zeit über gut gewusst, dass wir in diesem überschwemmten Kellerwinkel saßen. Sie kam, um uns eine wichtige Nachricht oder auch eine Art von Anweisung zu geben. Unsere Gegenwart sei bemerkt worden. In dieser außergewöhnlichen, schrecklichen Situation würden sich sehr viele verschiedene Leute im Haus herumtreiben und besonders die neuen Mieter, die erst vor wenigen Tagen eingezogen waren, würden sich für uns interessieren; sie kenne sie nicht näher, wisse nicht, wer sie sind, nicht ausgeschlossen, dass es Volksdeutsche seien. Es war unklar, wie sie sich verhalten würden, sie könnten uns verraten. Die Situation sei äußerst gefährlich, wir müssten die verbrannte Villa sofort verlassen. Sie sagte das so entschieden, so apodiktisch, dass sie nicht nur keine Diskussion, sondern auch keine Fragen zuließ. Sicherlich hätte sie das auch nicht anders sagen können, sie wusste schließlich um den Schrecken der Lage. Und sie handelte ja auch zu unseren Gunsten, obwohl sie uns nicht zu helfen imstande war, da das Unglück sie selbst heimgesucht hatte. Tatsächlich, kurz zuvor hatte Mutter und mich beunruhigt, dass uns eine junge Frau mit verdächtigem Misstrauen anschaute.

Es bestand kein Zweifel, die Besitzerin wusste, wer wir waren. Ihrer Forderung mussten wir unverzüglich nachkommen, sicherlich rührte sie aus einer realistischen Lageeinschätzung her und nicht oder nicht nur daher, dass sie uns so schnell wie möglich loswerden wollte, bevor wir sie ins Unglück stürzen würden. Mutter wurde gewiss von noch größerer Verzweiflung ergriffen, als sie es nach dem Anblick des abgebrannten Hauses ohnehin schon war. Nach einer Weile entschied sie: Wir kehren zu den Bobrowskis zurück! Natürlich hatten wir keinerlei Sicherheit, dass sie uns aufnehmen würden, doch es gab keine andere Lösung. Als wir vor der Tür der Wohnung in der ulica Litewska standen, läutete Mutter vorsichtig. Aber würde überhaupt jemand auf dieses Signal reagieren? Sie ließ die Glocke wieder schellen, und erst nach einer längeren Weile kam die Bobrowska zur Tür und stellte die traditionelle Frage: Wer da? Es ist verständlich, dass in einer Wohnung, in der Juden untergebracht waren, jedes unvorhergesehene oder zuvor nicht verabredete Klopfen Unruhe, Angst, Entsetzen hervorrufen musste und viele hastige Aktivitäten hervorrief, schon allein, um zu verbergen, was selbst von einem ungefährlichen oder geradezu freundschaftlich eingestellten Gast nicht bemerkt werden durfte. Mutter stellte sich leise vor und sagte, was geschehen war. Die Antwort bestand aus ablehnenden Worten. Bei den Bobrowskis hatten sich schon neue Mieter eingestellt, außerdem fürchteten sie vielleicht, keine Bezahlung zu erhalten. Mutter erneuerte die Bitte, die zu einem Flehen wurde, sie versicherte, dass die Rechnungen auch jetzt beglichen werden würden. Es stand alles auf dem Spiel; wären wir kurz vor der Polizeistunde ohne Obdach geblieben, so wäre dies ein eindeutiges Todesurteil gewesen. Die Bobrowska erklärte: „Wir sind keine karitative Einrichtung", machte die Tür aber schließlich auf. Die Ereignisse dieses schrecklichen Tages hatten einen Kreis beschrieben: Am Abend waren wir zu einem Punkt zurückgekehrt, von dem wir morgens gedacht hatten, wir hätten ihn für immer verlassen.

Mutter hielt sich bei den Bobrowskis zwei, vielleicht drei Tage auf; ich etwas länger, vielleicht eine Woche. Rasch gelang es, für sie eine Stelle als Dienstmädchen bei einer Lehrerin in Otwock aufzutreiben, auch mithilfe von Irena Sendler, die in der Zeit des großen Sterbens ihr ganzes Leben aufopferte, um Juden zu retten. Ich musste mich von Mutter trennen – es war meine erste Trennung von ihr, für lange Zeit, bis zum Ende des Kriegs. Und es war eine schreckliche Erschütterung für mich, obwohl mir Mutter erklärte, dass wir nicht mehr zusammenbleiben können. Aus der Zeit, die ich allein bei den Bobrowskis verbrachte, ist mir nicht viel im Gedächtnis geblieben. Lediglich ein Familienstreit hat sich mir eingeprägt, am späten Abend, vielleicht auch schon in der

Nacht. Ich war unfreiwilliger Zeuge, da er in dem Zimmer stattfand, in dem man mich untergebracht hatte. Ich gab vor, zu schlafen, tat so, als gäbe es mich nicht, doch konnte ich dieses furchtbare Geschrei nicht überhören. Die Eheleute schleuderten einander Anschuldigungen entgegen, sie beschuldigten sich der schrecklichsten Dinge, und die Frau, die Mami genannt wurde, schaltete sich immer wieder in den Streit ein, wobei sie mal auf der einen, mal auf der anderen Seite stand, dann auch wieder zu vermitteln versuchte. Es fehlte nicht viel und es wäre zu einer ehelichen Schlägerei gekommen; die große und kräftige Bobrowska hätte gewiss tapfer gegen ihren kleinen und hageren Gatten gekämpft, der ihr kaum über die Schultern reichte (so haben sie sich meinem Gedächtnis eingeprägt, doch ich bin nicht sicher, ob das ihrem tatsächlichen Aussehen entspricht). Am nächsten Tag verließ ich die Wohnung in der Litewska. Nun sollte ein neues Kapitel meines Versteckens beginnen.

Hiermit könnte ich den Bericht über diese Episode meiner Besatzungsgeschichte beenden, doch ich spüre das Bedürfnis, noch etwas hinzuzufügen, denn ich frage mich, ob der Brand der Villa in der ulica Odolańska, der Mutter und mir als fürchterliches Unglück erschien, nicht vielleicht der Zufall war, dem wir unser Leben verdanken. Hätten wir auch nur eine Weile in diesem Souterrain gewohnt, so hätten sich zweifellos die neuen und der Besitzerin nicht vertrauten Mieter für uns interessiert, die vielleicht Volksdeutsche waren. Es ist natürlich nicht klar, womit dieses Interesse geendet hätte, doch es hätten eine Anzeige und ein an uns vollstrecktes Urteil daraus folgen können. Für die untergetauchten Juden war jeder, bei dem man nicht absolut sicher war, jeder Unbekannte oder Passant, ein potenzieller Henker. Eine Henkerin konnte auch jene junge Frau sein, die uns mit bohrendem Blick ansah, obschon nicht auszuschließen ist, dass sie es lediglich aus gewöhnlichem weiblichem Interesse heraus tat. Wenn ich also aus so großer Distanz über die Ereignisse dieses Dezembertages des Jahres 1943 erzähle, frage ich mich, ob der Brand in der Odolańska nicht ein glückliches Unglück war und ob es Mutter und mir, hätte es ihn nicht gegeben, gelungen wäre, die Besatzungszeit zu überstehen. Vielleicht verdankte auch die Hausbesitzerin dem Brand ihr Leben, denn die Deutschen hätten auch sie unweigerlich dafür zum Tod verurteilt, dass sie Juden in ihrem Haus versteckte.

Wenn ich heute über das Verstecken auf der arischen Seite nachdenke, über die Flucht vor dem Tod, verblüfft es mich, welch große Rolle dabei der Zufall spielte. Ein glücklicher Zufall, manchmal auch nur ein vermeintlich glücklicher oder ein vermeintlich unglücklicher Zufall, der über Überleben oder Verderben entschied, über Leben oder Tod. Ein sofortiger und nicht nur unerwarteter (das ist jeder), sondern auch überraschender, irrationaler, allen Regeln der Wahrscheinlichkeit widersprechender Zufall. Der umso unberechenbarer ist, weil er sich in einer Welt materialisierte, in der Regeln eines strengen Determinismus galten – schließlich entschied man ja nicht selbst darüber, ob man Jude war oder nicht. Wie oft entschied gerade der Zufall über Leben oder Tod! Er beeinflusste die menschlichen Schicksale weitaus stärker als in ruhigeren Zeiten, in denen die Determinismen nicht mit solcher Macht wirken.

Das Haus unter den Adlern

Mein Aufenthalt bei den Felizianerinnen dauerte nur kurz, wohl nicht viel mehr als zwei Wochen, denn, wie sich bald herausstellte, konnte ich nicht länger dortbleiben. Ich war gerade neun geworden und im Waisenhaus von Otwock wurden Kinder bis sieben Jahre aufgenommen. Man hatte mich in der Gruppe der ältesten untergebracht, aber auch dort ragte ich über meine Gefährten hinaus. Ich zog also Aufmerksamkeit auf mich, während es ein grundlegendes Prinzip des Versteckens war, genau das nicht zu tun, sondern in der Menge unterzutauchen, jemand ohne Eigenschaften zu werden, die graueste aller grauen Mäuse. In diesem Fall stellte sich das als unmöglich heraus, also musste ich den Zufluchtsort verlassen. Mir ist sehr wenig aus dieser kurzen und – im Vergleich zu anderen – nicht allzu dramatischen Episode in Erinnerung geblieben. Es hat sich mir nur eingeprägt, dass das Gebäude, in dem sich das Waisenhaus befand, aus Holz war und mir groß vorkam, und dass die Nonnen braune Ordenstrachten und Schleier trugen. Und außerdem, dass die Schwester, die sich um die Gruppe der Ältesten kümmerte, einen schönen Namen trug, der Aufmerksamkeit auf sich zog: Prudentia. Ich wusste natürlich nicht, was das auf Lateinisch bedeutet, aber da es meine erste Klostererfahrung war, wusste ich genauso wenig, dass die Ordensnamen oft von den Namen abweichen, denen man im weltlichen Leben begegnet.

Ich erinnere mich hingegen an ein Ereignis, das an und für sich nebensächlich, belanglos war. Es ist im Übrigen nicht ausgeschlossen, dass mir auch dieses entfallen wäre, hätte ich nicht erheblich später, schon nach dem Krieg, erfahren, womit es zusammenhing oder, besser gesagt, was sich dahinter verbarg und wie ungewöhnlich es folglich war. Damals war ich mir dessen zum Glück nicht bewusst, was bewirkte, dass ich mich ganz normal benehmen, eines der Kinder in der Menge sein konnte, auch wenn ich beunruhigend groß geworden war. Eines Tages kündigte uns Schwester Prudentia an, wir würden eine ehrenwerte und gottesfürchtige Dame besuchen, die Lehrerin sei und unserem Waisenhaus helfe. Ich kann heute kaum mehr ergründen, was konkret der Zweck unseres Besuches war, vielleicht handelte es sich darum, den Kindern auf diese Weise die monotonen, sich durch nichts voneinander unterscheidenden Wintertage abwechslungsreicher zu gestalten? Er war jedenfalls zweifelsohne eine Attraktion, schon deshalb, weil er etwas Neues war. Schwester Prudentia stellte uns in Zweier- oder Viererreihen zusammen und wir machten uns auf den Weg.

Das Haus dieser guten Frau befand sich, wie ich annehme, nicht weit entfernt und stand in einem – daran kann ich mich gut erinnern – recht großen, umzäunten Gelände; die Kinder liefen rasch auseinander und suchten Schneereste, um daraus Schneebälle zu formen. Es war ein Holzhaus von beträchtlichen Ausmaßen, wohl im Stil des Bergorts Zakopane gebaut, wie sie in den Gegenden nahe der Hauptstadt zu Beginn des 20. Jahrhunderts zahlreich entstanden. Nach einiger Zeit wurden wir ins Innere gebeten, wir kamen in einen großen, recht dunklen Raum, der zweifelsohne als Salon diente. Die Dame des Hauses sagte uns etwas Ermunterndes und gab jedem Kind ein Bonbon. Offenkundig sind mir aber nicht diese kleinen Begebenheiten im Gedächtnis geblieben, sondern das Zimmer selbst, eigentlich nur ein Element daraus: zwei, vielleicht sogar drei ausgestopfte Vögel – Adler, wie wir kurz darauf erfahren sollten. Sie waren unter der Decke angebracht, in entgegengesetzten Ecken des Zimmers, und zwar in einer höchst merkwürdigen Position: angewinkelt, aber so, als würden sie gleich auffliegen und jemanden angreifen. Meine Aufmerksamkeit konzentrierte sich auf ihre mächtigen Schnäbel. Niemals hatte ich so etwas gesehen, es verwunderte mich, dass tote Vögel eine Zierde sein können. Vor dem Krieg war ich im zoologischen Garten gewesen, aber dort wurden solche Geschöpfe nicht gezeigt, von den Vögeln hatten mich damals nur die lärmenden und bunten Papageien begeistert.

Nach dem Besuch, der anderthalb Stunden dauerte, vielleicht auch zwei, kehrten wir zu unserem Waisenhaus zurück. Und damit endete dieses unbedeutende Ereignis, so schien es mir zumindest. Nichts war geschehen, warum also davon erzählen? Doch angesichts dessen, was mir Mutter viele Jahre später erzählte, lohnt es sich, darüber zu berichten. Genau in diesem Haus, bei dieser Dame, die an diesem Tag die Kinder aus dem von den Felizianerinnen betriebenen Waisenhaus empfing, arbeitete sie als Dienstmädchen. Sie wusste, dass auch ich in Otwock war, doch sie durfte sich nicht mit mir in Verbindung setzen (ich wusste nicht, dass sie in der Nähe war). Ich war als Waise aufgenommen worden und Mutter hatte falsche Papiere, nach denen sie unverheiratet war. Natürlich hätte alles, was diese Fiktionen zerstört hätte, verhängnisvolle Folgen haben können – um keinen Preis durfte etwas eintreten, was ihre Geschichte hätte in Zweifel ziehen können. Mutter war sich darüber bestens bewusst – sie wusste, dass man die Grundsätze des Versteckens nicht verletzen durfte –, erwartete aber nicht, dass sie mich in dem Haus sehen würde, in dem sie lebte und als Dienstmädchen arbeitete, dass sie sich also in einer ungemein schwierigen Lage befinden würde, die ein ganz besonderes Verhalten erforderte: Sie musste ihre ganze Anstrengung darauf konzentrieren, dass ich sie nicht erkannte. Sie konnte mit Fug und Recht erwarten, dass meine Reaktion spontan, emotional und unverantwortlich gewesen wäre. Ich hatte zwar schon damals die grundlegenden Regeln des versteckten Lebens verinnerlicht, doch bei einer solchen Probe hätte ich sie gewiss nicht einhalten können, besonders nicht so bald nach meiner Trennung von Mutter. Noch kurz zuvor hatte ich mir ein getrenntes Leben nicht vorstellen können. Doch bald zeigte sich, dass ich mich an die neue Lage anpassen und in einem Meer von Fremdheit existieren musste.

Mutter erzählte mir nicht nur von diesem ungewöhnlichen Wintertag, sondern auch von dem Haus, dessen Zierde die ausgestopften Adler waren, darüber, was dort geschah, vor allem aber von ihrer Brötchengeberin, Frau B. Sie kam nicht gerne auf die Besatzungszeit zurück, mied die Erinnerungen. Doch das, was sie mir von ihren Erfahrungen preisgab, war so ergreifend und scharfsinnig, so genau und mit Realien angefüllt, dass ich mich an die ganze Geschichte bis heute erinnere. Auf einen Hinweis auf dieses Haus und diese Frau bin ich ganz unerwartet in den Erinnerungen von Helena Szereszewska gestoßen, *Krzyż i mezuza,* Das Kreuz und die Mesusa. Bei Frau B., die in diesem Bericht unter einem leicht veränderten Namen auftritt (vielleicht hatte das Gedächtnis der Autorin versagt), hatte sich ihr Neffe aufgehalten, der wenige Jahre alte Józio. „Besonders kümmerte sich um ihn das Dienstmädchen, Walerka. Und was stellte sich heraus? Dass dieses Dienstmädchen eine Jüdin war, die Schwester der Frau von Henryk Szpilfogl." Henryk Szpilfogls Frau war meine Tante Maria und ihre Schwester war meine Mutter. Sie trug aber nicht den Namen Walerka, sondern war Fräulein Zofia.

Meine Mutter erinnerte sich gut an diesen Józio, er war nur wenig älter als ich. Er überlebte den Krieg und wanderte nach Israel aus, wo er ein geschätzter Architekt war und sich auch mit Archäologie beschäftigte. Unlängst ist er nach kurzer, schwerer Krankheit gestorben. Sie erinnerte sich auch an einen Rechtsanwalt, der sich eine Zeit lang in den Winkeln des großen Hauses von Frau B. versteckte. Sie kannte ihn aus dem Ghetto und – wenn die Umstände es gestatteten – wechselte sie einige Sätze mit ihm. In diesem Haus wurden nicht nur Juden untergebracht, sondern es geschahen auch ganz andere Dinge: Immer wieder fanden Treffen von Untergrundaktivisten statt. Mutter merkte schnell, dass es wichtige Personen des konspirativen Lebens von Otwock waren.

Frau B. hatte sie nicht nur deshalb eingestellt, weil sie außergewöhnlich wenig kostete, sondern auch deshalb, weil sie gute Zeugnisse besaß: Sie war von Irena Sendler empfohlen worden, also konnte man Vertrauen in sie haben. Das zeigte sich unter anderem daran, dass sie ihr die Zeitung der Heimatarmee „Biuletyn Informacyjny“, das „Informations-Bulletin“ zu lesen gab, was für Mutter von gewaltiger Bedeutung war, da sie dadurch wusste, was geschah, was sie aber auch in eine andere Welt versetzte und sie psychisch unterstützte.

War sich Frau B. darüber bewusst, dass Mutter eine Jüdin war? Offen war ihr das wohl nicht gesagt worden, doch sie musste es sich wohl gedacht haben, zumal es ihr sicherlich nicht entgangen war, dass sich das neue „Mädchen für alles“ trotz ihrer Anstrengungen, ihren Dienstmädchenpflichten so gut wie möglich nachzukommen, durch ihr Verhalten oder ihre Redeweise von einem normalen Dienstboten unterschied und außerdem eine komplett einsame Person in einer ihr unbekannten und fremden Welt war, die das Schicksal nach Otwock gebracht und in das Haus unter den Adlern geführt hatte. Ich glaube, dass sie von Mutters Herkunft nicht wissen wollte. Sie ließ die Angelegenheit in der Schwebe, war mit ihrer Arbeit zufrieden und zog es vor, sich darüber keine Gedanken zu machen. Fräulein Zofia sollte ganz einfach Fräulein Zofia sein. Und auch das spricht für Frau B.

Mutter sprach mit Anerkennung über ihre Verdienste und Vorzüge, sie hob ihren Mut und Einsatz hervor, verheimlichte aber zugleich nicht, dass dies nur eine Seite ihrer Persönlichkeit war. Denn diese tapfere, aktive, für bedürftige Menschen so hilfsbereite Frau war ein Haustyrann mit der Seele eines Feldwebels, die nicht den geringsten Widerspruch duldete und keine Spur von Unabhängigkeit. Sie war eine Despotin jener Art, die die kleinste Geste, wenn sie ihr nicht gefällt, als Zeichen von Aufstand interpretiert und keinen Anflug von Zweifel bestehen lässt, dass dies sofort mit allen verfügbaren Mitteln niedergeschlagen werden muss. Das betraf keineswegs nur Fräulein Zofia, die schließlich lediglich eine Bedienstete war: Ein Dienstmädchen, das zwar umsonst arbeitete, ohne Geld zu bekommen, nur für eine karge Ernährung und eine Ecke zum Schlafen, das aber zufrieden war, weil es ein sicheres Obdach gefunden hatte und dem klar war, dass es sich allem unterordnen musste, um es nicht wieder zu verlieren. Es betraf vielmehr die drei Stieftöchter, von denen die älteste etwa zwanzig Jahre alt war, während die beiden anderen unwesentlich jünger waren.

Frau B. hatte spät geheiratet, in einem Alter, in dem in jenen Zeiten unverheiratete Frauen schon als alte Jungfern bezeichnet wurden, und zwar einen Witwer. Dieser hatte nicht nur das Haus in die Ehe eingebracht, dessen Salon von den ausgestopften Vögeln geziert wurde, sondern auch drei Töchter aus erster Ehe. Eigene Kinder hatte sie nicht, sie musste sich aber mit der Erziehung der Fräuleins befassen. Ihr Mann starb bald, vielleicht noch vor dem Krieg, vielleicht gleich zu seinem Beginn, und Frau B. blieb mit den drei Mädchen allein. Es ist nicht ausgeschlossen, dass sie sie hasste, weil sie Frau B. allein durch ihre Existenz reizten, und dass sie sich dem Muster einer bösen, grausamen Stiefmutter entsprechend verhielt, wie man es aus zahlreichen Märchen kennt. Doch vielleicht ging es nicht darum, dass es ihre Stieftöchter waren, vielleicht hätte sie sich gegenüber jedem so verhalten, der auch nur ein wenig von ihr abhängig war? In diesem Verhalten gegenüber Menschen aus dem näheren und weiteren Umfeld drückte sich ihre autoritäre Persönlichkeit aus, denn in jeder Lage trachtete sie danach, anderen ihren Willen aufzuzwingen, und sie zerstörte alles, was ihr dabei ein Hindernis war. Nach Mutters Berichten waren die drei jungen Mädchen Terroropfer, Sklavinnen. Frau B. habe nicht zur Kenntnis nehmen wollen, dass ihr Verhalten sich vielleicht auch durch etwas anderes als rücksichtslose Hörigkeit auszeichnen konnte. Und sie ging auf eine Art und Weise vor, als sei es ihr Hauptziel, ihre Persönlichkeit zu brechen, als wollte sie sie zu passiven und kritiklosen Ausführenden ihrer Anweisungen und Anordnungen machen. Alle Versuche nicht nur des Widerstands, sondern auch des Zögerns stießen auf scharfe Gegenangriffe, Zurechtweisungen, Strafen. In diesem Haus fand eine unaufhörliche *Psychomachia* statt, eigentlich ein Bürgerkrieg, der größtenteils nichts zu tun hatte mit dem, der unerbittlich in der umgebenden Welt vor sich ging.

Mutter versuchte, sich so zu verhalten, als gäbe es diesen Konflikt nicht oder als würde sie ihn mindestens nicht wahrnehmen. Sie bekam jedoch gut mit, was los war, hatte Mitleid mit den drei misshandelten Mädchen, und nach vielen Jahren, als diese Dinge einer unweigerlich verflossenen Vergangenheit angehörten, erinnerte sie sich warmherzig und mit Sympathie an sie. Sie selbst unterlag übrigens denselben Praktiken, denn der von Frau B. eingeführte Drill erfasste alles, er war der Stil dieses Hauses. Sie maß sich das Privileg der absoluten Macht in jeder Angelegenheit und in Beziehung zu jedem zu, selbst ihr zu lachhaften Ausmaßen getriebener Geiz diente ihrer Regierung der harten Hand. Mutter fühlte, dass sie behandelt wurde, als sei sie der letzte Dreck, nicht, weil sie unter den ungewöhnlichen Verhältnissen der Besatzungszeit zum Dienstmädchen geworden war. Sie war sich schließlich bewusst, wie spezifisch diese Bedingungen waren und dass es ein Spiel auf Leben und Tod war. Sie führte ihre Aufgaben nicht nur deshalb vorbildlich aus, weil sie von Natur aus pflichtbewusst war, sondern auch und vielleicht vor allem deswegen, weil ihr an diesem Platz gelegen war, denn er bot ihr eine Überlebenschance. Sie wurde für alles abgekanzelt: dafür, dass sich ein Staubkörnchen auf dem Regalbrett befand, dafür, dass die Zuckerdose zwei Zentimeter von dem Ort entfernt war, an dem sie – nach Meinung von Frau B. – zu stehen hatte. Es galt, an alle von ihr erlassenen Gebote und Verbote zu denken, man musste aber auch vorhersehen, was sie gerade im jeweiligen Augenblick wünschen würde. Die Capricen und Stimmungen dieser Zarin Katharina II. in den Dimensionen des Otwocker Hauses waren nicht immer leicht zu ergründen. Die starke Persönlichkeit von Frau B. ließ sich schon daran erkennen, wie sie mit ihren Mitbewohnerinnen sprach. Ihre Redeweise sollte nicht nur dazu dienen, sie ihr unterzuordnen, jedes Anzeichen von Widerstand auszuschließen, sie sollte sie auch lähmen und auf den Status von Dingen reduzieren, sie zu etwas in Form eines Stuhles oder Tisches machen, den man beliebig hin und her schieben kann. Sie drückte etwas aus, was man mit Sicherheit eine Herrschaft nennen kann, wie sie absolute Monarchen auszeichnete und gleichzeitig auch die Verachtung vermittelte, die Frau B. für die von ihr abhängigen Frauen hegte. Sie verhielt sich, als sei es ihr Hauptziel, sie zu erniedrigen.

Von den vielen psychischen Wunden, die Mutter in der Besatzungszeit erhalten hatte, gehörten diejenigen, die mit dem Aufenthalt in diesem Haus zusammenhängen, zu den größten – und sie währten lange, bis zum Ende ihres Lebens. Erniedrigungen prägen einen Menschen besonders tief, man kann sie nicht vergessen – und zwar unabhängig von den Umständen, also auch dann, wenn man sich bewusst ist, dass die Unterwerfung unter zerstörerische psychische Praktiken dieser Art ein notwendiger Preis ist, den man zahlen muss, weil man keinen anderen Ausweg weiß. Als Mutter nach Jahren über den Despotismus von Frau B. erzählte, über ihren schrecklichen Charakter, negierte sie ihre Vorzüge und Verdienste nicht, ihren Mut, ihre Energie, ihre Aufopferung, sondern es machte sie vielmehr nachdenklich, wie so unterschiedliche Elemente in einer Frau koexistieren konnten, wie diese Widersprüchlichkeiten in ihr zusammenpassten, selbst wenn sie kein harmonisches Ganzes bildeten (was sie zweifellos nicht taten). Nach vielen Jahren bringt das auch mich zum Nachdenken: Wie ist es wohl gekommen, dass eine Person, die ein Haustyrann war, die alle zerstörte, die irgendwie von ihr abhängig waren, im öffentlichen Leben so edel und mutig handeln konnte?

In der Zeit, in der ich unerwartet mit der Kindergruppe unter Leitung von Schwester Prudentia in ihrem Blickfeld auftauchte, wusste Mutter schon viel über das Vorgehen und die Persönlichkeit von Frau B. Obwohl sie noch nicht lange bei ihr war, war sie über ihre rigorosen Überzeugungen gut orientiert, und auch das hatte

Einfluss auf ihr Verhalten an diesem ungewöhnlichen Tag, an dem sie plötzlich ihr Kind sah. Sie begriff, dass sie sich nicht enttarnen konnte, weil dies ihre sofortige Entlassung zur Folge gehabt hätte. Nicht nur deshalb, weil Frau B. ohne Zweifel erkannt hätte, dass ihr Dienstmädchen eine Jüdin war. Es ging auch um etwas anderes. Mutter hatte, so wie die meisten untergetauchten Flüchtlinge aus den Ghettos und Lagern, falsche Papiere, denen zufolge sie, wie ich bereits erwähnt habe, unverheiratet war. Für Frau B. wäre eine Situation, in der sich herausstellte, dass ein Fräulein ein Kind besaß, aus moralischen Gründen nicht annehmbar gewesen, selbst wenn sie sich darüber im Klaren gewesen wäre, dass es sich um eine Fiktion handelte, die geschaffen werden musste, weil man sonst kaum auf der arischen Seite hätte überleben können. Frau B. war eine Frau mit Prinzipien, ihr ethischer Kodex sah derlei Vorfälle nicht vor. Jemand so Unmoralischen hätte sie nicht im Haus behalten können. Mutter hatte diesbezüglich keine Zweifel und verhielt sich auch aus diesem Grund besonders vorsichtig. Dieser Tag war für sie außergewöhnlich schwer, denn sie wäre so gerne zu mir gekommen, musste sich aber vor mir verbergen. Und zugleich dafür Sorge tragen, dass ihr Verhalten niemandem in ihrem Umfeld merkwürdig und unverständlich vorkam.

An diesem gewöhnlichen Januartag war ich mir dieser Komplikationen nicht bewusst. Ich erinnere mich nicht daran, wie Frau B. aussah, obwohl ich sie gesehen haben muss, da sie mich wie auch alle anderen Kinder mit einem Bonbon beschenkte. Sie rief mein Interesse nicht hervor; ich wusste ja nicht, dass Mutters Schicksal von ihr abhing. Mich interessierten die ausgestopften Vögel mit den starken Schnäbeln und scharfen Krallen, die in Posen befestigt waren, die mir absonderlich vorkamen. Sie waren so zurechtgemacht, als würden sie sich auf jeden zum Angriff stürzen, der in dieses Zimmer kommt. Bis heute habe ich sie vor Augen.

Eine Viertelstunde in der Konditorei

Bei den Nonnen in Czersk war ich nur etwa zwei Wochen lang. Wie sich aus dem Lauf der Dinge ergeben sollte, brachte man mich dort unter, ohne sie über meine Herkunft zu informieren, wodurch ich in die Rolle eines Kuckuckseis geriet, das ohne Wissen und Einverständnis der Besitzerinnen im Nest abgelegt wird. Als den Schwestern klar wurde, wer ich bin, kündigten sie mir den Platz. An diesen kurzen Aufenthalt, der durch nichts Besonderes gekennzeichnet war, erinnerte ich mich vor einigen Jahren bei der Lektüre eines Buches, das von der Rettung jüdischer Kinder durch weibliche Ordensgemeinschaften berichtet. Eine der Schwestern, die dieses kleine Waisenhaus führten, erklärte, sie hätten eine beträchtliche Zahl jüdischer Kinder versteckt und nur einmal eines abgelehnt, da sie fürchteten, zu viele bei sich zu haben, was natürlich die Gefahr vergrößerte. Die Wahl sei auf einen Jungen gefallen, von dem bekannt war, dass Mitglieder seiner Familie lebten und dass er nicht ohne Obhut bleiben würde. Ich bin fast sicher, dass hier mein Fall erzählt wurde, denn ich nehme nicht an, dass am selben Ort und zur selben Zeit einem meiner Altersgenossen etwas so zwillingshaft Ähnliches widerfahren ist. Ich habe Eingang auf die Seiten eines historischen Buches gefunden und war verblüfft darüber, dass sich nach so vielen Jahrzehnten noch jemand außer mir an dieses Ereignis erinnerte.

Nach Warschau brachte mich Maria, Mutters jüngste Schwester, denn in der gesamten Familie war sie diejenige, die sich am freiesten auf der arischen Seite bewegen konnte. Sie besaß, was man damals „gutes Aussehen" nannte und was nicht nur ein Privileg, sondern geradezu ein Geschenk des Himmels war. Ein gutes Aussehen sorgte dafür, dass die sich versteckende Person geringeres Misstrauen weckte, in der Menge untertauchen konnte, keine Aufmerksamkeit auf sich zog und leichter die Rolle von jemandem spielen konnte, der sie nicht war. Maria hatte ein hervorragendes Aussehen; Sie war eine gut aussehende Blondine und gab sich, als sei sie nicht in einer jüdischen Kaufmannsfamilie, sondern in einem adligen Herrenhaus zur Welt gekommen. Wer sie nicht näher kannte, konnte wirklich nicht ahnen, welche Herkunft sich hinter dieser makellosen slawischen Schönheit verbarg. Und ihr fiel es nun zu, sich um mich, der ich so viele Schwierigkeiten bereitete, zu kümmern, weil ich wieder einmal obdachlos geworden war und unklar war, was man mit mir tun sollte. Sie konnte mich nicht mit in das Zimmer nehmen, das sie zusammen mit ihrer Tochter, die vier Jahre jünger als ich war, zur Untermiete bewohnte, denn dies hätte Verdacht erregt. Es galt, schnellstmöglich eine Bleibe für mich zu finden, und sei es auch nur für eine oder zwei Nächte, ehe sich eine längerfristige Lösung ergeben würde. Ich überblicke die Chronologie meines Herumirrens auf der arischen Seite nicht, ich kann die Ereignisse chronologisch nicht ordnen, und so bin ich nicht sicher, ob es damals war oder ob ich mich zuvor einige Tage bei einer Familie aufhielt, die vielleicht im Warschauer Stadtteil Ochota lebte. Leider weiß ich nicht, wie sie hießen – damals wusste ich es auch nicht –, doch ich habe sie in dankbarem Andenken behalten. Plötzlich befand ich mich in einer anderen Realität, in einem Haus, in dem es schön und warm war und in dem alle für mich herzlich und sympathisch waren. Die Älteren wie die Jüngeren, denn es gab in der Familie zwei heranwachsende Kinder: einen Achtzehnjährigen, der eine Schule besuchte, aber in Wirklichkeit vor allem im Untergrund engagiert war (über diese Erfahrungen erzählte er, scheint mir, seinen Eltern, ohne meine Gegenwart zu beachten. Das Kind würde sowieso nichts begreifen!), sowie ein etwas jüngeres Mädchen, und sie war es, die sich hauptsächlich um mich kümmerte.

Dieses idyllische Zwischenspiel war von kurzer Dauer. An dem Tag, von dem ich nun erzähle, suchte man für mich einen Platz; ich glaube, dass man nun durch die Hilfe der wunderbaren und unersetzlichen Irena Sendler meine Fahrt nach Turkowice arrangierte. Ich ging mit Maria durch die Stadt, ich bin nicht imstande, die Strecke zu rekonstruieren und weiß nur, dass sich die Szene in der Innenstadt abspielte. Ich vermag nicht zu sagen, welches das konkrete Ziel dieses Spaziergangs war – in dieser Zeit ging man schließlich nicht auf die Straße, wenn es nicht eine unbedingte Notwendigkeit war. Ich erinnere mich lediglich an eine kurze Episode, die nicht länger als eine Viertelstunde dauerte, aber es lohnt sich wohl, sie nach all den Jahren zu erzählen.

Maria musste jemanden anrufen und wir betraten eine kleine Konditorei, da sie dachte, es gäbe hier ein Telefon. Jedoch stellte sich heraus, dass sie keines hatten. Angesichts dessen beschloss sie, mich hier für einige Minuten allein zu lassen, kaufte mir, glaube ich, ein Hefeteilchen, suchte den am wenigsten sichtbaren Tisch in einer relativ dunklen Ecke aus und sagte, dass sie gleich, wenn sie ihre Angelegenheit erledigt habe, zurückkehren werde. Dasselbe sagte sie der Frau, die uns empfangen hatte, gewiss die Besitzerin. In dem kleinen Lokal gab es nicht mehr als fünf Tischchen und nur wenige Menschen, ich konnte also alles hören, was geredet wurde. Anfangs schien es mir, als herrsche Ruhe. Ich saß mucksmäuschenstill, wartete wie mir geheißen – und glücklicherweise geschah nichts. Ich genoss mein Hefegebäck, und das, was die Frauen untereinander plapperten (Männer waren nicht anwesend), betraf mich nicht. Doch nach einer Weile musste ich feststellen, dass die Dinge sich anders entwickelten. Es war schwer daran zu zweifeln: Ich war ins Zentrum der Aufmerksamkeit geraten. Die Frauen – vielleicht Aushilfen im Laden, vielleicht Kundinnen – sammelten sich um die Besitzerin und tuschelten. Und sie betrachteten mich intensiv. Ich war bereits ein so erfahrenes jüdisches Kind, dass ich sofort begriff, was dies bedeutete und ankündigte. Meine Angst wuchs radikal.

Diese Musterung verspürte ich gerade zu körperlich, als würde man mich züchtigen. Die Frauen begrapschten mich mit ihren Blicken so, als wäre ich ein ungewöhnliches Wesen, dessen Existenz die Gesetze der Natur infrage stellte, und als müssten sie sogleich entscheiden, was mit mir zu geschehen habe, denn es könne ja nicht so bleiben wie es ist. Gesprächsfetzen drangen zu mir, die deutlich genug waren, damit ich mich keinerlei Täuschungen hingab – sie betrafen mich. Wie immer in solchen Situationen wäre ich am liebsten im Erdboden versunken. Ich hörte: „Ein Judenbengel, ganz sicher ein Judenbengel" ... „Sie gewiss nicht, aber er – ein Jud" ... „Sie hat ihn uns dagelassen" ... Die Frauen beratschlagten, was man mit mir tun solle. Die Besitzerin öffnete die in die hinteren Räume führende Tür, wo sich wahrscheinlich die Backstube befand, und rief: „Hela, Hela, komm her und schau dir das an!" Nach einer Zeit kam jene Hela, offensichtlich von der Arbeit losgerissen, in einer Schürze mit vielen Mehlspuren. Man wartete, was sie sagen würde. Offensichtlich zählte ihre Stimme, vielleicht war sie eine Autorität in verschiedenen Dingen oder sogar eine Expertin in Rassefragen, zumindest für die Horizonte dieser Konditorei, die für mich nun nicht mehr ruhig und still war. Auf jeden Fall war nun noch ein Paar bohrender Augen hinzugekommen, um mich zu durchleuchten.

Ich bemühte mich, nicht daran zu denken, wie das alles enden würde, ging ganz in mich und erreichte einen Zustand, in den man gelegentlich fällt, wenn man ganz angsterfüllt ist, ein Zustand einer Art von Gleichgültigkeit und inneren Lähmung, ein schwer verständlicher Zustand, der aber zum Teil erklärlich ist, vor allem wenn man berücksichtigt, dass sich der Mensch in derlei Situationen – selbst wenn er, wie ich damals, nur wenige Jahre alt ist – bewusst ist, dass er keinen Einfluss auf sein Schicksal hat, dass er zumindest in bestimmter Hinsicht einem Gegenstand ähnlich geworden ist. Ich konnte das nicht begreifen, meine Lage wurde von Augenblick zu Augenblick schlimmer. Den Frauen genügte es nun nicht mehr, mich aus einer gewissen Entfernung zu betrachten, vielleicht wollten sie sich versichern, eine letzte Begründung für die Entscheidung erlangen, die sie fällen würden (nicht ausgeschlossen, dass sie sie schon gefällt hatten). Ich hörte schließlich, was eine von ihnen sagte: „Man muss der Polizei Bescheid geben."

Die ins Gespräch vertieften und wissbegierigen Frauen kamen näher, traten an den Tisch, an dem ich saß. Das Verhör begann. Zunächst fragte eine, wie ich heiße. Ich hatte falsche Papiere, hatte meine neuen Daten gelernt und antwortete höflich. Eine andere wollte wissen, wie die Frau zu mir stehe, die mich hergebracht hatte, und ich antwortete auch hierauf, diesmal wahrheitsgemäß. Später erfuhr ich, dass der nächste Schritt bei einer solchen Ausfragerei meist die Forderung war: Sag ein beliebtes Gebet auf! – eine sehr gute Prüfung, um schnell festzustellen, ob jemand Katholik ist oder nicht, Pole oder nicht. Doch mich betraf diese Phase nicht, vielleicht weil die Frauen doch nicht so geübt waren. Sie überschütteten mich weiterhin mit Fragen: Was mit meinen Eltern sei, woher ich komme, wo ich zuletzt gewesen sei, wohin ich gehen werde ... und so weiter. Sie bemühten sich, ihre Fragen ruhig zu stellen, zuweilen sogar zuckersüß, doch ließ ich mich von diesem Ton nicht verführen. Es bedurfte ja auch keines großen Scharfsinns, um zu spüren, dass sich dahinter Wut und Aggression verbargen. Sie sprachen zu mir wie mit einem Kind, und zugleich wie mit einem Angeklagten oder gar einem Verbrecher. Nach all den Jahren glaube ich, dass sie nicht von Abneigung oder schierem Hass geleitet wurden. Sie hatten Angst vor dem Problem, das ihnen plötzlich in den Schoß gefallen war, und waren bereit, alles zu tun, um es schnellstmöglich – auf jede erdenkliche Weise und um jeden Preis – zu beseitigen. Ich wusste, dass die Beseitigung des Problems bedeutete, mich zu beseitigen.

Die Frauen stellten mir verschiedene Fragen, auf die ich nicht mehr recht antwortete, manchmal nur stammelte ich ein „Ja" oder „Nein". Auf viele von ihnen hätte ich nicht zu antworten vermocht, auf andere hatte ich Angst zu antworten, schon allein um mich nicht zu verhaspeln, um keine Dinge anzusprechen, die einander widersprachen, um mich also nicht endgültig zu demaskieren. Ich hörte aber nicht nur an mich gerichtete Fragen, ich hörte auch Kommentare und Meinungen, die die Damen untereinander äußerten, etwas leiser, nur zu sich selbst, doch so, dass sie meinem Ohr nicht entgehen konnten. Am häufigsten fiel das bedrohliche Wort „der Judenbengel", aber es wiederholte sich auch die schrecklichste Ankündigung: „Man muss der Polizei Bescheid geben." Ich war mir bewusst, dass dieses Bescheidgeben einem Todesurteil gleichkam. Hätte ich damals etwas über die Mythologie des Mittelmeerraums gewusst, so hätte ich zweifelsohne gedacht, dass ich mich im Besitz von Erinnyen oder Furien befinde, die mich zerfetzen wollen. Doch wäre dieser Vergleich zutreffend gewesen? Diese Weibsbilder waren schließlich nicht von unbeherrschbarem Hass besessen, sie waren nicht von Rachegelüsten erfüllt, das waren normale, gewöhnliche, auf ihre Weise tapfere und ordentliche Frauen, die mit Sicherheit fleißig waren und im Schweiße ihres Angesichts bemüht waren, unter den schwierigen Bedingungen der Besatzungszeit ihre Familien zu unterhalten. Ich schließe nicht aus, dass sie auch mustergültige Mütter und Ehefrauen waren, vielleicht fromme Personen, die sich durch eine ganze Harmonie der Tugenden auszeichneten. Sie befanden sich in einer Lage, die sie für schwierig und bedrohlich hielten und der sie die Stirn bieten wollten. Doch sie dachten nicht darüber nach, was der Preis dafür war. Vielleicht überstieg es ihr Vorstellungsvermögen – obwohl sie wissen mussten, wie es enden würde, wenn sie „Bescheid gegeben hätten", oder es sprengte die ihnen begreifliche moralische Welt.

Nach ungefähr einer Viertelstunde kam Maria zurück, die etwas länger fortgeblieben war als gedacht; sie hatte Mühe gehabt, einen Telefonapparat zu finden. Ihre Rückkehr war für mich die Erlösung, und ich glaube, dass auch den Frauen ein Stein vom Herzen fiel. Das Problem verschwand. Als Maria rings um mein Tischchen einen ganzen Personenkreis sah, begriff sie im Nu, was vor sich ging. Sie packte mich an der Hand und wir gingen so eilig wie möglich hinaus. Ich war heil davongekommen.

Der rothaarige Jasio

Natürlich wusste ich, wer ich war. Ich vergaß es nie und dachte stets an die Konsequenzen, welche sich für mich daraus ergaben. Doch ich wusste nicht, wer die anderen waren – und wollte es nicht wissen. Ich dachte einfach nicht darüber nach, ob sich rings um mich andere wie ich befanden, die mir ähnelten und auch zum Schlimmsten verurteilt waren. Das befand sich außerhalb meines Reflexionsvermögens, und überhaupt versuchte ich, mich so zu verhalten, als befände nur ich mich in einer solchen Lage. Erst einige Jahrzehnte später erfuhr ich, dass die Schwestern in Turkowice über dreißig jüdische Kinder beherbergt und gerettet haben, also unglaublich, geradezu unwahrscheinlich viele: Jeder siebte oder achte ihrer Zöglinge war durch eine Herkunft gezeichnet, deren Aufdeckung einem Todesurteil gleichkam. Manchmal aber konnte ich darüber nicht nachdenken, auch dann, wenn dieser Jemand etwas sagte, was ihn enttarnte und was eine Unvorsichtigkeit darstellte.

Einer meiner Altersgenossen – vielleicht war er ein wenig jünger – sagte bei einer Gelegenheit, er habe so eine merkwürdige Tante, die von einem bestimmten Moment an begonnen habe, in die Kirche zu gehen, doch habe sie nicht gewusst, wie sie sich dort zu verhalten habe, sie habe beim Gottesdienst verschiedene Fehler oder gar unpassende Dinge gemacht. Ich merkte gleich, was hier Sache war, und dachte: Was für ein Blödian, er informiert seine Kameraden ja darüber, dass diese merkwürdige Tante eine Jüdin ist, und wenn er eine Tante hat, die Jüdin ist, dann ist er selbst auch ein Jude. Ich hätte nichts erzählt, was mich verraten hätte, denn ich besaß bereits ein gut funktionierendes Warnsystem, das sich sofort einschaltete, wenn mir etwas auf die Zunge kam, was, und sei es auch nur mittelbar, von meiner Herkunft hätte zeugen können. Ich hatte die Regeln des Untertauchens tief verinnerlicht, war mir ihrer gut bewusst und trug Sorge, ihnen nicht untreu zu werden. Nur manchmal geschah etwas zu meinem Nachteil, etwas, was ich nicht hatte vorhersehen können. Ehe ich aus dem Ghetto herausgekommen war, hatte ich mich fast ausschließlich unter Erwachsenen aufgehalten. Ich hatte mir also Wörter angeeignet, die meine Kameraden in Turkowice nicht kannten, sie waren für sie unverständlich und schienen ihnen verdächtig. Einmal benutzte ich den Ausdruck „Archipel". Er klang für sie absonderlich. Einer der Jungs meinte, alles, was fremd klinge, sei jüdisch, und erklärte: „Er ist ein Jude, denn er spricht Jiddisch." Von da an war ich bemüht, keine Wörter zu verwenden, die bei meinen Kameraden Verdacht erregen konnten, selbst wenn ich bestens wusste, dass sie mit dem Jiddischen nicht das Geringste zu tun hatten. Ich vergaß sie übrigens schnell und mein Wortschatz wurde genauso einfach und bodenständig wie der, den die Jungs verwendeten, unter denen ich lebte.

Ich erwähne das, um die Lage eines Jungen zu beschreiben, eine Lage, die ganz anders war, da alle wussten, dass er Jude war. Er hat sich meiner Erinnerung als „der rothaarige Jasio" eingeprägt, wahrscheinlich wurde er so genannt, obschon ich nicht auszuschließen vermag, dass mein Gedächtnis hier nicht ganz treu ist. Alles hingegen, was in dieser bedrückenden Geschichte wichtig ist, entspricht vollständig den Tatsachen und ist frei von Erfundenem – daran habe ich keinen Zweifel. Doch wie er wirklich hieß, weiß ich nicht. Als er in Turkowice auftauchte, trug er gewiss einen jüdischen Vor- und Nachnamen, aber die Schwestern kümmerten sich um falsche Papiere, sodass er, wie die anderen Versteckten, einen polnischen Namen bekam. Das war die erste Bedingung, die zu erfüllen war, wenn man jemand retten wollte.

Bei einer deutschen Kontrolle wären zumindest seine Papiere in Ordnung gewesen.

Er war in Turkowice einige Monate vor mir eingetroffen, allein, niemand hatte ihn gebracht. Er war damals extrem erschöpft und ausgehungert, angeblich schon an der Schwelle von Leben und Tod. Er sagte, wer er sei, und bat um Hilfe. Mit seinen vierzehn Jahren hatte er schon eine lange Geschichte durchgemacht: Er stammte aus Lemberg, hatte seine ganze Familie bei der Liquidierung des Ghettos verloren, und doch war es ihm wie durch ein Wunder gelungen, dem Tod zu entkommen – ich weiß nicht wie. Er kannte niemanden, an den er sich mit der Bitte um Unterstützung und Rettung hätte wenden können, also machte er sich auf in die Welt, in der Hoffnung, dass er außerhalb seiner Heimatstadt überleben könnte. Und so ging er von Dorf zu Dorf, von Wald zu Wald, hielt an, wo er nur konnte, führte das Leben eines vor den Jägern fliehenden Tieres, bettelte bei den umliegenden Bauern um Essen; die einen gaben ihm etwas, andere jagten ihn fort. Er legte eine große Strecke zurück, wenn man bedenkt, dass er auf seiner Flucht vor der Vernichtung aus Lemberg bis in die Gegend von Hrubieszów gelangte. Als er am Ende seiner Kräfte war, riet ihm jemand, sich nach Turkowice zu wenden, da es dort gute Schwestern gäbe, die sich sicherlich um ihn kümmern würden. Und so kam es auch. Er verheimlichte nicht, wer er war, es hätte ihm sicherlich nichts gebracht, das zu verbergen, denn es war schwer, irgendetwas davon zu verschweigen, was zur Lage des gehetzten jüdischen Jungen beigetragen hatte. Alles war sofort sichtbar. Man zögerte keinen Augenblick: Die Schwester Vorsteherin, der gute Geist von Turkowice, entschied sich sofort, den unerwarteten Ankömmling aufzunehmen, obwohl sie zweifellos wusste, dass dies doppelt gefährlich war, denn er war nicht konspirativ erschienen, nicht unter polnischen Kindern als eines von ihnen, sondern als Jude auf Wanderschaft, der keinerlei Chancen hatte, seine Herkunft zu maskieren oder zumindest leicht zu camouflieren. Die Kunde verbreitete sich rasch: Ein jüdischer Junge ist gekommen und aufgenommen worden.

Was ich bislang erzählt habe, gehört aus meiner Perspektive noch zur Vorgeschichte; es war geschehen, noch ehe ich nach Turkowice kam, doch – so denke ich mir – wurde nicht gerade wenig darüber gesprochen, sodass ich mich an Ereignisse erinnere, deren Augenzeuge ich nicht war. Der rothaarige Jasio hat sich meiner Erinnerung sicherlich nicht nur deshalb eingeprägt, weil seine Geschichte allgemein bekannt war, sondern auch, weil er sich hervorhob. Er zeichnete sich durch Eigenschaften aus, die in dieser Welt besonders ungünstig waren, in einer Welt, in der die Mimikri eine der Voraussetzungen zum Überleben war – also die möglichst vollständige Anpassung an die Umgebung, möglichst wenig Sichtbarkeit, die Verwandlung in eine graue Maus, eine von vielen. Doch der rothaarige Jasio war nicht grau, schon allein deshalb, weil sein roter Schopf in die Augen fiel. Er zog Aufmerksamkeit auf sich. Außerdem sprach er etwas anders, als man in Turkowice sprach. Ich denke hier nicht an einen jiddischen Klang, denn wäre dies der Fall gewesen, so hätte er ihn sicherlich leicht ablegen können, und sei es mithilfe der Mimikri. In der Sprache von Turkowice gab es einen gewissen Singsang und einen etwas ostpolnisch klingenden Akzent, doch er machte das viel stärker, noch ostpolnischer, auf Lemberger Art, und so lenkte er auch durch seine Ausdrucksweise die Aufmerksamkeit auf sich.

Ich erinnere mich an ihn, obwohl er in einer anderen Gruppe war, ich glaube in der, die von Schwester Józefa betreut wurde. Er zeichnete sich durch noch etwas anderes aus: Er war ungemein lebhaft und gesellig, alle kannten ihn und erkannten ihn weitgehend auch an, was umso merkwürdiger war und hervorzuheben ist, wenn man bedenkt, dass viele Jungs keine Sympathie für Juden hegten: Sie hatten offensichtlich Vorstellungen und Werturteile aufgegriffen, die von der rassistischen Propaganda lanciert wurden, und konnten keinen Zweifel daran haben, wer er war. In dieser seltsamen Gemeinschaft, die die Zöglinge von Turkowice bildeten, entstanden auf ganz elementare Weise Hierarchien und Abhängigkeiten. Die einen ordneten sich anderen unter, manchmal nutzten sie sie aus. Im Leben dieser Gemeinschaft spielten diejenigen eine besondere Rolle, die Führungsqualitäten besaßen, sie scharten die meisten Freunde um sich und organisierten so mancherlei. Es gab mehrere Anführer (die verständlicherweise zur Gruppe der älteren Jungen gehörten), man kannte sie überall, manchmal bewunderte man sie auch. Die Jüngeren blickten zu ihnen hinauf – mal mit Faszination, mal mit Bedenken oder sogar mit Furcht. Der rothaarige Jasio gehörte nicht zu den Anführern, aus offensichtlichen Gründen konnte er keiner sein. Doch er war auch keiner von denen, die sich in den Ecken herumdrückten und deren stete Sehnsucht es war, eine Tarnkappe zu finden, die ihnen eine Existenz im Schatten oder sogar die Unsichtbarkeit ermöglichen würde. Er war überall präsent, und das intensive Rot seiner Haare bewirkte, dass man ihn leicht erkennen und ihn sich einprägen konnte. Recht schnell erwarb er sich unter den Jungs eine gewisse Rolle: Man nahm auf ihn Rücksicht, denn er besaß eine relativ hohe Position in der informellen Hierarchie, wie sie in einer Gruppe von Knaben und Jugendlichen so wichtig ist. Er war zwar kein Anführer, doch er verband und knüpfte Beziehungen, was in solchen Gemeinschaften auch wichtig ist.

Wenn ich heute, nach mehr als einem halben Jahrhundert, in Gedanken auf seine Person zurückkomme, so macht mich vor allem eines nachdenklich – der intensive und elementare Lebenswille, dieser Wille, der es ihm in der Zeit des großen Sterbens ermöglichte, dem Tod zu entkommen, dicht ausgeworfenen Netzen zu entgehen, Fallen zu vermeiden, in die man schon durch eine unglückliche Geste tappen konnte. Nachdenklich macht mich dieser Lebenswille, der es erlaubte, die empfindlichsten Schmerzen zu ertragen und keinen Augenblick den Zusammenbruch oder ein Aufgeben zuließ. Vielleicht war er sich bewusst, dass jedes Erlöschen seiner Energie oder auch nur ihr Nachlassen die Aussicht auf den Tod vergrößern würde und einem passiven Einverständnis mit ihm gleichgekommen wäre. Bis zu einem bestimmten Augenblick gelang ihm dies, und sicherlich hatte er Hoffnung, dass er, nachdem er Turkowice erreicht hatte, gerettet werden, das Kriegsende erleben würde. Doch es kam anders. Er verlor sein Leben. Er wurde, kurz bevor die Deutschen diese Gegend verließen, getötet. Er starb übrigens nicht durch deutsche, sondern durch ukrainische Hände. Er starb nicht als Jude, was in dieser Zeit ungewöhnlich oder geradezu paradox erscheinen mochte, und einen solchen Tod hätte man gerne als Ausdruck von Ironie der Geschichte angesehen, der die in der Zeit der Shoah aufgestellte Ordnung verletzte. Der rothaarige Jasio wurde zusammen mit Schwester Longina und einigen anderen Jungen ermordet. Dieses schreckliche Ereignis muss eigens erzählt werden.

Der Tod von Schwester Longina

Über diesen Mord ist viel geschrieben worden, aber ich werde nicht das wiederholen, was man anderswo lesen kann – zumal es mir vorkommt, als entsprächen nicht alle Elemente der Berichte dem tatsächlichen Verlauf der Dinge, als würden ihre Verfasser manchmal der trügerischen Erinnerung jener vertrauen, die sich damals in Turkowice aufhielten. Ich will eigentlich nichts korrigieren, denn dazu habe ich keine Grundlage, nichts berechtigt mich dazu: Über viele Dinge weiß ich ganz einfach nichts und ich kann nicht den gesamten Umfang des Geschehens überblicken. Ich war damals, im Frühjahr 1944, noch keine zehn Jahre alt. Ich war verschreckt und abgestumpft, mein kognitiver Horizont war dementsprechend beschränkt und flach. Nichts fand ich eigenständig heraus, sondern mir kam nur zu Ohren, worüber ringsum geredet wurde und was ich in der allernächsten, direkt zugänglichen, im Sichtfeld befindlichen Umgebung erkennen konnte. Auch über diese Ereignisse kann ich nur in der Form berichten, in der ich sie in dieser Zeit wahrgenommen habe, somit wird es eher eine Erzählung darüber sein, wie ich diese betrübliche Geschichte damals gesehen habe, wie sie sich meinem Gedächtnis eingeprägt hat, als eine Rekonstruktion der Vorgänge selbst.

Es war sicherlich das Schrecklichste von allem, was in Turkowice während meines Aufenthalts geschah. Dieses Verbrechen musste zwangsläufig einen Schock hervorrufen. Es konnte nicht vergessen werden, schon allein deshalb, weil seine Opfer Personen aus der nächsten Umgebung waren, die wir unaufhörlich gesehen und gut gekannt hatten. Gleichgültig und ungerührt konnten auch jene nicht bleiben, die zwar nur wenige Jahre alt waren, aber schon wussten, dass die Welt grausam und schrecklich ist – dessen waren sich, denke ich, alle bewusst, denn es war ein Grundbestandteil der Erfahrung aller Zöglinge in Turkowice, dieser Krieg betraf schließlich jeden. Solche wie ich, die einen Aufenthalt im Ghetto absolviert hatten, waren direkt mit Verbrechen in Berührung gekommen, doch auch diejenigen waren ihnen begegnet, die derlei Erfahrungen aus offenkundigen Gründen nicht gemacht hatten. Auch für sie war das ein Beweis dafür, dass ein Verbrechen nicht in der Ferne geschehen muss, dass es nicht nur andere betreffen muss, dass es keine Abstraktion ist. Und dass die Bedrohung auf jeden ausstrahlt, dass es niemanden gibt, der sich in diesen Zeiten hätte sicher fühlen können.

Es war der zweifellos traumatischste Vorfall in der Kriegsgeschichte von Turkowice. Das Waisenhaus befand sich damals im Nirgendwo, auf einer verlassenen und verbrannten Erde, ohne Kontakte zur Außenwelt, nur auf sich alleine gestellt, jedoch – wie alles und alle im besetzten Land – zu Repressionen und Schikanen, Vergewaltigung und Verbrechen verurteilt. Nichts schützte es vor Heimsuchungen der Deutschen und den Taten der ukrainischen Kämpfer. Aber diese Art von Kontakt zur Welt brachte natürlich nichts anderes als Unglück und Leiden. Als die Anstalt immer ärmer wurde, als es in immer größerem Maße an den grundlegendsten Dingen fehlte, an den einfachsten Arzneien und an Seife, musste man sich auf der Suche nach Hilfe nach Hrubieszów wenden. Die nahe, knapp zwanzig Kilometer entfernte Kreisstadt aber war in diesen Zeiten schwer erreichbar, sie lag fernab. Die Mission wurde Schwester Longina anvertraut. Ich weiß nicht, wieso gerade ihr. Vielleicht weil sie sich selbst meldete, vielleicht, weil man dachte, sie sei die energischste und mutigste, obwohl auch die Schwestern, die Kinder aus Warschau herbrachten – unter anderem Schwester Hermana –, vielfach imponierende Beweise von Mut, Opferbereitschaft und Selbsthingabe geliefert hatten. Nicht ausgeschlossen, dass das Alter entscheidend war: Schwester Longina war eine junge oder sogar sehr junge Person.

In Turkowice hielten sich Nonnen unterschiedlichen Alters auf. Am ältesten war Schwester Stefania; sie wurde mit dem Januaraufstand in Verbindung gebracht, vielleicht aus dem Grund, dass sie 1863 geboren worden war oder in dieser Zeit ihre früheste Kindheit verbracht hatte. Die Greisin war selten zu sehen, weil sie keine Arbeiten mehr verrichtete. Die Schwestern hatten vor ihr die größte Hochachtung. Sie behandelten sie so, als sei sie ein Bindeglied zwischen den alten und den gegenwärtigen Zeiten, und als sei sie die Sachwalterin für die Geschichte des ganzen Ordens und des Waisenhauses von Turkowice. Schwester Stefania trennte von den Jüngsten, Schwester Róża oder eben Schwester Longina, wohl mehr als ein halbes Jahrhundert. Das junge Alter war gewiss einer der Faktoren, die dafür ausschlaggebend waren, dass die Schwester Vorsteherin Schwester Longina diese schwierige und gefährliche Aufgabe anvertraute.

Als ich zu Beginn des Jahres 1944 nach Turkowice kam, wurde ich in die dritte Gruppe eingeteilt, die von Schwester Róża betreut wurde. Schwester Longina kümmerte sich um die zweite Gruppe, also hatte ich nicht direkt mit ihr zu tun, wenngleich ich sie täglich sah, da man in die Räume der einzelnen Gruppen über denselben Flur ging, sie grenzten aneinander. Ich kann nicht viel darüber sagen, wie Schwester Longina aussah: Sie war schlank und wahrscheinlich blond, das ist alles. Ich kann das nicht nur deshalb nicht sagen, weil ich ein schlechtes visuelles Gedächtnis habe, sondern auch, weil die Gesichter der Schwestern zum Teil in Nonnenhauben versanken. Diese Hauben waren groß, gut gestärkt und stets, selbst in den schlimmsten Zeiten, tadellos weiß, sie zeichneten sich durch ihre wunderbare Reinheit aus, dank der sie mit allen Gegenständen ringsum kontrastierten. Die Hauben der Schwestern Dienerinnen der Heiligsten Jungfrau Maria unterschieden sich von den Hauben der Vinzentinerinnen, der *szarytki*: Sie orientierten sich nicht fantasievoll nach oben, sondern umfassten den

Kopf enger und hatten unten einen nach vorne ausgewölbten Teil, den man mit einem Schnabel vergleichen könnte. Die Schwestern trugen die Hauben immer, in jeder Situation, sogar bei schwerer Arbeit, obwohl sie diese gewiss nicht erleichterten. Die Gesichtszüge waren natürlich sichtbar, aber sie wurden begrenzt, unterlagen Zwängen, waren vereinfacht.

Schwester Longina sollte sich aus praktischen Gründen nach Hrubieszów begeben, sie sollte bestimmte Dinge erledigen, etwas für das Heim bewirken, das sich in immer unerträglicherem Elend befand. In den Berichten über dieses Geschehnis wird gesagt, dass es darum ging, die Mutter einer jungen Ordensschwester, die an Tuberkulose gestorben war, nach Hrubieszów zu bringen. Nun, ich bin mir hierbei sicher und kann als jemand auftreten, der Informationen aus früheren Berichten korrigiert: Während meines Aufenthalts ist in Turkowice keine Nonne gestorben. Wäre dies der Fall gewesen, würde ich mich sicherlich daran erinnern, denn die Beerdigungsfeierlichkeiten hätten sich mir eingeprägt, die Tage der Trauer, die Erinnerungen an die Verstorbene. Doch ich kann mich nur einer Beerdigung entsinnen – der eines wenige Jahre alten Mädchens, das an Schwindsucht gestorben war (es hieß, wenn ich mich nicht irre, Krysia Moćko); nach dem Trauergottesdienst bildeten wir einen Trauermarsch und begleiteten sie auf den nahe gelegenen Dorffriedhof. Mir scheint, dass die lungenkranke Nonne einige Jahre früher starb und damals nach der Abschiedszeremonie eine der Nonnen, vielleicht tatsächlich Schwester Longina, ihre Mutter auf dem Rückweg begleitete. Wenn dies wirklich das Ziel der Fahrt war, die so unglücklich endete, so wäre zu fragen: Was ist mit dieser Frau geschehen? Wurde auch sie ermordet (hierüber schweigen die Berichte) oder wurde sie freigelassen, was wenig glaubwürdig wäre, denn welche Missetäter würden die Augenzeugin eines Verbrechens am Leben lassen? Ich denke, dass sich hier Ereignisse aus unterschiedlicher Zeit überlagern. Sicher ist nur, dass Schwester Longina zusammen mit den Jungen, die sie begleiteten, ermordet wurde.

Als sich die Kunde über Schwester Longinas Ausflug herumgesprochen hatte, wollten viele daran teilnehmen, sofort meldeten sich Freiwillige. Die Schwestern entschieden, dass die älteren mitgehen durften, aber nur diejenigen, die sich auszeichnen, die höflich, ruhig und verantwortlich waren, also kurzum – die besten. Ich weiß nicht, wie viele es am Ende waren, einige sprechen von sieben, andere von acht, manche auch von neun. Ich erinnere mich auch nicht an ihre Namen (außer an den rothaarigen Jasio), vielleicht deshalb, weil keiner aus der Gruppe von Schwester Róża kam. Die Jungen sollten wahrscheinlich für Schutz sorgen – obwohl sie, wie sich bald herausstellen sollte, keinerlei Möglichkeiten hatten, irgendjemanden vor einem Angriff zu schützen – und sie sollten Unterstützung leisten. Turkowice war damals bereits von der Welt abgeschnitten. Es gab keine Verbindung nach Hrubieszów, die Schmalspurbahn fuhr seit einigen Monaten nicht mehr. Man verfügte lediglich über ein Wägelchen, das Draisine genannt wurde. Es hatte einst, so scheint mir, einen Motor besessen, aber entweder war er kaputtgegangen oder es fehlte an Benzin, jedenfalls musste man sie von Hand schieben. Sicherlich deshalb bestand die Mannschaft von Schwester Longina aus so vielen Personen.

Sie machten sich am frühen Morgen auf den Weg, und von Anfang an begleiteten sie Bedenken, dass diese Expedition gefährlich sei. Wohl schon unmittelbar nach dem Aufbruch begannen in der Kapelle Gebete für das gute Gelingen. Wir wussten um die Gefahren, all unsere Gedanken begleiteten Schwester Longina und unsere Altersgenossen. Je länger sie aber nicht zurückkehrten und der vereinbarte Termin der Rückkehr verstrich, desto stärker spürte man die wachsende Spannung. Das Warten wurde von Stunde zu Stunde dramatischer, das Grauen potenzierte sich. Wir beteten innig; ehrlich ergriffen erhoben wir ein demütiges Flehen. Doch es wurde nicht erhört. Die Hoffnung erstarb, die schlimmsten Befürchtungen kamen auf. Sicher war etwas Fürchterliches geschehen. Doch waren wir uns damals in Turkowice schon darüber im Klaren, dass das Schlimmstmögliche passiert war?

Von der Ermordung erfuhren wir erst nach einigen Tagen. Ich erinnere mich nicht, auf welche Weise und wer diese Hiobsbotschaft überbrachte. Ich erinnere mich nur an den Eindruck, den sie hervorrief – auch auf mich, obwohl ich schon daran gewöhnt war, dass Nachrichten über den Tod von Menschen eintrafen, die man noch kurz zuvor gekannt hatte, also war diese Situation für mich nicht die erste ihrer Art. Der Eindruck war stark und ist eigentlich nur schwer zu beschreiben. Ich denke, dass man damals die Einzelheiten des Geschehens noch nicht kannte, nur an einem bestand kein Zweifel: Das Verbrechen war von den Ukrainern verübt worden, die diese Gegend von allen säubern wollten, die sie nicht als die ihren ansahen. Für sie waren auch die junge polnische Nonne und die minderjährigen Buben in ihrer Begleitung Feinde, mit denen man rücksichtslos umzugehen hatte. Es begannen die Trauergebete, doch die Beerdigung konnte nicht stattfinden, da unbekannt war, was die Mörder mit den Leichen getan hatten. Wie ich später erfuhr, fand man sie erst nach Jahrzehnten, offensichtlich verscharrt in einem Straßengraben. Auch die Geschichte dieser Opfer ist eine Geschichte von unbeerdigten Opfern – wie so viele Geschichten in diesen Jahren.

Ich kann nicht viel über den Tod von Schwester Longina sagen. Ich sah das, was geschah, aus der Position eines Kindes, das naturgemäß den Lauf der Ereignisse nicht in all seiner Komplexität erfassen kann. Mein Beobachtungspunkt war notwendigerweise beschränkt, ich nahm nur Bruchstücke des Geschehens auf. An gewissen Dinge bestand jedoch kein Zweifel. Ich lebte in Turkowice in einer Welt der religiösen Vorstellungen und die Geschichte, die uns mehr oder weniger bildhaft präsentiert wurde, war die biblische Geschichte, in der es so viel Aufopferung und Märtyrertum gibt, so viel Heldentum im Kampf um den wahren Glauben. In unserem Bewusstsein kam Schwester Longina einer heiligen Märtyrerin aus dem frühen Christentum gleich oder wurde gar zu einer von ihnen. Und die gemeinsam mit ihr umgebrachten Jungen erinnerten an jene tapferen und gottgefälligen Jünglinge, die von den heidnischen Schergen zu Tode verurteilt wurden, um sie dann den Löwen zum Fraß vorzuwerfen.

Doch auch das war von immenser Bedeutung: Das Martyrium von Schwester Longina war ein Memento. Es erinnerte unaufhörlich an die Bedrohung, in der wir zu leben hatten, war eine Präfiguration dessen, was das Schicksal uns allen noch bereiten konnte. Der ausgehende Frühling und der Frühsommer des Jahres 1944 waren für das Heim von Turkowice die Zeit der größten Spannungen und Gefahren. Sie erreichten ihren Höhepunkt, als die Kunde eintraf, dass die in der Umgebung tätigen Abteilungen ukrainischer Nationalisten mit uns abrechnen wollten. Der Fall von Schwester Longina erlaubte keinerlei Illusionen: Es war von vornherein bekannt, worauf diese Abrechnung beruhen würde. Und wieder weiß ich nicht, wie die Informationen über diese Bedrohungen eintrafen, wie es dazu kam, dass die Schwester Vorsteherin – sicherlich in Absprache mit den in den nahen Wäldern operierenden Partisanen der polnischen Heimatarmee – den Beschluss fasste, das Waisenhaus zu evakuieren. Ich kann lediglich über die Ereignisse berichten, an denen ich teilnahm. Sie stehen mir immer noch vor Augen, und zwar so deutlich, als wären sie nicht vor mehr als einem halben Jahrhundert geschehen, sondern in naher Vergangenheit, zum Greifen nahe.

Alles war bereits vorbereitet, festgelegt, wir sollten gleich nach dem Mittagessen aufbrechen, um zwei. Es war ein düsterer, kühler Tag. Die Kinder und die Erwachsenen trieben sich unruhig und erregt herum, wir hatten verschiedene Aufgaben zugewiesen bekommen. Der Besitz der Anstalt war extrem abgenutzt. In normaleren Zeiten hätte er wahrscheinlich nur mehr dazu getaugt, entsorgt zu werden, doch diese ramponierten Utensilien, Kleidungsstücke, Gegenstände des täglichen Gebrauchs dienten uns notgedrungen weiter, man musste also das alles mitnehmen, was irgendeinen Wert besaß und für ein Leben im Wald notwendig sein würde.

Es ging auf zwei Uhr zu. Wir verließen das Haus und schickten uns an, den Evakuierungsmarsch zu bilden, der in Richtung des großen, guten Waldes ziehen sollte, der von polnischen Partisanen beherrscht wurde, als etwas völlig Unerwartetes geschah, als es einen wahren *coup de théâtre* gab. Die Schwester Vorsteherin änderte ihre Entscheidung von einer Minute zur anderen, buchstäblich in letzter Sekunde: Wir bleiben! Sicherlich hatte sie über irgendwelche Kanäle die Nachricht erhalten, dass die Gefahr, die über uns geschwebt hatte, vorüber war. Ich wusste nicht, was wirklich geschehen war, und bin mir eigentlich bis heute nicht im Klaren darüber, was damals vor sich ging, aufgrund welcher Ereignisse die Lage sich so radikal veränderte. Die Spannung ließ unmittelbar nach und einige der Jungs verliehen ihrer Enttäuschung Ausdruck, denn sie hatten angenommen, dass ein Leben im Wald ein großes Abenteuer werden würde. Sie ließ auch nach, weil wir uns ja klar waren, dass wir ins Unbekannte gezogen wären und auf alles vorbereitet sein mussten, auch auf das Schlimmste. Dass uns das widerfahren könnte, was Schwester Longina und ihre Gefährten vor Kurzem zugestoßen war. Der plötzliche Entschluss der Schwester Vorsteherin bedeutete eine wahre Rückkehr zur Normalität, auch wenn dies eine Normalität auf verbrannter Erde und unter feindlich gestimmten Elementen war. In dieser vermeintlichen Normalität konnte man den Tod von Schwester Longina und den Jungs nicht vergessen, auch wenn die einander jagenden Ereignisse und die sich mehrenden Bedrohungen dazu geführt hatten, dass das, was während der Expedition nach Hrubieszów geschehen war, rasch an eindringlicher Aktualität verlor und zu Geschichte wurde.

An einem Sonntagnachmittag

An diesem Tag kam mir die Welt zumindest ein bisschen weniger schrecklich und bedrohlich vor als gewöhnlich. Es war schönes Sommerwetter, warm und mild, aber nicht drückend heiß. Die Sonne, die von keiner einzigen Wolke verdeckt wurde, erlaubte es, dass man seine Lage zumindest etwas klarer betrachten konnte, und auch das, was sich um einen herum befand. Ich ging hinter dem Haus, in dem wir uns aufhielten, in das damals schon verwilderte Gebiet, obwohl hier die Spuren einstiger Herrlichkeit noch nicht ganz verwischt waren. Es gab noch Reste einstiger Pflege, einer Pflege, die dazu führt, dass ein Landstück sich in einen Garten verwandelt und aufhört, eine ungeordnete Ansammlung von Unkraut, Büschen und anderem Grünzeug zu sein, das von selbst wächst, ohne auf die hilfreiche und sorgsame Hand des Menschen zu warten. In diesem Chaos von unkrautüberwucherten Pflanzen befanden sich auch solche, mit denen man sich früher eingehend beschäftigt hatte, denn die Umrisse einiger Rabatte, Blumen- und Gemüsebeete waren noch sichtbar. Der Anstaltsüberlieferung zufolge hatte es in jenen nicht allzu lange zurückliegenden, aber schon fernen Zeiten, die mit der kurzen, doch ungemein mit Bedeutungen aufgeladenen, geradezu magischen Formel „vor dem Krieg" bezeichnet wurden, hier einen wunderbaren Garten gegeben, voller unterschiedlicher Blumen mit – wie im Märchen – verführerischen Farben, mit schönen und duftenden Blumen, die Gott allein durch ihre Existenz rühmten. Natürlich blühten hier auch jetzt irgendwelche Pflanzen, doch es war kein geordneter und akkurat gepflegter

Klostergarten mehr. Die Schwestern waren vor so viele neue und schwere Aufgaben gestellt, abgeplagt und abgearbeitet, unaufhörlich darum bemüht, dass dieses Heim, in dem sich rund dreihundert Kinder aufhielten, überhaupt die schreckliche Zeit überstehen würde. Sie hatten weder Energie noch Möglichkeiten, um sich mit dem Garten zu befassen. Man züchtet keine Rosen, wenn die Welt untergeht – eine Welt, in der es so viele aus allen Richtungen kommende Bedrohungen gibt, in der man nichts, auch nicht das Einfachste, ohne die äußerste Anstrengung erreichen kann, eine so große Anstrengung, dass man sich das nach Jahren kaum mehr vorstellen kann.

Irgendwelche Blumen züchteten die Schwestern wohl schon, denn viele von ihnen zierten, vor allem zu dieser Jahreszeit, die Kapelle, und es waren nicht nur Wiesenblumen, an denen es in der Umgebung sicherlich nicht fehlte. Im Winter ging es natürlich viel bescheidener zu, aber vor allem an Feiertagen tauchten auch getrocknete Blumen auf. Doch wenn ich heute versuche, in meiner Erinnerung diesen Ort hinter unserem Haus, in dem wir Jungen untergebracht waren, zu erfassen, so muss ich gestehen, dass er tatsächlich die Gestalt eines Gartens anzunehmen schien, doch war es ein bereits leerer, wenn auch wuchernder Garten – das wilde Grün musste hier hervorragend gedeihen.

Die Kapelle, die sich im ersten Stock unseres Hauses befand, war der zentrale, der wichtigste Punkt, der Mittelpunkt dieser damals von fast jeder Seite her verschlossenen Welt. Denn das Holzkirchlein, das sich unweit der Bebauung in Richtung des Flusses befand, hatte in den Kriegsjahren dramatische Ereignisse durchgemacht und war damals ungenutzt; erst später wurde es wieder für die Gläubigen geöffnet, mit einer Wiedereinweihung von erhabenem Charakter, gleichzeitig mit dem ersten Ablassfest in Turkowice seit Jahren. Die Kapelle war der wichtigste Punkt für die Schwestern, das ist klar, aber auch für uns, die Zöglinge der Anstalt, und auch – für mich. Ich besuchte sie häufig, fand in ihr etwas, was sie von allen Orten unterschied, an denen ich mich damals aufhalten konnte: Sie war hell, ruhig und geordnet, sie besaß einen Sinn, der anderswo fehlte. Und an diesem Sonntagvormittag befand ich mich an einem Ort, dessen allgemeines Aussehen ich zu vermitteln versuche. Ich hatte gerade die Kapelle verlassen, nach der langen und feierlichen Messe, bei der wie immer am Sonntag gesungen worden war. Nur bei diesen Gottesdiensten erklang das Harmonium und eines der älteren Mädchen, das wohl schon zwölf Jahre alt war, sang mit einem angenehmen Sopran fromme Lieder. In dieser Zeit meines Lebens wusste ich noch nicht, dass die Sphäre der Klänge mich so faszinieren würde, doch die Musik weckte in mir bereits großes Wohlgefallen, starke Eindrücke, die so anders waren als jene, die mich von überallher angriffen. Die Kapelle war der einzige Ort, an dem erhabene Dinge geschahen.

Und in dieser leicht erhabenen Stimmung ging ich an diesem Sonntag im Sommer hinaus auf den nicht allzu großen Platz, der sich hinter unserem Haus erstreckte. Ich versuche ihn mir jetzt vorzustellen und werde mir dabei bewusst, dass sein Bild sich zwar hier und dort verwischt hat, mein Gedächtnis ihn aber durchaus gut überblickt, weshalb nicht viele leere oder unklare Fragmente bleiben, die weniger zu einer Beschreibung ermuntern würden, sondern eher dazu, die Fragezeichen zu mehren. Also: Gegenüber unserem Gebäude stand das Mädchenhaus. Es war kleiner, aber dennoch – für die Verhältnisse von Turkowice – ansehnlich. Der Weg, der diese Häuser miteinander verband, war einst zweifellos die Hauptallee des Gartens gewesen, er war die Achse dieses Platzes und unterteilte ihn in zwei deutlich voneinander abgetrennte Teile. Auf der einen Seite des Mädchenhauses stand ein kleines Bauwerk, das, wenn ich mich recht entsinne, Wäscherei genannt wurde. Und auf der anderen Seite, jedoch etwas weiter weg, sodass sie wohl von dem Ort, an dem ich mich aufhielt, nicht mehr zu sehen war, gab es eine Hütte; darin lebte ein geheimnisvoller Mann. Wir wussten nicht, wer er war, vielleicht versteckte er sich. Und hinter dem Mädchenhaus begann der Kiefernwald, er war nicht allzu dicht, bestand aber aus hohen Bäumen, schlanken, himmelstürzenden Kiefern. Das war das Königreich der Krähen, die hier in riesigen Schwärmen nisteten. Getrieben vom Hunger, kletterten die Jungs auf diese hoch aufragenden Kiefern und klaubten die Eier und kleinen Krähen aus den Nestern.

Auf der linken Seite befand sich unter üppig wuchernden Büschen eine Isolierstation. Mit diesem Wort bezeichnete man das kleine Anstaltsspital, das in dieser Zeit eigentlich nicht mehr in Betrieb war, da es weder einen Arzt noch die *allernötigsten* Medikamente gab. Und dahinter, schon außerhalb des umzäunten Waisenhausgeländes, fiel das Terrain leicht in Richtung Huczwa ab, der Weg dorthin führte hier entlang. Hinter dem Fluss war der Wald, ein dichter und großer Wald. Er kam mir unergründlich und geheimnisvoll vor, dunkel und undurchdringlich. Ich wusste, wir alle wussten, dass in diesem Wald viel geschah, dass dort Partisanen aktiv waren, dass sie von dort aus in den Kampf zogen – was natürlich die Fantasie anregte und einige Jungs, vor allem die etwas älteren, zu Vorstellungen von einer Flucht aus der prosaischen Wirklichkeit des Heims anregte, um sich denen anzuschließen, die heldenhafte Kämpfe führten.

Am schwierigsten fällt es mir, jenes Ende dieses Rechtecks zu beschreiben, das sich vis-à-vis der Isolierstation befand. Ich erinnere mich nicht an viel, kann nicht sagen, womit dieses Terrain angefüllt war, hier bleiben leere und unbestimmte Segmente. Vielleicht gab es auf dieser Seite nichts Charakteristisches, nichts, was diesen Raum deutlich hervorgehoben hätte. Weiter weg erstreckte sich das Dorf, ein Dorf, über das man damals eigentlich nur in der Vergangenheitsform sprechen konnte, weil es sich fast ganz entvölkert hatte. Es waren nur Reste der Bebauung geblieben, die Spuren eines einst vitalen Lebens. Man hatte hier die Taktik der verbrannten Erde angewandt und diejenigen polnischen Bauern, die mit dem Leben davongekommen waren, waren für eine Zeit in die fernere Umgebung gezogen. Ich erinnere mich an den recht entlegenen Friedhof, einige verfallende Speicher ... Und vielleicht noch an das, was man über den jüdischen Obstgarten sagte: Er hatte einem Juden gehört, der schon einige Jahre zuvor ermordet worden war. Der Garten war verlassen und vernachlässigt, niemand pflegte ihn. Er befand sich etwas abgelegen, ich war nie dort gewesen. Wenn ich heute an dieses Rechteck denke, das sich zwischen den beiden Haupthäusern erstreckte und das Zentrum des Anstaltsgeländes bildete, aber auch an mich selbst an diesem schönen Sonntagvormittag, bin ich mir darüber im Klaren, dass ich nicht angeben kann, wie sich die Himmelsrichtungen verteilten, ich weiß einfach nicht mehr, was im Süden war, was im Norden, wo sich der Westen erstreckte und wo der Osten. Ich weiß es nicht und bin nicht in der Lage, es zu rekonstruieren, obwohl ich damals, als ich mich in diesem Bereich aufhielt, keinen Zweifel gehabt haben dürfte. Vor allem an einem so sonnigen Tag wie jenem Sonntag, an dem mir die schreckliche, grausame Welt etwas weniger albtraumhaft vorkam.

Nach dem Gottesdienst war ich allein, meine Gefährten waren auseinandergestoben, vielleicht waren sie an den Fluss gelaufen, vielleicht in den Wald gegangen oder waren zu anderen vielfach besuchten Orten gegangen. Ich vermied es, mich vom Anstaltshaus zu entfernen, denn es kam mir vor, als sei seine Nähe der beste Schutz. Doch schnell, eben an diesem Vormittag, sollte ich lernen, dass es für mich keine Orte gab, die nicht bedrohlich waren. Also, ich stromerte im einstigen Garten herum und fühlte mich relativ gut. Ich dachte, dass mir nicht nur das schöne Wetter wohlgesinnt ist, sondern auch die Tatsache, dass ich, ganz unerwartet, allein war, ohne die ständig kreischende Bande um mich herum, deren Teil zu sein mir das Schicksal beschieden hatte. Ich hatte nie vergessen, dass ich so etwas wie ein gehetztes Tier war, das jeder, der wollte, erschießen, zertreten oder auf irgendeine andere Weise auslöschen kann, und sei es die einfallsreichste – doch daran dachte ich damals gerade nicht. Ich war ruhiger als sonst und es kam mir nicht in den Sinn, dass in einem Augenblick etwas geschehen würde, was diese damals so selten erreichte Ruhe in Schutt und Asche legen würde.

Auf einmal tauchten die drei Brüder Z. in meinem Gesichtskreis auf, was mich nicht wunderte, sie waren offensichtlich so wie ich auf dem Anstaltsgelände geblieben. Ich kannte sie, weil wir uns alle kannten, aber sie waren in einer anderen Gruppe und ich hatte keinen näheren Kontakt zu ihnen. Ich wusste, dass sie aus Warschau kamen und man sie kurz vor mir nach Turkowice gebracht hatte, nur wenige Monate zuvor (die Gruppe, die mit Schwester Hermana aus Warschau gekommen war und in der ich mich befunden hatte, war die letzte). Man sah sie fast immer zusammen. Der jüngste von ihnen war mein Altersgenosse, der älteste war wohl etwa fünf Jahre älter. Es besteht kein Zweifel, dass dieser 15-Jährige der familiäre Anführer war, während sich die beiden jüngeren Brüder ihm widerspruchslos unterordneten und nach seiner Pfeife tanzten. Ich erinnere mich nicht an ihre Vornamen, aber ich meine mich zu erinnern, dass der Chef Jurek hieß.

Ich musste nicht lange abwarten, was geschehen würde: Sie umzingelten mich, als wollten sie einen Kessel bilden und mich an der Flucht hindern. Ich wunderte mich, wusste nicht, worum es ging, was sie eigentlich von mir wollten, denn weder jetzt noch jemals zuvor war ich ihnen in die Quere gekommen. Schon bald sollte ich wissen, was sie mir zu sagen hatten, damit zögerten sie nicht. Der Älteste sagte (bei ihnen galt eine Hierarchie, nur er konnte etwas Derartiges übermitteln): „Wir wissen, dass du ein Jude bist. Morgen kommen die Deutschen her. Wir werden es ihnen sagen und sie werden mit dir kurzen Prozess machen."

Ich bin mir nach so vielen Jahren natürlich nicht mehr sicher, ob diese Worte genauso klangen, doch ihr Sinn hat sich tief in mein Gedächtnis eingegraben, ich gebe ihn genau wieder. Ich erinnere mich hervorragend an das Entsetzen, das das Gerede des ältesten der Brüder Z. bei mir hervorrief. Ich machte mir nichts vor: Sie wollten mich dem Tod ausliefern, schließlich wusste ich gut, dass eine solche Ankündigung keine gegenstandslose Angstmacherei war. Ich erstarrte. Die gute Stimmung war sofort verschwunden, ich dachte nicht mehr an das gute Wetter, auch nicht an Sonne und Grün – meine Welt wurde wieder schwarz, kehrte zur Norm zurück. Die Angst paralysierte mich. Ich stand da wie angewurzelt, verharrte reglos, nicht nur, weil mich die Brüder Z. von allen Seiten umringten. Angst lähmt, das hatten mich meine früheren Erfahrungen gelehrt. Sie lähmt vor allem, wenn klar ist, dass Leben und Tod auf dem Spiel stehen, und in jenen Zeiten gab es kaum geringere Spieleinsätze, sie zählten schlicht nicht. Wenn ich heute über dieses Ereignis vor vielen Jahren berichte, so denke ich, dass man diese allergrundsätzlichste Angst, die man durch und durch erlebt, nicht beschreiben kann. Sie gehört zu jenen Erfahrungen, die nicht mit Worten auszudrücken sind, die nur deren Plattheit, Ratlosigkeit und Unangemessenheit offenbaren. Jahrelang hatte ich die Hoffnung, in der großen Literatur eine Beschreibung der Angst zu finden, doch ich bin auf keine gestoßen – ich glaube, es gibt sie schlicht und einfach nicht. Es wäre meinerseits ein Ausdruck von Hochmut und Arroganz, würde ich mich zu einer solchen Beschreibung hinreißen lassen, mehr noch, es wäre auch ein Beleg für meine Naivität, da dieses Unterfangen von vornherein zur Niederlage verdammt wäre. Angst, vor allem solche, von der hier die Rede ist, die aus den fundamentalsten Bedrohungen hervorgeht, lässt sich nicht beschreiben. Ich kann also nur sagen, dass es mir mal heiß wurde, mal kalt, dass etwas in meinen Beinen knickte, dass ein seltsamer Strom durch die Schenkel fuhr und mein Herz schneller als gewöhnlich schlug. Vielleicht untersuchen Ärzte die Physiologie der Angst und geben Bericht ab über ihre Entdeckungen, indem sie sich der Fachterminologie bedienen, doch die Umgangssprache ist solchen Aufgaben gegenüber ebenso ratlos wie – in den meisten Fällen – der Mensch, der sich in tödlicher Gefahr befunden hat.

Ich sage es ganz banal: Nachdem mir die Brüder Z. das gesagt hatten, packte mich die Angst mit ihren Krallen. Ich antwortete überhaupt nicht auf dieses *dictum*, ich schwieg. Sie zu überzeugen, dass sie Unsinn daherreden, dass ich schließlich kein Jude sei, wäre am Ziel vorbeigegangen, hätte sie nur reizen und zu einer sofortigen Reaktion provozieren können. Doch auch eine Bitte hätte keinen Sinn gehabt: Tut das nicht, denn das nimmt für mich ein böses Ende, ich habe mir doch gegenüber euch nichts zuschulden kommen lassen. Das hätte keinen Sinn gehabt, denn es wäre ein Eingeständnis gewesen, was ich unter keinen Umständen machen durfte. Auch nicht in diesem Fall, denn es hätte die Brüder Z. nur noch in ihrem noblen Ansinnen bestärken können, das sie mir mit solcher Klarheit und ohne Umschweife vorgestellt hatten. Ich war nur wenige Jahre alt, war immer noch ein Kind, doch diese Weisheit hatte mich des Schicksals Lauf bereits damals gelehrt: Schweig immer dann, wenn das Reden keine absolute Notwendigkeit ist. Reden, vor allem das Reden über dich selbst, kann dir nur schaden. Dieses Prinzip habe ich tief verinnerlicht und, wie man sieht, ich kann mich ihm sogar in bedrohlichen Situationen unterordnen.

Wenn ich nach all den Jahren an dieses Ereignis denke, das plötzlich und radikal die gute Stimmung zerstörte, die mir zuvor unverhofft zuteil geworden war, und an den schönen Sonntagvormittag, der sich zum Albtraum wandelte, so denke ich natürlich über meine eigenen Reaktionen nach. Doch mich interessiert auch die Einstellung meiner drei Peiniger, ihre Logik und Handlungsmotive. Was hat sie dazu bewegt? Es war zweifellos ein *acte gratuit*. Es ging nicht um Erpressung, denn sie wollten ja nichts von mir, erwarteten nichts von mir – und konnten nichts erwarten, denn ich verfügte über nichts, was irgendeinen Wert gehabt hätte, und genau dieses fehlende Interesse führt dazu, dass man sie nicht *szmalcownicy* nennen kann. Freilich waren sie sich darüber im Klaren, dass sie mich, würden sie es tun, dem Tod ausliefern würden, daran konnte es keinen Zweifel geben, denn es gehörte zum elementaren Wissen der Besatzungszeit, das auch verängstigte Rotzbengel besaßen. Ich weiß aber nicht, ob sie sich bewusst waren, dass sie dadurch vielen anderen Leiden zufügen würden, vor allem den Schwestern, aber auch den übrigen Gefährten, nicht unbedingt nur den versteckten jüdischen Kindern. Vielleicht hatten sie daran nicht gedacht, vielleicht wollten sie aber auch gerade das, weil sie sich an einer Umgebung rächen wollten, die sie aus irgendeinem Grund hassten? Ich weiß es nicht und werde es mit Sicherheit auch nie mehr erfahren, ich kann ihre Motive nicht ergründen, kann sie nicht rekonstruieren. Von einem bin ich überzeugt: Es war keine gewöhnliche Einschüchterung, einfach eine dumme Lausbubenidee ohne jede Folge. Solche Ankündigungen hatten in der Besatzungszeit besonderes Gewicht, sie konnten nicht einfach nur ein besonders dämlicher und möglichst grausamer Witz sein – das mussten die drei Brüder wissen, denn dieses Wissen war Allgemeingut, mit Sicherheit wusste der älteste von ihnen darüber Bescheid.

Ich glaube, dass hier reiner, vielleicht völlig unreflektierter Hass ins Spiel kam, der mit dem Zeitgeist zusammenhing oder daraus hervorging. Ja, nicht zufällig erwähne ich ihn hier. Denn der Zeitgeist billigte die Überzeugung, dass jemand, der als Jude enttarnt, als Jude identifiziert wurde, von vornherein zum Tod verurteilt, zum Abschuss freigegeben war. Das jüdische Leben war nicht nur billig geworden, es zählte schlicht und ergreifend nichts mehr, war jeden Wertes beraubt worden. Mehr noch, der eine oder andere, selbst wenn er nicht der Herrenrasse angehörte, mochte glauben, eine Beteiligung daran, dass jemand sein jüdisches Leben verliert, sei keine Sünde, sei überhaupt nichts Tadelnswertes, vielleicht sei es sogar eine ruhmvolle Tat. Mir scheint, als habe zumindest der älteste der Brüder Z., die bis kurz zuvor auf einer Warschauer Straße groß geworden waren, diesen Zeitgeist bestens begriffen, ihn verinnerlicht und die ihm zu entnehmende, auch praktische Lehre als natürlich und selbstverständlich angesehen. Irgendwie war er zu dem Schluss gelangt – auf der Grundlage von Beobachtungen, bestimmten Gedankengängen oder auch Vermutungen –, dass ich ein Jude war, und da hatte er keinen Zweifel mehr daran, was zu tun war. In den Grausamkeiten der Kinder konzentriert und manifestiert sich die Grausamkeit der Epoche, sie spiegeln die Schurkereien wider, die in der Welt der Erwachsenen begangen wurden – in diesem Fall wäre es eine bloße Wiederholung gewesen. Und diesem Zeitgeist konnten sich zuweilen auch die Lehren aus anderen Quellen nicht entgegenstellen. An diesem Sonntagvormittag waren die Brüder Z. in der Kapelle beim selben Gottesdienst wie ich gewesen und zweifellos hatten sie in der Predigt etwas über Nächstenliebe gehört. Vielleicht hatten sie darüber hinweggehört, diese Worte nicht in Betracht gezogen, doch ich vermute, dass die Dinge anders lagen. Die Welt bestand in ihrer Überzeugung aus streng voneinander getrennten Segmenten, die keinerlei Beziehungen miteinander haben. Also hatte das, was in einem Segment wichtig und sogar verpflichtend sein konnte, keinen Einfluss darauf, was sich in einem anderen Segment befand. Die vom Priester und von den Schwestern erteilten Lehren und der Zeitgeist gehörten zu unterschiedlichen, nicht miteinander verbundenen Wirklichkeiten.

Aber das sind freilich nur meine heutigen Gedankengänge. Damals, an diesem sonnigen Vormittag, dachte ich nicht darüber nach, was die Brüder Z. wohl dazu gebracht hatte, mich so zu behandeln. Es genügte zu wissen, dass sie zu denen gehörten, die mich dem Tod ausliefern wollen, zu denen, vor denen ich fliehen muss, vor denen ich mich verteidigen muss, wenn ich leben will. Ich war mir schließlich bestens bewusst, was eine Denunziation bei den Deutschen für mich bedeuten würde. Ich hatte ja auch wichtigere Fragen, musste schließlich entscheiden, was ich tun sollte. Wie sich angesichts einer Gefahr verhalten, die das Ende bedeutet – und die nichts anderes bedeuten kann? Ich hatte nur wenig Zeit; von dem, was mir der älteste der Brüder Z. gesagt hatte, traf mich die Nachricht am meisten, dass die Deutschen am nächsten Tag kommen sollten. Man musste sie ernst nehmen, aber auch überlegen, auf welche Weise die Brüder Z. davon erfahren hatten. In dem abseits gelegenen Turkowice waren die Deutschen in den letzten Monaten nicht mehr aufgetaucht, doch an ihre früheren grausamen Exzesse erinnerte man sich noch lebhaft. Aber dass sie nicht mehr gekommen waren, hieß keineswegs, dass sie nicht wiederkommen würden. Sie konnten schließlich immer noch tun, was sie wollten.

Ich musste also etwas beschließen, musste mich für etwas entscheiden. Sollte ich mich passiv dem Schicksal überlassen, niemandem etwas davon sagen, was mir die Brüder Z. angekündigt hatten, darauf warten, was geschehen würde, und in Aufwallungen von Optimismus daran glauben, dass ich auch jetzt verschont werden würde? Zunächst dachte ich, dass ich genau so vorgehen würde, weil ich keine andere Möglichkeit erkannte. Welche Wahl hatte ich? Doch bald darauf begann ich über eine andere Lösung nachzudenken: Ich werde aus Turkowice fliehen, in das morgen die Deutschen kommen werden, um mich zu töten. Ich werde in den großen und dichten Wald auf der anderen Seite des Flusses entkommen. Im Wald werden mich die Deutschen – hoffentlich – nicht erreichen, doch es gibt dort auch andere, die mir ein Ende machen wollen. Aber vielleicht werde ich gerade auf eine freundschaftlich und fürsorglich eingestellte Einheit stoßen, auf eine polnische Partisanengruppe, die unserem Heim hilft und unter deren Obhut es steht. Manchmal kamen ja einige ihrer Mitglieder und konferierten lange mit der Schwester Vorsteherin. Nach einer Weile wurde ich aber von Angst ergriffen, als ich mir ausmalte, allein in dem großen und dunklen Wald zu sein, vor allem – in einem unbekannten Wald, in dem ich mich, selbst wenn ich nicht durch eine deutsche oder ukrainische Kugel sterben werde, verlaufe und ebenfalls sterbe, weil ich nichts zu essen haben und immerzu Widrigkeiten ausgesetzt sein werde, die ich mir noch nicht einmal vorstellen kann, weil ich bisher nicht mit der wilden Natur konfrontiert war, schließlich stamme ich aus der Stadt und kann mich in dem gewaltigen Dickicht noch nicht einmal ansatzweise orientieren.

Wenn ich diese Augenblicke heute rekonstruiere, wenn ich sie vom Grunde meines Gedächtnisses emporhebe, wo sie von anderen Ereignissen und anderen Erfahrungen niedergedrückt werden, so erkenne ich, dass ich mich trotz der Anspannung und des Entsetzens bemühte, verschiedene Möglichkeiten in Erwägung zu ziehen – und den besten Ausweg zu suchen, selbst wenn keiner gut war. Die Angst schließt rationales Denken nicht immer aus. Ich weiß nicht, wie lange ich über eine Flucht in den Wald nachdachte – vielleicht nur eine Weile, vielleicht eine Viertelstunde, vielleicht eine Stunde – auf jeden Fall nahm ich von diesem Gedanken Abstand, denn ich wusste bald mit Sicherheit, dass er nichts für mich wäre. Ich war noch keine zehn Jahre alt, stand aber vor der Notwendigkeit einer Entscheidung, wie sie in normaleren Zeiten nur selten von Erwachsenen gefällt werden muss: Hier ging es wirklich um Tod oder Leben. Extremsituationen hatte ich schon erlebt, es hatte nicht viel gefehlt und man hätte mich vom Umschlagplatz in einen Güterzug gepackt, der seine Passagiere auf die letzte Reise mitnahm – nach Treblinka. Aber damals wurden die Entscheidungen von den Erwachsenen getroffen, ich ordnete mich ihnen nur unter. Doch nun, auf dem Hof des Waisenhauses von einer so schrecklichen Ankündigung überrascht, die mich eindeutig zum Tod verurteilte, war ich ausschließlich auf mich allein gestellt.

Es kam mir vor, als gäbe es niemanden, auf den ich zählen konnte, der mir helfen und mir etwas raten würde. Doch nach einer Weile dachte ich, dass es vielleicht doch möglich wäre. Die einzigen, denen ich vertrauen konnte, waren die Schwestern, aber auch der Pfarrer. Ich würde erfahren, was ich zu tun habe, und würde ihren Hinweisen entsprechend vorgehen. Obwohl ich wusste, dass sie wichtig war, hätte ich mich nicht getraut, mit meiner Angelegenheit zur Schwester Vorsteherin zu gehen. Diese erfreute sich der größten Autorität, sie war eine Person, deren Worte allesamt zählten und die größtes Gewicht besaßen. Ich wusste – das wussten in Turkowice alle –, dass sie es war, die die wichtigsten Entscheidungen fällte. Doch zu den Kindern hatte sie keinen täglichen Kontakt, denn sie war mit der allgemeinen Strategie beschäftigt und mit den unaufhörlichen, gewaltigen Anstrengungen, den Versuchen, das Überleben der Anstalt zu sichern. Ich hätte es auch nicht gewagt, dem Priester davon zu berichten, was mir widerfahren war. Aus meiner damaligen Perspektive war er jemand, der sich in mir völlig unerreichbaren Sphären befand. Und so beschloss ich, Schwester Róża von den Drohungen der Brüder Z. zu berichten; ich kannte sie am besten, war sie doch die Leiterin der Gruppe, in die ich eingeteilt worden war.

Ich begann sie eilig zu suchen, um ihr so schnell wie möglich von der Gefahr zu erzählen, in der ich schwebte, doch ich konnte sie nicht finden. Dieser schöne Sonntagvormittag war für Schwester Róża mit Sicherheit keine Zeit der Erholung. In bestimmten Stunden versammelten sich die Schwestern in der Kapelle zu von den Ordensregeln auferlegten Gebeten, die Kapelle war dann für uns geschlossen. Manchmal kontemplierten sie, meine ich, auch im Refektorium, doch dort durften wir überhaupt nicht eintreten. Vielleicht hielt sie sich aber auch in dem kleinen, abgetrennten Gelände auf, wo sich die Bienenstöcke befanden? Schwester Róża war nämlich nicht nur die Leiterin unserer Gruppe, sie befasste sich auch mit der Zeidlerei, einem noch halbwegs funktionierenden Rest der Landwirtschaft aus der Vorkriegszeit – doch ich vermute, dass sie diesen Beschäftigungen an einem Feiertag wohl nicht nachging. Ich suchte immer nervöser nach ihr, immer ungeduldiger, obwohl ich wusste, dass ich sie bald treffen musste, denn diejenigen Schwestern, die sich direkt mit den Kindern beschäftigten, entfernten sich nie für längere Zeit.

Schließlich kam sie. Ich lief sofort zu ihr. An dem aufgewühlten Zustand, in dem sie mich erblickte, erkannte sie gewiss sogleich, dass ich mit etwas Wichtigem und Bedrohlichem kam. Ich wollte mit ihr nicht auf dem Flur darüber sprechen, denn ich war bereits über die Grundlagen der Konspiration unterrichtet und wusste, dass niemand Unberufenes, also meine Gefährten, etwas darüber hören durfte – dann würde es nur schlimmer kommen. Schwester Róża ging mit mir in einen „Abstellkammer" genannten Raum, der ihre Domäne war (in dieser Zeit war diese Bezeichnung eigentlich nur eine gewohnheitsmäßige, da es an Wirtschaftsgeräten fehlte, die man hier hätte aufbewahren können). Ich erklärte ihr genau, womit mich die Brüder Z. bedroht hatten, und fragte, was ich tun solle. Ich vernahm, dass ich mich nicht ängstigen solle, denn es sei überhaupt nicht gesagt, dass die Deutschen morgen nach Turkowice kommen, die Schwestern erwarteten ihr Eintreffen nicht. Und selbst wenn sie nach Turkowice kommen würden, so würden die Brüder Z. sicher nicht tun, was sie angekündigt hatten. Sie würden herbeizitiert werden und würden hören, dass sie solche Dinge nicht tun dürfen. Ich denke, dass sie schnell, noch an diesem Sonntag, gerufen wurden, und zwar zur Schwester Vorsteherin höchstpersönlich. Was sie sich anhören mussten, das weiß ich natürlich nicht, doch vermute ich, dass ganz grundlegende Dinge gesagt worden sind.

Ich vermag nicht zu sagen, wie viel Zeit ich in der Abstellkammer verbrachte, wahrscheinlich war es nur kurz. Schließlich geschah etwas, was eine Überraschung und für mich von größter Bedeutung war, auch deshalb, weil es mich geradezu physisch davon überzeugte, dass es auf der Welt nicht nur die Brüder Z. gab, die mich dem unweigerlichen Tod ausliefern wollten. Schwester Róża nahm aus einem Schrank eine Scheibe Brot, bestrich sie mit Butter (ich bemerkte, dass sich ein Rest davon in einem kleinen Tontopf befand), gab sie mir und sagte, dass ich das hier und sofort essen solle. Großer Überzeugung bedurfte es dafür nicht, denn in dieser Zeit herrschte im Heim immer größerer Hunger. Das Brot wurde streng reglementiert und war Gegenstand unaufhörlichen Verlangens, während Butter zu etwas ganz Unbekanntem geworden war, vielleicht hatte man bereits ihre Existenz vergessen. Diese Scheibe Schwarzbrot (anderes gab es in Turkowice nicht) war mehr als nur eine Portion Essen, die es ermöglichte, den Hunger zu stillen. Sie verwandelte sich in ein Zeichen für mich, dass es hier mir wohlgesonnene Menschen gibt und dass die Welt nicht so abscheulich ist, wie sie mir noch ein paar Minuten zuvor vorgekommen war. Diese Geste von Schwester Róża hat sich meinem Gedächtnis vielleicht noch stärker eingeprägt als die beruhigenden Worte, bis heute denke ich mit Dankbarkeit daran. Auch dank ihr fühlte ich mich sicherer, selbst wenn ich natürlich nicht wissen konnte, ob die Brüder Z. ihre grausame Ankündigung nicht vielleicht doch in die Tat umsetzen würden.

Ich erinnere mich nicht daran, was ich in den nächsten Stunden dieses schönen Julisonntags gemacht habe, sicherlich nichts, was mehr als Routine gewesen wäre. Wahrscheinlich saß ich tatenlos in dem Saal, der unserer Gruppe zugewiesen war, und kauerte mich, wie gewöhnlich, in die Ecke, in der Hoffnung, keine Aufmerksamkeit zu erregen, einfach nur unsichtbar zu sein. Ich floh in keinen der nahen Wälder, steckte noch nicht einmal die Nase hinaus in diese Ecke der Anstalt zwischen dem Haupthaus, in dem sich die Kapelle, das Büro der Schwester Vorsteherin und im Keller die Küche befanden und wo die Jungen schliefen, und dem Mädchenhaus. Nach all den Dingen, die mir an diesem Tag widerfahren waren, hätte ich diesen Ort nicht genießen können, das üppige Grün hätte mich nicht bewegt, und eine Annehmlichkeit wären auch die Sonnenstrahlen nicht gewesen, die der sommerlichen Luft einen besonderen Schein verliehen. In Augenblicken der großen Bedrohung und der damit einhergehenden Zusammenbrüche nimmt man die Umwelt nicht wahr, selbst die schönste und nächstgelegene. Sie hört zu bestehen auf, verwandelt sich in eine Einöde, und auch dann, wenn man ihrer gewahr ist, reizt sie einen noch mehr, denn sie ist unvereinbar mit dem, was am wichtigsten ist und was tatsächlich zählt. An diesem Sonntag nahm ich also die Umwelt nicht mehr wahr. Auf mir lastete immer noch das, was mir die Brüder Z. gesagt hatten, und obwohl ich mich nach dem Gespräch mit Schwester Róża ein wenig beruhigt hatte, fühlte ich mich immer noch unsicherer als gewöhnlich, denn ich konnte natürlich nicht ganz sicher sein, dass sie nicht tun würden, womit sie mir gedroht hatten, sollten am nächsten Tag tatsächlich die Deutschen in unsere Anstalt eindringen.

Nichts dergleichen geschah jedoch, zum Glück. Sie kamen nicht am Montag, sie kamen auch nicht an den folgenden Tagen ... Sie tauchten überhaupt nie mehr in Turkowice auf. Etwas begann sich zu ändern. Man konnte die ersten Geräusche von der Front hören, Explosionen und immer wieder auch Geschützfeuer in der Ferne. Die Kämpfe näherten sich, niemand wusste, ob sie in unsere Gegend hinüberschwappen würden. Die Jungs warteten genau darauf, sie wollten sehen, wie ein richtiger Krieg aussieht, sich ihm vielleicht sogar anschließen. Die Schwestern bereiteten sich auf die kommenden Ereignisse vor, und als die Front nahe war, wiesen sie uns an, uns in den großen Kellern aufzuhalten, denn sie hatten Angst, dass sie durch Turkowice kommen würde. Sie hatten übrigens auch vor etwas anderem Angst: Sie wussten, was die Bolschewiki während der Revolution mit geistlichen Personen getan hatten – und konnten nicht ausschließen, dass sie, von atheistischem Fanatismus getrieben, von Gottlosigkeit berauscht, auf polnischem Boden nicht vielleicht ähnliche Dinge tun würden. In dieser Zeit konnte es keine Illusionen mehr geben: Der Befreier kommt nicht auf einem Schimmel angeritten.

Die Rote Armee zog kampflos in Turkowice ein, eine Abteilung schlug ihre Zelte auf den nahen, brachliegenden Feldern auf. Die Soldaten trieben sich einige Tage lang in unserer Gegend herum. Sie waren schmutzig und extrem erschöpft, sie drehten Zigaretten aus billigem Tabak und Fetzen alter Zeitungen. Sie verhielten sich korrekt, zeitweise vielleicht sogar freundschaftlich, den Jungs, die sich ungemein für das alles interessierten, zeigten sie die Karabiner – und nach einiger Zeit verschwanden sie. Ich kann kein schlechtes Wort über sie sagen, die düsteren Ahnungen der Schwestern hatten sich nicht bewahrheitet. Es war nichts geschehen, was irgendwie eine Gefahr für das Heim bedeutet hätte.

Wie habe ich auf diese Ereignisse reagiert? Ich denke, ich war immer noch so verschreckt und abgestumpft, dass ich ihre Bedeutung nicht einschätzen konnte, nicht nur in allgemeiner Hinsicht, sondern auch für mich. Und mit Sicherheit habe ich nicht mit Triumph oder auch nur Befriedigung gedacht: „Ich habe den Krieg überlebt." Ich habe das vielleicht auch deshalb nicht gedacht, weil er in diesen Gegenden im Kern noch nicht zu Ende war, er wurde nur etwas anders, nahm verschiedene Formen an – jemand hat ihn den kleinen Krieg genannt, wobei klein keineswegs ungefährlich heißen musste. Allem Anschein nach kam es unmittelbar nicht zu grundlegenden Veränderungen, doch eigentlich veränderte sich alles, und das radikal. Damals war ich mir mit Sicherheit, zumindest unterbewusst, darüber im Klaren, heute sehe ich es deutlich. Gegenwärtig nennt man den Einmarsch der Armeen aus dem Osten nicht Befreiung, stattdessen sprechen einige von der sogenannten Befreiung oder verwenden auch stärkere Ausdrücke, nennen alles, was geschah, die zweite Besatzung. Ich muss mit ganzer Offenheit und Ehrlichkeit sagen: Für mich war der Einmarsch der Russen – unabhängig davon, ob ich mir dessen im Sommer des Jahres 1944 vollauf bewusst war oder nicht – eine Befreiung. Auch heute bin ich weiterhin bereit, so zu denken, obwohl ich mir über die Verwicklungen im Klaren bin, zu denen es kommen sollte, und auch über die vielen Grausamkeiten. Jemand, der sich in einer solchen Lage befindet, wie ich damals, kann die Dinge nicht anders sehen, denn der sofortige Tod aufgrund der Rasse, des Blutes oder etwas Ähnlichem droht ihm nun nicht mehr. Ich konnte sicher sein, dass die Brüder Z. mir nicht mehr drohen würden: Wir liefern dich an die Deutschen aus. Jemand könnte sagen, dass das für die Begründung einer solchen Sicht der Geschichte wenig ist. Für mich aber ist es viel, sehr viel ... Es ging ums Leben.

Eine Laus auf dem Barett, der Ornat und die Schuhe

Es war ein düsterer und kalter Februartag, er war nicht besonders und ich hätte es mir nicht träumen lassen, dass genau an diesem Tag etwas für mich ungemein Wichtiges passieren würde, was mein Leben radikal beeinflussen würde. Ich erwartete nichts, rechnete mit nichts, ich dachte überhaupt nicht an die Möglichkeit irgendeiner Veränderung. Meine Zeit in Turkowice war eine einheitliche und angehaltene Zeit, sie formte sich nach einem bestimmten Muster, das mir unantastbar schien, geradezu ewig. Ich war mir freilich bewusst, dass die Deutschen nicht mehr hier waren, aber ich machte mir keine Gedanken darüber, ob der Krieg seinem Ende entgegenging. Ich reduzierte das Nachdenken über die Vergangenheit auf ein Minimum oder eliminierte sie sogar voll und ganz, ich lebte also von einem grauen Tag auf den anderen, und dieser banale Vormittag im Winter unterschied sich in nichts von den anderen. Wie gewöhnlich saß ich auf der Bank, beschäftigt mit Nichtstun und Gedankenlosigkeit, apathisch und abgestumpft. Da betrat einer der Jungs den Saal und rief mir zu: „Deine Mutter ist gekommen!"

Ich reagierte nicht auf diese Worte, ich nahm sie nicht ernst, sie rissen mich nicht aus dem Zustand von Gleichgültigkeit, sie gaben mir nicht zu denken und zerrten mich nicht von der Bank. Ich dachte, dass dieser Junge mich verspotte und mich aus mir unbekannten Gründen anlüge, vielleicht um mir zuzusetzen. Ich war gegenüber allen und allem misstrauisch, auch gegenüber Ankündigungen von Ereignissen, die die tägliche, vollständig stabilisierte, geradezu versteinerte Routine stören konnten. Ich wusste, dass die Ankunft eines Familienmitglieds, vielleicht sogar der Mutter, einer der nicht enden wollenden Träume war, in denen die Jungen lebten, eines dieser Phantasmen, vor denen sich selbst die Härtesten nicht wehrten, die, wie man sich denken konnte, keine sentimentalen Hirngespinste kannten. Der letzte derartige Fall war lange zuvor geschehen, im Sommer des Vorjahres, noch vor dem Eintreffen der Russen. Die Mutter eines der Jungen war gekommen und hatte ihn nach Warschau mitgenommen. Lange war davon die Rede gewesen, so lange, dass ich mich bis heute an den Namen dieses Glücklichen erinnern kann, dem es gelungen war, die Anstalt von Turkowice zu verlassen und zur Familie zurückzukehren: Er hieß Wiercioch. Doch bald darauf, als uns die Nachricht erreichte, dass in Warschau ein Aufstand ausgebrochen war, dass in den Straßen gekämpft wurde und Menschen umkamen, beneidete man ihn nicht mehr, man dachte an ihn nicht mehr wie an einen Auserwählten des Schicksals. Vielleicht hat er sein Leben mittlerweile verloren, denn dort geschehen schreckliche Dinge, doch hier, in Turkowice, ist es letztens ganz sicher und ruhig. So tröstete man sich und bekräftigte sich in der Auffassung, dass es in der Anstalt nicht ganz so schlimm sei. Doch es gab gewiss niemand die Träume daran auf, von hier wegzukommen.

Ich aber, verblödet und abgestumpft, hätte noch nicht einmal träumen können. Außerdem wusste ich ja, dass die Welt, die ich vor der Ankunft hier gekannt hatte, die Welt, in der ich gelebt hatte, nicht mehr existierte, dass hinter mir Leere und das Nichts lagen. Ich dachte nicht an sie, ich kehrte nicht zur Vergangenheit zurück. Auf eine eigenartige Weise hatte ich sie aus meinem Bewusstsein entfernt. Meine Existenz beschränkte sich darauf, was hier und jetzt war. Ich dachte auch nicht darüber nach, ob jemand von meinen nächsten Angehörigen lebte und ich noch jemanden sehen würde. Und darum reagierte ich nicht auf diese sensationelle Nachricht, die mir einer meiner Gefährten von der Tür aus zurief.

Einige Minuten später nahm ich sie dann ernst, als es mir Schwester Róża sagte. Mutter wartete im ersten Stock auf mich, in einer kleinen Stube, die früher einmal als Gästezimmer gedient hatte. Einen Augenblick später war ich allein mit ihr. Ich hätte vor Freude springen oder geradezu durchdrehen müssen, wurde mir doch ein unbeschreibliches Glück zuteil. Aber ich war unfähig dazu, mich zu freuen – Freude befand sich nicht im Repertoire meiner Verhaltensweisen. Ich war so überrascht; was geschah, war mir so unvertraut, dass ich aus mir nichts herausbringen konnte, was meiner Freude Ausdruck verliehen hätte. Dieses so unerwartete Ereignis überforderte mich zweifellos. Ich schwieg, wahrte Zurückhaltung und Distanz, so als hätte ich nicht soeben nach langer Trennung die mir wichtigste Person wiedergewonnen. Mehr als ein Jahr zuvor war der Abschied von Mutter für mich ein Schock gewesen, und nun stellte sich als Schock, als ein auf seine Art lähmender Schock unsere erste Begegnung nach dem Krieg heraus, den sowohl sie als auch ich nur wie durch ein Wunder überlebt hatten. Ich machte keine Geste, die in dieser ungewöhnlichen Lage angemessen gewesen wäre. Ich warf mich ihr nicht um den Hals. Ich konnte keinen einzigen Satz herausbringen, der spontan gewesen wäre und den Umständen entsprochen hätte. Erst nach einer Weile sagte ich: „Mama, auf deinem Barett marschiert eine riesige Laus." Das war tatsächlich das Erste, was ich bemerkte.

Ich weiß jetzt, wo ich nach so vielen Jahrzehnten darüber schreibe, dass ich die Konventionen nicht einhalte: Ich verletze das Prinzip der Angemessenheit. Die erste Begegnung einer Mutter mit ihrem Sohn nach der schrecklichsten aller möglichen Katastrophen sollte pathetisch sein. Aber sie war nicht pathetisch. Mutter wurde, als sie meine Worte hörte, wohl verlegen, denn das hatte sie nicht von mir erwartet. Sie setzte sofort ihr altes, sehr lädiertes Barett ab und ging der Laus an den Kragen. Paradoxerweise ermöglichte es mir diese Laus, einen normalen menschlichen Kontakt zu knüpfen, die Verschüchterung zu durchbrechen, die Besitz von mir ergriffen hatte. In einem gewissen Maß reduzierte sie die außergewöhnliche Situation auf etwas Gewöhnliches und Alltägliches. Denn Insekten waren für mich keine Fremdkörper, ich erinnerte mich an sie aus dem Ghetto und auch in Turkowice fehlten sie nicht: Die Küche wurde von Kakerlaken beherrscht, überall hatten sich Flöhe und Wanzen ausgebreitet, und sicher lebten hier auch Läuse in Hülle und Fülle. Diese widerwärtigen Geschöpfe tauchen stets und überall dort auf, wo es den Menschen schlecht ergeht, wo es Krieg und Unglück gibt, als würden sie auf schlechte Zeiten warten, während sie sich in besseren Zeiträumen in irgendwelchen Winkeln verkriechen, davon überzeugt, dass ihre Ära noch nicht gekommen sei. Die schwarze Zeit war für sie eine Epoche wie eine Jubiläumsgala.

Mutters Reise nach Turkowice war furchtbar gewesen, etwa zwei Wochen hatte sie gedauert. Ich weiß nicht, wo sie begonnen hatte, ob sie aus Otwock aufgebrochen war, wo sie sich immer noch als Dienstmädchen im Haus unter den Adlern aufhielt, oder ob sie zunächst auf der Suche nach der überlebenden Familie nach Pruszków gefahren war (das war der Sammelpunkt aller Familienmitglieder, denen es gelungen war, die Besatzungszeit zu überleben). Ich habe sie nicht nach Einzelheiten gefragt und sie war äußerst zurückhaltend mit ihren Berichten, denn sie kehrte nicht gerne zu jenen Zeiten zurück, war es nicht gewohnt, über sich selbst zu sprechen, und verbarg sich immer im Schatten. In einem Punkt bin ich mir sicher: Gleich nach dem Abzug der Deutschen hatte sich Mutter irgendwie mit ihrer Familie in Verbindung gesetzt. Ein Bekannter aus dem Pruszków der Vorkriegszeit, Kenigsztajn, beabsichtigte, in die östlichen Gegenden zu reisen, und Mutter sollte einen Teil des Wegs gemeinsam mit ihm zurücklegen. Er wollte nach Sokołów Podlaski, wo er mit seiner Frau und zwei Kindern überlebt hatte, indem er sich jahrelang in einer Erdhütte versteckt hatte. Und anschließend wollte er in irgendeiner Angelegenheit wohl in die Gegend von Hrubieszów fahren. Mutter hielt sich einige Tage in Sokołów auf, damit sie gemeinsam weiterreisen könnten, doch er änderte in letzter Minute seine Pläne, weshalb sie beschloss, sich allein nach Turkowice zu begeben. Die Einzelheiten kenne ich nicht, weiß aber, dass diese Reise ein Albtraum gewesen sein muss. Sie zog sich unendlich lange hin, setzte Mutter diversen Grässlichkeiten aus, scheinbar unüberwindbare Schwierigkeiten türmten sich auf. Viele Wegstrecken legte Mutter zu Fuß zurück, ein kleines Stück fuhr sie mit einem Güterzug, der Soldaten von der Front heimbrachte; sie hatten Mitleid mit ihr gehabt und sie zu sich genommen. Die Lage wurde noch schwieriger, weil sie keinen Groschen besaß; eine kleine Summe hatte ihr Kenigsztajn geliehen, obwohl er mit seiner Familie ebenfalls in Armut lebte. Diese Reise, die Energie und rasche Entscheidungen erforderte, war für Mutter auch aufgrund ihrer Unbeholfenheit und vor allem ihrer Schüchternheit besonders schwer. Auch in diesen Situationen fehlte es ihr an Entschlossenheit. Sie konnte keinen Kontakt mit zufällig kennengelernten Menschen anbahnen, die sich als hilfreich hätten erweisen können. Doch sie war entschlossen, sie wusste, dass sie sich diesen Mühen und Unbequemlichkeiten aussetzen musste, um nur irgendwie an diesen fernen und abgelegenen Ort zu gelangen. Seit Langem hatte sie keine Nachrichten von mir erhalten, glaubte aber, dass ich lebte und dass sie mich von den Schwestern abholen könnte.

Als sie endlich, erschöpft und unterkühlt, ans Ziel kam und sich davon überzeugen konnte, dass ich da war, lebte, den Krieg überstanden hatte, war sie – denke ich – glücklich. Sie war glücklich, obwohl zurückhaltend wie immer, mit Sicherheit trug sie ihre große Freude nicht nach außen. Ob aber auch ich mir damals des Glücks bewusst war, das mir zuteilwurde, das kann ich nicht sagen. Ich war aufgeweckt genug, um die über ihr Barett gleitende Laus zu erkennen, aber auch abgestumpft. Meine Vorstellungskraft war sozusagen eingefroren, funktionierte nicht, ich machte mir noch nicht einmal darüber Gedanken, ob ich die nächsten

Jahre außerhalb der Anstalt von Turkowice verbringen würde. Es stellte sich jedoch heraus, dass es mir nicht gegeben war, sofort am nächsten Tag mit Mutter fortzufahren, denn der Frost war klirrend, die Mühen der Reise waren gewaltig und ließen sich eigentlich nicht vorhersehen, außerdem war ich krank. Seit einer längeren Zeit wurde ich von Furunkeln verfolgt, eiternde Wunden, die sich tief in den Körper fraßen. Sie waren durch die Unterernährung entstanden, aber ich hatte trotzdem ein Quäntchen Glück, denn viele meiner Gefährten erkrankten an etwas noch Schlimmerem – an der Nachtblindheit. Mit Einbruch der Dämmerung wurden sie blind.

Ich erinnere mich nicht daran, wie ich mich von Mutter trennte, ich erinnere mich nicht, wie sie aus Turkowice fortkam, das damals einen geschlossenen, von der Welt abgesonderten Raum bildete, ich wusste aber ohne Zweifel, dass ich mich nicht für immer von ihr verabschiedete. Ich weiß auch nicht, ob ich sie nach Vater fragte. Ich hatte ihn seit mehr als zwei Jahren nicht gesehen, ich hatte doch nicht vergessen, dass es ihn gab? Mutter hatte im Übrigen seit längerer Zeit kein Lebenszeichen von ihm, sie wusste nur, dass er bei einer Straßenrazzia in Kielce aufgegriffen und nach Deutschland gebracht worden war. Dass er überlebt hatte, erfuhren wir erst später, als der Krieg schon vorüber war und man korrespondieren konnte. Schon bald, gegen Ende des Jahres 1945, kehrte er in die Heimat zurück, um sich mit uns zu vereinen.

Während ihres Aufenthalts in Turkowice – er dauerte nicht länger als einen Tag – sprach Mutter mit der Schwester Vorsteherin, mit Pfarrer Bajka und mit Schwester Róża. Sie dankte ihnen dafür, dass sie mir das Leben gerettet hatten, weil sie zu Recht annahm, ich hätte die Zeit der Shoah wahrscheinlich nicht lebendig überstanden, wenn mich die Nonnen nicht aufgenommen hätten. Sie dankte, war sich aber sicherlich bewusst, dass kein Wort in der Lage war, all das Gewicht der Dankbarkeit zu tragen, das sie ihnen aufladen wollte. Die Sprache kann nichts leisten, was in solchen Situationen angemessen wäre. Als die Schwestern fragten, ob ich getauft sei, antwortete sie mit Nein – und war sofort mit der Taufe einverstanden. Es gab keinen Druck, weder vonseiten der Schwestern noch des Priesters, Mutter aber, der die Religion wie vielen sich assimilierenden oder assimilierten Juden gleichgültig war, erkannte, dass dieses Einverständnis von ihrer Seite aus der beste und bedeutungsvollste Akt der Dankbarkeit und des Dankes wäre. Es wurde festgelegt, dass sie in drei Monaten nach Turkowice kommen würde, wenn das Wetter, vielleicht aber auch die Reisebedingungen besser wären, und ich sollte bis dahin meine Furunkel auskurieren. Die Feierlichkeit meiner Aufnahme in die Reihen der Anhänger des katholischen Glaubens sollte vor ihrer Ankunft erfolgen.

Der Taufe gingen keine besonderen Unterrichtungen voraus. Die Schwestern gingen einfach davon aus, dass ich gut in die religiösen Geheimnisse eingeführt war, dass ich praktisch schon ein Katholik war, noch ehe es zu diesem symbolischen Akt von grundlegender Bedeutung kam. Hier muss ich etwas ungemein Wichtiges sagen: Die Schwester Vorsteherin hatte beschlossen, dass die jüdischen Kinder in Turkowice an allen religiösen Praktiken teilnehmen durften, also so behandelt wurden wie alle anderen Kinder, die von ihrer Geburt an zur katholischen Kirche gehörten. Das erforderten die Regeln der Konspiration, denn die jüdischen Kinder durften sich aus Sicherheitsgründen durch nichts unterscheiden. Ich kann mir jedoch vorstellen, wie schwer den Schwestern diese Entscheidung gefallen sein muss. Viele Jahre später hat eine meiner Gefährtinnen aus Turkowice mit Pfarrer Bajka darüber gesprochen; er gestand ihr, dass derlei Regelungen ihn damals zu Widerstand veranlasst hätten, er aber heute wisse, dass der Heilige Geist die Schwester Vorsteherin erleuchtet habe, als sie begriff, dass das Problem so zu lösen sei. Diese Worte haben besonderes Gewicht, vor allem wenn man bedenkt, dass sie von einer geistlichen Person geäußert wurden.

Die Feierlichkeit dauerte nur kurz, sie fand im Frühjahr statt, an einem sonnigen Nachmittag, im Zimmer von Pfarrer Bajka.

Nicht nur ohne Aufhebens, sondern sogar im Geheimen. Schwester Róża hatte mich in die sogenannte Abstellkammer gerufen, um die Lumpen, die man im Alltag trug, gegen andere Kleidung auszutauschen, die einem so ungewöhnlichen und erhabenen Augenblick angemessener war, und auch diese Kleidung war schon lädiert, erinnerte sich an vergangene Zeiten, wohl an die Zwanzigerjahre. Nach der Feierlichkeit sollte ich unbemerkt in die Abstellkammer zurückkehren, um die feierliche Kleidung zurückzubringen, denn meine Taufe durfte nicht bemerkt werden, es galt, Sensationen und Kommentare zu vermeiden. Die Deutschen waren damals, im Frühjahr 1945, zwar nicht mehr da, und für die Aufdeckung der Tatsache, dass ich ein Jude bin, der erst hier in Turkowice die Taufe erhielt und zum Katholiken wurde, drohte nicht mehr der Tod, doch die Gefährten hätten, wenn sie es erfahren hätten, mit dem Finger auf mich gezeigt und mir mit Sicherheit das Leben vergällt.

Ich bin nach so vielen Jahren nicht in der Lage, die Gefühle zu rekonstruieren, die diese Feierlichkeit in mir hervorrief. Als man mich zu Beginn des Jahres 1944 nach Turkowice gebracht hatte, war ich – nach zwei kurzen Aufenthalten in Ordensinternaten – mit der katholischen Religion schon ein wenig vertraut, doch lediglich oberflächlich; in ihre Welt trat ich erst nach der Ankunft hier ein. Und das ist der einzige Zeitraum in meinem Leben, in dem ich ein frommer, tiefgläubiger, von religiösen Vorstellungen berückter Mensch war. Bald nach dem Verlassen von Turkowice war mir diese Sphäre nicht mehr zugänglich, der Glaube verflüchtigte sich ebenso schnell, wie er gekommen war. Ich denke nach all den Jahren darüber nach, ob meine plötzliche Frömmigkeit, auch wenn sie zweifellos ehrlich war, nicht auch mit einem gewissen Opportunismus durchsetzt war: Auf spontane und gedankenlose Weise passte ich mich an die in Turkowice geltenden Normen an und wurde zu einem Bestandteil der dortigen Welt. Hier griff wohl auch das Prinzip der Mimikri: Indem ich so tieffromm wurde, gewann ich nicht nur die Zuneigung und Sympathie der

Schwestern, sondern überwand auch meine Fremdheit, obwohl ich sie nie ganz ablegen konnte.

Ich denke, dass noch andere Gründe eine Rolle spielten. Der Glaube konnte in der Besatzungszeit jemandem wie mir kein vollständiges Sicherheitsgefühl geben – das wäre ein psychischer Luxus gewesen, der nicht nur schwer erreichbar, sondern auch schwer vorstellbar gewesen wäre –, zumindest suggerierte er aber, dass es eine Ordnung der Welt gibt, aus der das Gute und der Sinn nicht beseitigt und entsorgt worden sind. Das Bild des fürsorglichen und gerechten Gottes ermöglichte es, das besser zu ertragen, woraus das Alltagsleben bestand und was eine Widerlegung des Guten und Gerechten darstellte. Es erlaubte, sich darüber zu freuen, dass diese bedrohliche und widerwärtige Welt nicht die einzige Welt ist. Und darüber hinaus war alles, was mit der Religion zusammenhing, schön. Die Kapelle war der einzige verbliebene saubere, helle, geordnete Ort, der folglich mit dem kontrastierte, was den Raum von Turkowice ausmachte; es war ein herausragender Ort, der einem anderen Universum angehörte. In dieser Kapelle nahm ich an den Feierlichkeiten und Ritualen teil, die mich durch ihre Poesie und Besonderheit verzauberten, hier konnte ich Gesänge hören, die mir unbeschreiblich schön vorkamen, ich verschlang sie, als wären es Engelshymnen. Und ich träumte: Ich werde selbst ein Ministrant sein, wie einige meiner Gefährten. Das Messdieneramt war ein höherer, direkterer Kontakt mit Gott. Derlei Erfahrungen sollten mir jedoch nicht zuteilwerden, auch nicht nach der Taufe.

Ich muss im Zusammenhang mit dieser Taufe eine kleine Geschichte erzählen. Am Tag darauf ging ich zur Morgenmesse in die Kapelle und bemerkte sofort, dass der Priester sie in einem anderen Ornat als gewöhnlich feierte, in einem Ornat, wie ich ihn bisher nicht gesehen hatte. Das gab mir zu denken, beunruhigte mich, legte Fragen nahe, auf die ich nicht zu antworten vermochte. Von einem Gedanken konnte ich mich nicht befreien: Der Ornat ist derselbe wie zuvor, nur jetzt, nach dem Sakrament der Taufe, nehme ich ihn anders wahr, da ich nun ein anderer, ein neuer Mensch bin. Ich wusste nicht, wie ich das einordnen sollte, vor mir stand eine Frage, die ich nicht klären konnte: Ist das immer so und ist das die natürliche Konsequenz meines nunmehr offiziellen und vollen Beitritts zur Kirche, also eine Art von Regel? Oder hat Gott nur mich solcherart ausgezeichnet, indem er es mir, dem Veränderten, gestattete, die verwandelte Welt zu sehen? Die Frage quälte mich umso mehr, denn wäre das Zweite der Fall gewesen, so hätte ich annehmen können, es mit einem Wunder zu tun zu haben. Und über Wunder sprach man dauernd, etwa in den Heiligengeschichten oder in den Geschichten zur Belehrung und Bestätigung im Glauben.

Der Gott, den man uns in Turkowice nahebrachte, war kein versteckter Gott, sondern er griff unentwegt in die Ereignisse ein, bestimmte das Schicksal der Welt und auch unser alltägliches Leben. Im Saal der dritten Gruppe hing ein Bild, auf dem Christus ein offenes Herz hatte und mit der rechten Hand darauf zeigte. Wenn wir über die Maße ungezogen gewesen waren oder etwas besonders Verdammenswertes geschehen war (einmal kam es vor, dass zwei Jungen nicht an der Sonntagsmesse teilgenommen hatte, weil sie in den Wald gelaufen waren, um Heidelbeeren zu sammeln), schlug Schwester Róża vor, uns die Hand Jesu genauer anzuschauen: War sie nicht angeschwollen? Sie stellte das nicht unumstößlich fest, sondern verwies auf diese Möglichkeit, und die Jungs diskutierten eifrig: Ist die Hand angeschwollen oder nicht? Es gab verschiedene Antworten, ich hatte in dieser Hinsicht keine eigene Meinung. Doch zweifelsohne schlussfolgerte ich: Wenn Schwester Róża mit uns über eine solche Möglichkeit spricht, dann heißt das, dass Jesus direkt auf unsere Vergehen reagiert, sie beurteilt und bei Bedarf seiner Unzufriedenheit Ausdruck verleiht. Und da es sich so verhält, hat er vielleicht nach meiner Wandlung – voller Zufriedenheit – bewirkt, dass ich die Welt jetzt anders sehe.

Ich wusste mir mit diesem Problem nicht zu helfen, hatte keine Ahnung, wie es zu lösen war, also wurde es zu meinem Geheimnis, das ich mit niemandem teilen wollte. Eigentlich weiß ich nicht, aus welchem Grund – vielleicht schämte ich mich, vielleicht fürchtete ich mich, denn schließlich hätte ich über meine Taufe erzählen müssen, die vor Kurzem erst im Zimmer von Pfarrer Bajka stattgefunden hatte, vielleicht hatte mich aber auch einfach die Angst erfasst, man könnte mich auslachen. Ich beruhigte mich erst, als ich meine Gefährten hörte, die kommentierten, dass der Pfarrer die heilige Messe in einem neuen Ornat feierte. Ich muss verwundert gewesen sein, dass sich die Sache so einfach aufgeklärt hatte.

Bald darauf sollte ich Turkowice verlassen. Diesmal kam nicht Mutter mich abholen, sondern Tante Teodora. Das Wetter war schon schön, doch meine Furunkeln hatten sich erheblich ausgebreitet, weshalb ich mich in der Isolierstation aufhielt, von schmerzhaften, eiternden Wunden übersät. Wieder verzögerte sich die Abreise. Ich nahm vielleicht an, dass ich für immer hierbleiben würde, weil sich die Schwierigkeiten häuften, doch ich verzweifelte nicht darüber, ich hatte mich ja an Turkowice gewöhnt. Nicht ausgeschlossen, dass ich mir kein Leben außerhalb vorstellen konnte und vor allem Angst vor allem Neuen hatte. Ich musste jedoch nicht lange warten: Nach einiger Zeit kam eine weitere Tante, Maria, diesmal mit dem Entschluss, mich unabhängig von den Umständen mitzunehmen. Ich war glücklicherweise wieder etwas auf die Beine gekommen und wir konnten uns auf die Reise machen.

An den Tag der Abreise erinnere ich mich bestens, er war sonnig und heiß, ein typischer Hochsommertag (es war Anfang August). Maria war eingetroffen, als die Mittagszeit schon vorbei war; sie hatte einen Eisenbahner in Hrubieszów dazu überreden können, die Draisine in Bewegung zu setzen und nach Turkowice aufzubrechen. Er hatte eine Bedingung gestellt: Spätestens bei Sonnenuntergang müssten wir in Hrubieszów zurück sein, weil das Gebiet nach wie vor unsicher war, besonders in der Nacht. Wir mussten uns also beeilen, denn die Bedingung des Eisenbahners war gut begründet, man durfte sie nicht geringschätzen. Ich hatte keine Zeit, um mich von allen zu verabschieden und meine Angelegenheiten zu regeln. Schwester Alojza gab mir ein Schulzeugnis, das sie und der Lehrer unterschrieben, der sich hier vor einigen Wochen niedergelassen hatte, ein ehemaliger Zögling des Heims. Es bestätigte, dass ich die fünfte Klasse abgeschlossen hätte, was eine eher arbiträre und der Wirklichkeit vorgreifende Behauptung war, die nur durch Wohlwollen zu erklären war, schließlich war ich weder in Turkowice noch an anderen Orten systematisch zur Schule gegangen. Mit der gleichen Begründung hätte ich erfahren können, dass ich die dritte Klasse abgeschlossen hatte, und ich hätte mich überhaupt nicht gewundert.

Hastig verabschiedete ich mich von den Schwestern und dankte ihnen. Alles andere, was normalerweise einem Reiseantritt vorausgeht, erforderte weder Zeit noch Anstrengung. Das Packen nahm keine Minute in Anspruch, denn ich besaß keine eigenen Sachen (noch nicht einmal eine Zahnbürste, die während des Kriegs in Turkowice zu einem unbekannten Gegenstand geworden war), ich war ein Passagier ohne Gepäck. Ich konnte aber nicht barfuß fahren, obwohl man dort im Sommer so umherlief. Schwester Róża fand die Schuhe, in denen ich vor anderthalb Jahren gekommen war und die ich im Winter getragen hatte. Ich versuchte, meine schmerzenden und, wie sich bald zeigen sollte, zu großen Füße hineinzuzwängen. Das gelang nach einer Zeit, doch es war schwer, darin zu laufen. Bis zur Draisine lief ich barfuß und hielt die Schuhe in der Hand; ich trennte mich nicht von ihnen, weil ich dachte, ich würde sie mir schon irgendwie anziehen können, schließlich zieme es sich nicht, in der Stadt ohne Schuhe zu laufen. Sie wurden zum wichtigsten Accessoire meiner Reise.

Wir brachen auf. Die Schienen verliefen durch dichten Wald. Schon gleich zu Beginn zerbrach Marias kleiner Spiegel und wir überlegten, ob das ein schlechtes oder ein gutes Zeichen war. Auf diesem schwer gezeichneten Boden geschahen immer noch schreckliche Dinge, es gab guten Grund, sich zu fürchten. Als wir uns der Region näherten, die von dem Eisenbahner als besonders gefährlich bezeichnet wurde, waren in der Ferne Schüsse zu hören. In Hrubieszów kamen wir an, als es zu dämmern begann, so wie er es gewünscht hatte. Die erste, relativ kurze, doch nicht gefahrlose Reiseetappe lag hinter uns. Am nächsten Tag sollten wir schon am frühen Morgen aufbrechen.

Wir mussten nach Chełm kommen, denn von dort aus verkehrten Züge nach Warschau. Feste Verbindungen zwischen dort und Hrubieszów gab es nicht, wir mussten nach Gelegenheiten suchen. Jemand sagte, dass ein junges Ehepaar mit einem Fuhrwerk nach Chełm fahre, sie wollten in den Westen ziehen, um sich in den Wiedergewonnenen Gebieten anzusiedeln, vielleicht würde es uns gelingen, mit ihnen zusammen zu fahren. Sie nahmen uns gerne mit. Ich erinnere mich an diese Fahrt durch eine hübsche Gegend: Der Weg führte durch bewaldete Hügel, Wiesen, die nicht mehr grün, sondern leicht gelblich, aber nach wie vor großartig waren, und über Felder, die in vielen Farben das Auge erfreuten. Das sah im Licht der intensiven Augustsonne wunderschön aus. Ich glaube, dass ich mich damals zum ersten Mal für die Natur begeisterte, ich betrachtete sie mit nüchternem Auge, ohne zu befürchten, dass mich plötzlich etwas angreifen, zerstören und fressen würde. Der mächtige wilde Wald, der sich zwischen Turkowice und Hrubieszów erstreckte, war bedrohlich, ja, es schien, als würde er jeden abstoßen, der leichtsinnigerweise in ihn eindrang, so unfreundlich, feindlich gereizt, geradezu aggressiv war er. Diese Landschaft hingegen war offen und sanft. Vielleicht aber war auch ich ein anderer Mensch geworden und besaß bereits die innere Reife, um sie zu erkennen und zu bewundern. Vielleicht war ich zu jemandem geworden, der sich zumindest in geringem Maße, langsam, von der Angst befreite? Angst erlaubt es nicht, die Natur zu bewundern, sie nimmt einem bestimmte Fähigkeiten, beschränkt die Möglichkeiten. Ein gehetztes Tier sucht Schutz – und denkt nicht darüber nach, ob es sich in einer hübschen Umgebung befindet.

Unsere Weggefährten, oder besser Wohltäter – denn hätte es ihr Fuhrwerk nicht gegeben, wären wir schwerlich nach Chełm gekommen – waren freundliche und sympathische Menschen. Sie erkannten sicher, dass ich ausgehungert war, und boten mir unaufhörlich etwas von dem an, was sie sich auf ihre tagelange Reise mitgenommen hatten. Sie mussten mich nicht überreden, es war meine erste Schlemmerei seit vielen Jahren. Alles, womit sie mich bewirteten, kam mir wunderbar vor, und auf Marias Warnungen, Maß zu halten in diesem Verschlingen hervorragender Bauernspezialitäten, hörte ich nicht. Ich war mir nicht bewusst, was geschehen konnte, wenn die Forderungen eines Magens, der eine so lange Zeit hindurch zu Hungerrationen verurteilt war, so großzügig erfüllt wurden. An die Konsequenzen meiner Völlerei dachte ich nicht. Leider ließen die Folgen nicht lange auf sich warten, meine Reise nach Warschau wurde, schon im Zug, zu einer ganz üblen Reise. In dem bis zum Bersten gefüllten Abteil erhielt ich einen Fensterplatz, natürlich nicht, damit ich die Landschaft beobachten konnte. Wir fuhren nämlich in der Nacht.

Praga, denn nach Warschau links der Weichsel konnten Züge aus dem Osten damals noch nicht fahren, erreichten wir am Morgen, es war schon hell. Wir mussten zu Fuß bis zur ulica Nowogrodzka gehen, da es keinen Stadtverkehr gab. Von dort aus fuhr die Vorortbahn nach Pruszków ab, die noch unter der Vorkriegs-Abkürzung EKD bekannt war. Ich machte mich auf den Weg, in der Hand stolz meine alten, zerrissenen, vor allem aber zu kleinen und deshalb unbequemen Schuhe haltend. So, dachte ich, wäre es besser, doch schon bald sollte ich einsehen, dass barfuß durch eine zerstörte Stadt zu laufen eine besonders schwierige, mühsame und kaum zu bewerkstelligende Aufgabe ist. Ich schickte mich an, meine unglücklichen Füße wieder in die Schuhe zu zwängen. Und diese Anstrengung machte vielleicht den größten Eindruck auf mich, während des Marsches durch die zerstörte Stadt. Ich kann nicht sagen, dass ich Warschau kannte, doch erinnerte ich mich ein wenig aus der Kindheit in der Vorkriegszeit daran, manches hatte sich mir auch aus dem September 1939 eingebrannt, als wir uns in der Wohnung von Tante Teodora in der ulica Wspólna aufhielten. Ich hatte das Ghetto und den einen oder anderen Ausschnitt der arischen Seite vor Augen, die sich jedoch nicht zu einem zusammenhängenden Raum fügten, es waren eher Punkte, die mit konkreten Ereignissen verbunden waren. Die ausgebrannte und zertrümmerte Stadt war für mich ein Schutthaufen, ich konnte sie nicht wie Palimpseste behandeln, aus denen ich abgelesen hätte, was sich einst am gegebenen Ort befunden hatte. Meine Aufmerksamkeit wurde vor allem davon gebannt, dass es mir immer schwerer fiel zu gehen, denn an meinen Füßen vergrößerte sich die Zahl der Blasen und jeden Schritt bezahlte ich mit Schmerzen. War es noch weit bis zur Nowogrodzka mit dieser Vorortbahn, in der ich endlich meine höllischen Schuhe würde ausziehen können?

In Pruszków legte ich den Weg vom Bahnhof, der sich direkt neben dem bekannten psychiatrischen Krankenhaus befand, zur ulica Szkolna – einer Straße, in der meine Familie nach dem Krieg für kurze Zeit Obdach in einem kleinen Mietshaus gefunden hatte, das dem Bäcker Burchardt gehörte – barfuß zurück. Mutter wartete auf mich. Und sofort machte sie sich daran, mich zu waschen. Es war ein großes Scheuern, das den Dreck beseitigte, der sich nicht nur während der beschwerlichen Reise, sondern viele Jahre lang angesammelt hatte. Ob genau in diesem Augenblick der Krieg und die Besatzung für mich endeten?

„Misjudeja“

Mich haben Wörter immer fasziniert, schon in der Kindheit, merkwürdige und ungewöhnliche Wörter, solche, die ich nur selten zu hören bekam. Wörter, die durch ihre Originalität meine Aufmerksamkeit auf sich zogen, sodass ich in ihnen nichts finden konnte, was ich bereits kannte. Wörter, die manchmal seltsam klangen, manchmal vertraut, manchmal – das am meisten – exotisch. Auf meine Weise sammelte ich sie, wie Briefmarken, auch wenn ich über keine Daten verfügte, um sie zu ordnen – an Ordnung war mir eigentlich auch nicht gelegen. Ich hatte das Gefühl, dass erstmals gehörte Wörter meine Welt erweitern, auf ihre unbekannten Gegenden und Eigenschaften verweisen, genau wie Briefmarken, die eine Perspektive auf entfernte und unerreichbare Länder erlauben und die Möglichkeit zu imaginären Reisen ermöglichen, ohne jeden Zwang. Wörter waren für mich nichts Flüchtiges und Abstraktes, sie zeichneten sich im Gegenteil durch Gegenständlichkeit, geradezu durch Materialität aus, und manchmal schien es mir sogar, als könne ich schlicht die Hand nach ihnen ausstrecken.

Diese Frau hätte ich mir sicherlich nicht behalten, hätte sie sich in meinem Bewusstsein nicht mit einem langen und merkwürdig klingenden Wort verbunden. Ich erinnere mich, dass sie sogleich nach meiner Rückkehr von den Schwestern in Turkowice in Pruszków auftauchte, wo ich die letzte Phase der Besatzungszeit verbracht hatte, und zwar in einer Zeit, ehe wir in das Haus zogen, das mein Großvater um das Jahr 1900 erbaut hatte, als er jung war, ein beginnender Holzhändler – es muss also im Spätsommer oder im Frühherbst 1945 geschehen sein. Ich würde mich nicht an sie erinnern, denn zumindest von meinem damaligen Blickwinkel aus kennzeichnete sie nichts Besonderes, nichts, was meine Aufmerksamkeit hätte erregen können. Ihr Besuch dauerte nur kurz, vielleicht zwei Stunden, vielleicht drei. Sie war nach Pruszków gekommen, weil sie in Erfahrung bringen wollte, ob die Überlebenden vielleicht etwas über ihre Familie wussten. Sie hoffte, dass noch jemand lebte, und als sie nichts Gutes erfuhr, fragte sie, wo und unter welchen Umständen sie ums Leben gekommen seien. Und wie alle erzählte sie über ihr Schicksal in der Kriegszeit, darüber, wie es ihr gelungen war zu überleben, über die Grausamkeiten und das Leiden. Obwohl ich gerade erst zehn Jahre alt war, besaß ich bereits einen Erfahrungsschatz. Mich bedrückte die Last der Okkupation, die ich auf keine Weise abwerfen konnte. Ich lauschte mit Lust den Erzählungen über Leiden, Tod und Errettung, eigentlich interessierte mich nur das. Ich hatte ungezählte Gelegenheiten dazu, unentwegt sprach man darüber, denn es war schwer, über etwas anderes zu sprechen. Die Zeit der Shoah war zu Ende gegangen, aber in jedem, der gerettet wurde, existierte sie weiter. Sie existierte vor allem deshalb, weil man erst nach ihrem Ende eine Verlustbilanz aufmachen konnte, einen schweigenden Appell der Ermordeten.

Die Erzählung dieser Frau ist nicht in meinem Gedächtnis haften geblieben, der Frau, die gleich nach Kriegsende auf der Suche nach Nachrichten über ihre Familie, die hier vor dem Krieg gelebt hatte, in Pruszków erschienen war. Ich erinnere mich an sie nur schleierhaft: Sie hatte braunes Haar, ihre Gesichtszüge entsprachen gut den Vorstellungen davon, was semitisch ist, mir kam sie aber alt und verlebt vor, sie ähnelte einer Hexe. Aber sogar diese Reste, die sich zu keinem Ganzen fügen, wären mir nicht im Kopf geblieben, hätte meine Tante diese Frau nicht als „Misjudeja“ bezeichnet, und auch nach ihrem Fortgehen sprach man so über sie. Das war einer dieser zuvor nie gehörten Ausdrücke, die meine Aufmerksamkeit erregten, er musste mir auffallen. Zunächst dachte ich, dass es ein seltsamer, vielleicht auch komischer Name sei. Und mit merkwürdigen weiblichen Vornamen war ich vertraut, seitdem ich bei den Nonnen gewesen war, nicht nur in Turkowice; und so erinnerte ich mich damals, ja erinnere ich mich bis heute, an Schwester Prudencja und Schwester Anuncjata, Schwester Petronela und Schwester Leontyna. Aber dies war kein Vorname. Wie diese Frau hieß, weiß ich nicht – und ich werde es nie mehr erfahren. Ich vermochte damals diese Bezeichnung nicht zu interpretieren, und mit Sicherheit assoziierte ich sie nicht mit „Jude" – dieses Wort hatte oft in meinen Ohren geklungen, obwohl ich kein Deutsch konnte. Erst nach einer Zeit wurde ich mir bewusst, dass es in Wirklichkeit nicht ein Wort war, dass ich diese Zusammenstellung von Klängen auf ganz besondere Weise gehört hatte, da ich die Bestandteile nicht auseinanderhalten konnte.

Und so erfuhr ich, dass diese Frau, die mir hässlich und alt vorgekommen war, kurz vor dem Krieg einen jüdischen Schönheitswettbewerb gewonnen und den Titel einer Miss Judea erhalten hatte. Ich weiß nicht, was das für ein Wettbewerb gewesen ist, sicherlich eine Entsprechung des Wettstreits, dessen Höhepunkt die Verleihung des Titels Miss Polonia war. Ich kann jedoch nicht sagen, ob das ein landesweiter Wettbewerb war, der von einem jüdischen Verein organisiert wurde, ein Warschauer oder ein regionaler Wettstreit. Doch die Reichweite des Wettbewerbs spielt hier keine größere Rolle. Ich denke an etwas anderes: In den guten Vorkriegszeiten wurde ein junges Mädchen für etwas ausgezeichnet, was in den Besatzungsjahren zu ihrem Fluch wurde, was die Gefahr vergrößerte und die Überlebenschancen radikal verringerte. Denn damals durfte man nicht mehr von einer „schönen Jüdin" sprechen; wichtig war geworden, dass sie ein semitisches, also ein „schlechtes" Aussehen besaß, sodass sie, wenn sie sich auf der arischen Seite versteckte, allein durch ihre Gesichtszüge Gefahren auf sich zog. Die Preisträgerin des jüdischen Schönheitswettbewerbs befand sich in einer besonders dramatischen Lage in einer Zeit, in der dunkle Augen und eine Nase, die nicht ganz so gerade war, wie es sich gehörte, ein Kennzeichen waren und über das Sein oder Nichtsein eines Menschen entscheiden konnten. Misjudeja stammte aus einem der bei Warschau gelegenen Städtchen, vielleicht aus Żyrardów, vielleicht aus Grodzisk. Ich weiß nicht, wo und unter welchen Umständen sie gerettet wurde. Ihr zerfurchtes, gealtertes Gesicht zeugte davon, dass sie schwere und mitnehmende Ereignisse hinter sich hatte. In unserer Stadt fand sich niemand von ihrer Familie, sie erfuhr auch nichts über deren Schicksal, doch sicherlich war es das typische Schicksal, das sich durch nichts auszeichnete, was es hervorgehoben hätte: nach dem nur kurz bestehenden Ghetto in Pruszków das Warschauer Ghetto, dann der Umschlagplatz und die Gaskammern von Treblinka. Misjudea kam nie mehr zu uns (was hätte sie hier auch zu suchen gehabt?), bald darauf wanderte sie, wie es hieß, aus Polen aus.

Ich erinnere mich auch an andere wie durch ein Wunder Gerettete, die in Pruszków auftauchten. Damals assoziierte ich sie nicht mit Hiob, aber jetzt, eigentlich schon seit Jahren, drängt sich mir dieser Vergleich unweigerlich auf. Wenn diese Geretteten fromm waren, so glaubten sie, diejenigen zu suchen, die „durch den Odem Gottes (...) umgekommen und vom Geist seines Zorns vertilgt" sind. Ich denke aber, dass die Frommen nach dem, was geschehen war, zu existieren aufhörten und an Gott lediglich ihren Vorwurf richten konnten: „Du hast all meinen Hausstand verwüstet." Und sie wurden zu Menschen, für die der Morgen wie ein Schatten des Todes ist, „denn sie sind bekannt mit den Schrecken der Finsternis". Also erinnere ich mich an die wenigen Geretteten, die einmal etwas mit Pruszków verbunden hatte, und die herkamen und die Hoffnung hegten, vielleicht jemanden lebendig zu finden oder zumindest etwas über sein Schicksal zu erfahren. Ich erinnere mich übrigens auch an die wenigen Menschen, die aus Pruszków stammten und sich nach dem Krieg wieder hier niederließen, meist für nur kurz. Denn größtenteils zogen sie schnell wieder fort, meist ins Ausland, und das gewiss aus verschiedenen Gründen, vor allem aber, um sich von dem Ort zu trennen, der, auch wenn er bevölkert war, für sie leer geworden war, da er sich in einen einzigen großen Friedhof verwandelt hatte. Und wie an den verwüsteten Orten leben!?

Also erinnere ich mich an diese paar Gestalten, obwohl ich mir nicht immer ihre Namen gemerkt habe. Ich erinnere mich an Menschen, die für gewöhnlich einsam waren, auch wenn sie einst zahlreiche Familien gehabt hatten. Jeder von ihnen war eine Monade des Unglücks, überwältigt von dem, was geschehen war, obschon sie wohl nicht nur an die Vergangenheit denken und über die Verlorenen nachsinnen konnten, denn sie mussten überlegen, was sie mit sich in einer Welt anfangen sollten, die keine wahrhaftige Welt ist und nie mehr sein würde, jene Welt, in der sie geboren wurden und in der sie – wie ihnen einst sicherlich vorgekommen war – ihr Leben hätten verbringen sollen, ein vielleicht langweiliges und graues Leben, aber doch ein auf seine Weise gewöhnliches Leben, ein Leben, das Gefahren und Bedrohungen ausgesetzt gewesen wäre, ohne aber mit Sicherheit in einer mit mörderischem Gas angefüllten Gaskammer zu enden.

Ich erinnere mich also an den Schneider Wajcer, der ein eigenartiges Polnisch voller Fehler sprach. Wie durch ein Wunder war es ihm gelungen zu überleben, er war allein geblieben, die ganze Familie war umgekommen. Er musste von etwas leben und kehrte zu seinem Beruf zurück, machte aber den Eindruck eines halb verrückt gewordenen Menschen, der keinen Platz in einer Welt finden konnte, die nichts mehr mit der Welt gemeinsam hatte, die einst die seine gewesen war. Ich erinnere mich an Frau Kligowa, die auch alle verloren hatte und sie beweinte, voller Verwunderung darüber, dass gerade sie am Leben geblieben war, wo sie doch wie alle anderen hätte umkommen sollen. Frau Kligowa und der Schneider Wajcer waren – so schien es mir damals auf jeden Fall, doch denke ich nicht, dass ich mich irre – keine jungen Menschen mehr, aber sie fanden zusammen, obwohl sie sicherlich nicht glaubten, dass zwei miteinander vereinte Unglücke eine neue Qualität bilden würden; sie dachten wohl, dass sie gemeinsam das Schicksal leichter würden ertragen können. Ich weiß nicht, wie es ihnen im Leben ergangen ist, ob sie es miteinander ausgehalten haben, sie verließen Pruszków bald. Ich kann mir denken, dass sie viel Zeit damit verbrachten, sich die eigenen Erlebnisse aus der Zeit der Vernichtung zu erzählen, eine Erzählung, die das Erlebte festhielt und Ehrerbietung für die Gestorbenen darstellte, es aber auch erlaubte, den Schmerz zu beherrschen, ihn zu objektivieren und somit, zumindest in einem gewissen Maße, zu überwinden. Dieses fortwährende Berichten der Erlebnisse und Erfahrungen wurde zu einem elementaren Bestandteil in der Existenz jener, die überlebt hatten; wären diese Erzählungen aufgeschrieben oder aufgenommen worden, so wäre ein einzigartiges und überaus glaubwürdiges Buch der Shoah entstanden.

Ich erinnere mich außerdem an zwei weitere, an Frau Rozenblum und ihren Sohn Olek, der in meinem Alter war. Auch sie hatte, ähnlich wie Misjudeja, ein semitisches Äußeres: Sie war dunkel, ihre üppigen Haare zeichneten sich durch ein tiefes Schwarz aus. Viel kann ich nicht über sie sagen, besser erinnere ich mich an Olek, mit dem ich ein paarmal bei irgendwelchen Gelegenheiten zusammentraf. Doch auch er fuhr bald mit seiner Mutter fort, wie es scheint sehr weit, bis nach Australien. Über die Leinwand meiner Erinnerung läuft noch die Gestalt von Herrn Kenigsztajn, der nicht groß war und sehr lebhaft. Er hatte mit seiner Frau und zwei Kindern überlebt und sich lange Zeit unter schrecklichen Umständen in einer Erdhütte in Podlachien versteckt. Auch sie wanderten aus, doch bald darauf traf die Nachricht ein, dass Herr Kenigsztajn plötzlich an einem Herzschlag gestorben war. Es war ihm nicht vergönnt, sich des Nachkriegslebens zu erfreuen.

Ich erinnere mich außerdem an Menschen, die, wie Misjudea, kurz in Pruszków auftauchten, weil sie jemanden treffen wollten, den sie vor der Katastrophe gekannt hatten, oder sich über jemandes Ergehen informieren wollten. Einmal kam unangemeldet ein junger Mann in einer Militäruniform, es war der Sohn von Bekannten meiner Großeltern aus der Vorkriegszeit. Seine Eltern waren im Warschauer Ghetto umgekommen, dennoch war er glücklich, da er gerade seine Schwester gefunden hatte. Er war vom Schicksal in den Osten gespült worden und als Soldat der Berling-Armee nach Polen zurückgekehrt. Hier wollte er aber nicht bleiben, sondern er sagte, gleich nach der Entlassung aus der Armee würde er nach Palästina auswandern, um für einen unabhängigen jüdischen Staat zu kämpfen. Und das tat er wohl auch, denn in Pruszków zeigte er sich nie wieder. Doch von allen, an die ich mich hier erinnere, ist allein er mir als fröhlicher Mensch vor Augen geblieben, der trotz allem nicht so von den Kriegslasten niedergedrückt wurde wie diejenigen, die ihre grauenhaften Erlebnisse auf polnischem Boden durchmachen mussten. Er erzählte von Russland, verschwieg nicht, was er über das Land dachte, und dabei war er weit von propagandistischer Mythologie entfernt, die schon damals – Ende 1945 – durchaus vernehmlich in Polen ertönte. Sein Bericht enthielt – trotz allem – weniger Trübsal als das, was man von Misjudeja oder dem Schneider Wajcer hörte.

Meine Erinnerungen aus den ersten Nachkriegsjahren in Pruszków setzen sich aus den Personen zusammen, die sich aus meiner Erinnerung herausschälen, manchmal aber lassen sie auch bestimmte Handlungsfäden entstehen. Ich möchte jenen beenden, den man „die Fabel von Misjudea" nennen könnte. Nein, ich werde nichts über ihr Schicksal in späteren Jahren hinzuerzählen, weil ich nichts darüber weiß. Ich denke an die, die auch viele Jahre nach der Shoah noch suchten, nicht mehr ihre Verwandten – denn sie hatten keinen Schimmer Hoffnung, dass sie noch lebten –, sondern Nachrichten darüber, wie sie umgekommen waren, wo, unter welchen Umständen. Als wir schon in Warschau lebten, also viele Jahre nach dem Krieg, kam ein Unbekannter aus Chile nach Pruszków, der seine jüdische Familie suchte. Niemand konnte ihm dort etwas sagen, aber jemand meinte, dass er vielleicht bei uns etwas erfahren würde. Dieser chilenische Ingenieur war in der Mitte der Zwanzigerjahre in unserem Städtchen geboren worden, erinnerte sich aber nicht mehr an Polen, da er als Kind mit seiner Familie zu den Antipoden ausgewandert war. Sein Polnisch war nicht allzu flüssig und er sprach mit einem merkwürdigen Akzent, der wohl Einflüsse des Spanischen und des Jiddischen miteinander vermischte, er konnte sich aber ohne Schwierigkeiten verständlich machen. Er fragte nach dem Schicksal seiner Tanten, Onkel und Vettern, nannte ihre Namen, erinnerte daran, wovon sie gelebt hatten, las von einem Blatt ihre Adressen vor dem Krieg ab, rekonstruierte also eine Welt, die er selbst nicht kennengelernt hatte und die er nie mehr kennenlernen sollte. Er rekonstruierte sie so, als würde er damit rechnen, dass nicht alles vollends verloren wäre, als würde er hoffen, plötzlich zu hören, dass wenigstens einer seiner Verwandten am Leben geblieben war. Doch er sollte nichts dergleichen erfahren. Mutter erinnerte sich an einige der von ihm genannten Namen, sie wusste, dass diese Leute vor dem Krieg in Pruszków gelebt hatten. Aber was konnte sie ihm darüber sagen, wie es ihnen ergangen war? Konkretes Wissen hatte sie nicht, also konnte sie lediglich den Weg erwähnen: Zunächst das kurzlebige Ghetto in Pruszków, dann das Warschauer Ghetto, der Umschlagplatz und die Gaskammern von Treblinka. Das Schicksal der Verurteilten war schematisch, auch das Privileg eines individuellen Todes hatte man ihnen genommen.

Ich erinnere mich, dass sich dieser in Pruszków geborene Ingenieur in unserem Haus noch eine oder zwei Stunden aufhielt, nachdem er erfahren hatte, dass er nichts erfahren würde. Das Gespräch betraf gleichgültige Themen, es schlug die Zeit tot, hatte einen Ersatzcharakter, und ich unterhielt derweil seine Frau, die keinerlei Beziehungen zu Polen hatte, mit französischem Geplapper. Das war schon fast zwanzig Jahre nach der Shoah, doch die Fragen unseres unerwarteten Gastes ließen sie wieder durchdringend aktuell werden, so wie sie damals aktuell war, als – gleich nach Kriegsende – Misjudea aufgetaucht war. Die Zeit nimmt die Hoffnung, doch die Wunden heilt sie nicht.

Ich habe den Heiland erschlagen

Mit Sicherheit war es kein besonderes wichtiges Ereignis in meinem schon recht langen Leben, und ich hätte allen Anlass, es zu jenen Ereignissen aus den Kindheitsjahren zu zählen, denen man kein großes Gewicht beimisst oder die man einfach vergisst. Doch es kam anders. Es hat sich meinem Bewusstsein eingeprägt, zu unterschiedlicher Zeit und in unterschiedlichen Situationen habe ich mich daran erinnert, bin darauf zurückgekommen, zuweilen habe ich es auch betrachtet, als berge es einen tieferen Sinn oder habe eine geradezu symbolische Bedeutung angenommen. Im Vergleich dazu, was ich in früheren Jahren erfahren hatte, ist diese Episode aus der Schulzeit fast eine Banalität, denn sie war nicht im Geringsten lebensbedrohlich, sie war lediglich eine kleine Unannehmlichkeit, eine von denen, denen man ständig ausgesetzt ist. Ich bin mir darüber im Klaren, aber dennoch kann ich der Versuchung nicht widerstehen, davon zu erzählen, sie aus mir herauszuschleudern und die Sache damit vielleicht endgültig abzuschließen.

Die ganze Geschichte trat ein Junge los, der in dieselbe Klasse ging wie ich, er war mir so fremd und hat sich meiner Erinnerung so schlecht eingeprägt, dass ich ihn selbst heute, nach all den Jahren, nicht einen Schulfreund nennen kann. Er hieß Szymański, seinen Vornamen weiß ich nicht mehr. Ich erinnere mich dafür bestens daran, wie er aussah. Er war mit Sicherheit kein Muskelprotz, zeichnete sich jedoch durch Körperfülle aus. Ich sehe so deutlich und genau, als stünde er immer noch vor mir, seinen außergewöhnlich hellen Haarschopf, fast wie bei einem Albino. Und das charakteristisch längliche Gesicht, das den Eindruck eines relativ regelmäßigen Vierecks machte, war merkwürdig scharf und kantig. Aber auch die Augen: hellblau, verschwommen, so als hätte jemand eine aufhellende Substanz in die natürliche Farbe gemischt. Er war ein schlechter Schüler, einer der schlechtesten in der Klasse. Aber auch ich war weit vom Klassenbesten entfernt, ich trieb mich irgendwo am hinteren Ende herum, selten kam ich über die Note „ausreichend" hinaus, die mich damals zufriedenstellen musste. Szymańskis Haltung zu mir, die immer ablehnender war, resultierte somit nicht aus den Komplexen eines schlechten Schülers, der keinen besseren duldet (wäre es ihm darum gegangen, so hätte er in unserer Klasse viel effizientere Gegenstände des Hasses gehabt – an ihnen hätte er seine Aggressionen abreagieren können). Es ging um etwas ganz anderes.

Er wusste von meiner Herkunft, alle wussten es, weil meine seit Urzeiten in Pruszków lebende Familie gut bekannt war. Er wusste es, obwohl ich mich durch nichts unterschied, ich besuchte sogar den Religionsunterricht, weil meine Eltern, die immer noch die Angst aus der Besatzungszeit in sich trugen, beschlossen hatten, dass man sich aus Gründen der Sicherheit an die Umgebung anpassen musste, sie wollten mich keinen Angriffen, Feindseligkeit oder neuen Verfolgungen aussetzen. Doch was geschah, hatte einen Zusammenhang mit dem Religionsunterricht, den in unserer Schule Priester Franciszek B. gab. Ich weiß nicht, ob Szymański ein besonders frommer Junge war – ich hätte diesbezüglich große Zweifel –, doch er lebte in einer Vorstellungswelt, die von einer auf besondere Weise verstandenen Religiosität geprägt war, in der die Nächstenliebe eine weitaus geringere Rolle spielte als der Hass auf andere, die als Heiden, Häretiker oder Juden galten. Szymański verheimlichte seinen Hass nicht, er offenbarte ihn bei verschiedenen Gelegenheiten und demonstrierte seine Verachtung, obwohl ich ihn durch nichts direkt gegen mich aufgebracht hatte. Ich mied ihn, denn er rief Furcht bei mir hervor und erinnerte mich daran, was vor nicht allzu langer Zeit geschehen war. Allein meine Existenz irritierte ihn, vielleicht hielt er sie für etwas Skandalöses. Das an mich gerichtete Wort „Jude" war in seinem Mund die schlimmste Beleidigung, es sollte die schrecklichste Disqualifizierung sein. Doch er beschränkte sich nicht nur auf Worte: Einmal kündigte er an, an dem Tag, an dem das Schuljahr enden würde, werde er mit mir kurzen Prozess machen und mir die mir gebührende Strafe erteilen. Ich hatte mir ihm gegenüber nichts zuschulden kommen lassen, also hatte er eigentlich keinen Grund, mich zu bestrafen. Es ging jedoch nicht nur um mich und nicht nur um ihn, sondern um eine viel größere Sache. Szymański wollte Gerechtigkeit für ein schweres Verbrechen durchsetzen: Die Juden hatten den Heiland ermordet, also waren sie alle für den Gottesmord verantwortlich. Auch ich hatte daran teilgenommen, auch ich hatte Jesus erschlagen, und zwar persönlich, mit meinen eigenen Händen.

Ich war damals, in den ersten Jahren nach der Besatzung, ein Nervenbündel. Ich konnte mich nicht von den furchtbaren Erlebnissen und Ängsten befreien, sie lebten nach wie vor in mir und bestimmten meine Beziehung zur Welt. Doch diese Ankündigung nahm ich nicht ernst und machte mir keine Sorgen darüber. Ich dachte, das sei so dahergeredet. Szymański hatte mich zwar oft geschmäht und geschubst, aber ich dachte nicht, dass er wirklich einen Tag der Bestrafung festgelegt hatte und ernsthaft darüber nachdachte, wie er sie umsetzen würde. Ich sollte jedoch rasch lernen, dass es nicht nur hohle Worte waren – schließlich hatte er kein Recht, auf ein so nobles Vorhaben zu verzichten, denn er musste ja dem eine Lehre erteilen, der den Heiland ermordet hatte.

Es war einer der letzten Junitage des Jahres 1947, ein sonniger, geradezu heißer Tag. Die feierliche Zeugnisvergabe war gegen Mittag vorüber, ich hatte die siebte Klasse glücklich hinter mir. Ich befand mich in einer ausgezeichneten Stimmung, denn ich hatte bestanden, obwohl die bescheidenen, gerade einmal mittelmäßigen Noten weder meinen Fähigkeiten noch meinem Eifer ein gutes Zeugnis ausstellten. Und ich freute mich, dass ich die Schule, die ich aufrichtig verabscheute, wenigstens für zwei Monate nicht sehen würde, aber auch meine Klassenkameraden nicht, von denen keiner zu meinem Freund geworden war. Was Szymański betrifft, so dachte ich, dass seine Ankündigung ganz einfach der Jux eines Kerls war, der mich am Ende des Schuljahres noch einmal ordentlich erschrecken wollte.

Als ich froh, heiter, zufrieden nach Hause zurückging, tauchte auf der Hälfte des Wegs, gleich neben dem Mietshaus, in dem sich die in unserem Viertel bekannte Bäckerei Cegielski befand, vor dem Bahnübergang, der die ulica 3 Maja in zwei ungleiche Hälften teilte (das Viadukt gab es damals noch nicht, es wurde erst viel später gebaut), Szymański mit einem zweiten, mir unbekannten Jungen auf. Zunächst schenkte ich ihm keine Beachtung, ich dachte, es sei eine zufällige Begegnung, zu der es in einer kleinen Stadt ja unschwer kommen konnte, vor allem an einem Tag, an dem die Schüler nach Hause gehen, um bei der Familie mit ihren Schulzeugnissen zu prahlen. Nach einer Weile erst begriff ich, wie sehr ich mich getäuscht hatte. Szymański war ein ernster Jüngling und hatte seine Worte nicht umsonst geäußert. Und so machte er sich unmittelbar, unterstützt von seinem Kumpel, ans Werk: Diese beiden Altersgenossen von mir überfielen mich ganz einfach, prügelten von allen Seiten auf mich ein, zweifellos davon überzeugt, dass sie aus edlen Motiven und für einen edlen Zweck handeln, da sie mir die Strafe für ein Verbrechen erteilen, an dem ich beteiligt gewesen war. Schließlich hatte ich ja den Heiland ermordet – diesbezüglich hegte Szymański, aber mit Sicherheit auch der zur Hilfe gebetene Kumpel, keine Zweifel.

Überrascht dachte ich noch nicht einmal an Verteidigung, sondern krümmte ich eher instinktiv zusammen, da der Mensch in derlei Situationen ohne nachzudenken davon ausgeht, dass der Schmerz umso geringer ist, je kleiner die den Schlägen ausgesetzte Körperfläche ist. Ich kann heute nicht mehr glaubhaft rekonstruieren, was ich damals verspürte, aber ich weiß, dass es eine der Situationen war, in denen ich das Gefühl hatte, meine

Welt breche zusammen, es geschehe etwas, was ihr den Sinn nehme und dazu führe, dass sie zur Gänze gegen mich gerichtet war. Das war eine große Erschütterung, nicht nur in rein physischer Dimension. Insgesamt hatte ich nur einige Schläge erhalten, obwohl ich sicher mehr abbekommen hätte, hätte mich nicht ein unbekannter Mann verteidigt und die Angreifer verjagt. Es war eine Erschütterung in tieferem Sinne, denn dieser plötzliche Überfall zeigte mir – so glaubte ich –, dass ich immer fremd sein, dass ich weder in Pruszków noch sonstwo einen Platz für mich finden würde. Ich empfand das als Fortsetzung der Besatzungszeit, die ich immer noch in mir trug. Denn meine Erfahrungen hatte ich nicht vergessen und ich war mir ihrer, je älter ich wurde, immer stärker bewusst. Sofort begriff ich, dass Szymański mich nicht schlug, weil wir irgendwelche schulischen Rechnungen zu begleichen hatten oder weil er sich für etwas rächte, was ich konkret und real getan hatte. Ich wusste, dass das keine gewöhnliche Laune eines Gleichaltrigen war, der die ihn erfüllende Aggression nicht beherrschen kann und jemanden angreift, den er aus welchen Gründen auch immer nicht mag, oder auch eine zufällige Person, weil sie ihm gerade über den Weg gelaufen ist. Er ließ mir Gerechtigkeit zuteilwerden, handelte aus höheren Beweggründen. Denn schließlich bin ich ein Gottesmörder.

Ich hegte keinen Zweifel daran, woher Szymański diese Idee in den Kopf gekommen war: Er hatte sie – vielleicht – schon früher gehabt, doch im Religionsunterricht bei Pfarrer Franciszek B. hörte er unaufhörlich davon – und er hatte sie konkretisiert, auf mich bezogen, da ich mich in seiner Reichweite befand. Pfarrer Franciszek B. brachte uns, indem er sich auf die Autorität der Kirche und die Glaubensprinzipien berief, bei, dass für die Kreuzigung Christi alle Juden verantwortlich seien, unabhängig davon, wo und wann sie lebten, sie seien stets und überall verantwortlich, diesbezüglich könne sich schließlich nichts ändern. Ich begriff rasch, dass an dem, was mir widerfahren war, dieser Geistliche seinen Anteil hatte, der Überfall war eine direkte Folge seines Unterrichts. Natürlich behaupte ich nicht, dass er Szymański beauftragt hatte, mich zu schlagen, weil ich zu dem verdammten und abstoßenden Stamm der Gottesmörder gehörte, doch in bestimmten Fällen muss man keine Anweisungen geben, keine Befehle erteilen, die Schlussfolgerungen drängen sich von selbst auf. Der primitive und beschränkte Szymański erwies sich als gelehriger Schüler.

Denn die Religionsstunden von Pfarrer Franciszek B. waren wie Séancen in Hass. Er verkörperte diese höchst merkwürdige Art von Christentum, in der man nicht an die Bergpredigt erinnert, ach was – Predigt!, man entfernt einfach die Nächstenliebe daraus, zumindest die Liebe zu demjenigen Nächsten, den man aus dem einen oder anderen Grund nicht liebt. Pfarrer Franciszek B., ein stämmiger, untersetzter, grauhaariger Mann, der seine Jugend schon lange hinter sich gelassen hatte, war zweifellos eine interessante Persönlichkeit. Ich weiß einiges über ihn, weil er im Unterricht gerne von sich erzählte. Das Thema langweilte ihn offensichtlich nicht, doch daran, es weiterzuentwickeln, hinderte ihn die Tatsache, dass seine Zuhörer noch so wenig erwachsen waren. Vor allem verheimlichte er nicht seinen Stolz darüber, aus einer guten, wappentragenden Adelsfamilie zu stammen und einen Namen mit Tradition zu tragen. Leider war seine seit Jahrhunderten fern in den Ostgebieten lebende Familie verarmt; hätten es ihm die materiellen Bedingungen gestattet, sich zu bilden, so hätte er seine Schritte nicht zum Priesterseminar gelenkt. Er machte keinen Hehl daraus, dass für die Berufung die Armut entscheidend gewesen war: Er wurde Geistlicher, weil er keine andere Wahl hatte. Mit verblüffender Offenheit gestand er, dass er viel lieber Jurist oder Arzt geworden wäre. Damals, als ich diesen uns anvertrauten Geheimnissen lauschte, war mir nicht bewusst, was ich heute aus so ferner Perspektive erkenne: Pfarrer Franciszek B. focht unaufhörlich das Drama seiner misslungenen Existenz aus, kämpfte unaufhörlich damit, war nicht in der Lage, sich zu beherrschen – und führte die Schüler jener Schule in seine Geheimnisse ein, die gewohnheitsmäßig immer noch Piłsudski-Schule genannt wurde. Mit großer Sicherheit war er ein zutiefst unglücklicher Mensch.

Und ohne großes Federlesen gab er zu verstehen, dass ihm der Priesterberuf nur geringe Befriedigung bringe. Vor allem langweilten ihn die Pflichten eines Religionslehrers, außer einer vielleicht: Es bereitete ihm Freude, dass es in der Klasse heranwachsende Mädchen gab. Ihre Gegenwart war für ihn ein Ansporn, er gestaltete die Stunden so, als würde er nur sie sehen (die Jungen waren für ihn eine uninteressante anonyme Masse, die er fast nicht zur Kenntnis nahm). Er zeichnete die Hochgewachsenen und Hübschen aus, streichelte sie und drückte sie an sich, bat sie, sich nahe zu ihm zu setzen. Ich weiß nicht, ob er Lolitas mochte oder ob das für ihn einfach die einzige mögliche Form des Kontakts mit Weiblichkeit war. Ich weiß es nicht und will das nicht vertiefen, sondern erwähne es nur deshalb, weil es auch etwas über die Lage von Pfarrer Franciszek B. sagt. Ich werde das nicht weiter ausführen, denn es hat nun wirklich nicht viel damit zu tun, was mir an dem Tag zustieß, mit dem das Schuljahr endete, unweit des roten Backsteinhauses, in dem sich eine Bäckerei befand, in der man zu dieser Jahreszeit leckeres Blaubeergebäck kaufte. Doch vieles davon, was in seinem Unterricht geschah, stand im Zusammenhang mit dem Vorkommnis.

Pfarrer Franciszek B. hatte ganz offensichtlich keine Lust auf systematischen Unterricht, die Zeit von Pausenglocke zu Pausenglocke füllte er mit egal was an, oder er versuchte, eine Situation zu arrangieren, die es ihm erlaubte, tatenlos dazusitzen, wobei er noch nicht einmal so tat, als interessiere ihn, was in der Klasse geschah (solange es keinen übermäßigen Lärm gab!), oder er ließ sich über die unterschiedlichsten Themen aus. Viele der Dinge, die er uns während des Unterrichts vermittelte, konnten Szymański allerdings dazu anregen, in mir einen Verbrecher zu erkennen, der sich des Gottesmordes schuldig gemacht hatte. Das jüdische Motiv kehrte unaufhörlich wieder.

Pfarrer Franciszek B. konnte nur dann beschäftigungslos herumsitzen, wenn er den Schülern auftrug, einen Text laut vorzulesen. Er wählte einen aus dem Französischen übersetzten didaktischen Abenteuerroman, der vor dem Krieg von einem der kirchennahen Verlage veröffentlicht worden war. Es ging darin um die Geschichte eines jungen Mannes, der aus einer anständigen, sehr frommen katholischen Familie stammte, sich aber gegen sie auflehnte, vom Glauben abfiel und zu einem Übeltäter wurde, der sich Juden und Freimaurern andiente. Diesen Roman lasen wir in Etappen fast das gesamte Schuljahr lang. Leider weiß ich nicht, wer der Verfasser war und erinnere mich nicht daran, wie der Titel lautete, kann also heute nicht noch einmal nachschlagen, was ich gerne tun würde, um mich noch einmal davon zu überzeugen, welch vorzügliche geistige Nahrung Franciszek B. seinen Schützlingen vorsetzte. Er betrachtete diese Geschichte über einen jungen Menschen, der Gott aus seinem Herzen verbannte und zu einem Banditen wurde, als eine beispielhafte Erzählung, und erläuterte immer wieder ihren moralischen Sinn, indem er entsprechende Lehren erteilte. Er warnte uns vor allem vor den Juden: Wer auf schlechte Wege gerate, werde zu einem Diener der Juden, was zum größten Übel auf Erden führe und zu ewiger Verdammnis verurteile. Pfarrer Franciszek B. hegte im Jahre 1946 oder 1947 keinen Zweifel daran, welches die größte Gefahr auf Erden sei und vor welchen Einflüssen man die Jugend schützen müsse. Die Juden waren das obsessiv wiederkehrende Thema vieler Unterrichtsstunden, sie waren in seinem Verständnis das universelle Symbol des Bösen. Und wenn er über sie sprach, ergriff ein unerwarteter Elan Besitz von ihm, der in der Regel fehlte, wenn er die Wahrheiten des Glaubens erörterte. Ich konnte nicht umhin zu erkennen, dass ihn diese Frage persönlich betraf und dass er sie nicht nur ansprach, um das schulische Pensum zu füllen.

Pfarrer Franciszek B. versicherte uns unaufhörlich, dass die Juden Jesus ermordet hätten, und zwar nicht nur diejenigen, die im alten Palästina gelebt und seine Kreuzigung gefordert hatten, sondern alle, auch die von heute. Die historischen Vorkommnisse interessierten ihn kaum, die Juden waren schließlich von Natur aus unveränderlich: Sie unterlagen nicht den Einwirkungen der Zeit, Evolutionen seien ihnen unbekannt, sie lechzten immer nach Blut, einst von Jesus, später – von christlichen Kindern, die sie ermordet haben, denn ohne dieses Blut könnten sie ihre Matzen nicht herstellen. Der Ritualmord war ein ständiges Motiv der Vorträge von Pfarrer Franciszek B. Immer wieder kam er auf ihn zu sprechen, so als würde es ihm besonderes Vergnügen bereiten, über diese von den Gottesmördern praktizierte Grausamkeit zu reden, so als verliehe ihm die Vision von unschuldigen, frommen Kindern, die von blutrünstigen Bösewichten mit Schläfenlocken eine in ihrer Sinnlichkeit sadistische Befriedigung. Überaus häufig erwähnte er einen gewissen Bejlis, der einen Ritualmord begangen haben und für dieses Verbrechen in Kiew vor Gericht gestellt worden sein soll. Das Beispiel Bejlis habe natürlich nicht allein gestanden, es sei lediglich das bekannteste gewesen, da es den Verbrechern nicht gelungen sei, es vor der christlichen Öffentlichkeit zu verbergen. Und so sagte er oft in der Mehrzahl „bejlisy", wobei er dieses Wort so gebrauchte, als bezöge es sich auf natürliche Weise auf die gesamte widerwärtige jüdische Nation. Eigentlich wundere ich mich nicht über Szymański und darüber, dass er nach vielfachem Hören solcher Lehren jemandem Gerechtigkeit zuteilwerden lassen wollte, von dem er dachte, dass er diese Nation repräsentiere. Als er am Tag der Zeugnisvergabe zum Angriff auf mich ansetzte, schlug er zwar eine konkrete Person, doch eigentlich ging es ihm nicht darum, sondern er ließ einem Vertreter dieser Gattung Gerechtigkeit zuteilwerden. Und als er sich entschlossen hatte, das zu tun, zog er ganz einfach praktische Schlüsse aus dem, was er von Pfarrer Franciszek B. gehört hatte. Es stimmt, in dessen Lehren gab es keinen Aufruf zur Tat. Manchmal bedarf es aber keiner besonderen Appelle, damit das Wort zu Fleisch wird. Vor allem wenn die Schüler demgegenüber aufgeschlossen sind, was der Lehrer sagt.

Ich hatte zu diesen Aufgeschlossenen freilich nicht gehört. Den Unterricht von Pfarrer Franciszek B. konnte ich nicht ausstehen, schließlich wusste ich, dass ich zwar zusammengekauert und mucksmäuschenstill daran teilnahm, sie aber auch gegen mich gerichtet waren. Meine Erfahrungen waren mir noch frisch in Erinnerung, ich hatte mich ja innerhalb der Welt befunden, die zur Vernichtung bestimmt war. Also betraf mich alles, was er hierüber sagte, in besonderem Maße, schon allein deshalb, weil diese Katastrophe die wichtigste Erfahrung meines Lebens war – und bis heute geblieben ist. Pfarrer Franciszek B. verhielt sich überhaupt so, als habe er die Shoah nicht wahrgenommen, als habe er von ihm nicht gehört, als habe es nicht seine Aufmerksamkeit erregt, dass von der Erde, über die er ging, Millionen von Menschen verschwanden, Menschen, die er aus verschiedenen Gründen verachtete, deren Existenz er aber nicht infrage stellen konnte. Manchmal bezog er sich aber auf die nicht lange zurückliegende Besatzungszeit und sagte dann, dass alles, was den Juden widerfahren war, eine verdiente Strafe dafür sei, dass sie den Heiland ermordet hatten. (Ob es aber zu einem Ausgleich der Rechnungen gekommen ist?) Einmal sprach er etwas noch Entsetzlicheres aus. Er gab zu, dass Hitler schrecklich gewesen sei, da er die polnische Nation verfolgt habe, doch habe er ein Verdienst: Er habe für uns (also an unserer Stelle) die Judenfrage erledigt. Ich erinnere mich nicht, wie ich auf dieses Diktum von Pfarrer Franciszek B. reagiert habe. Sicher bin ich noch mehr in mich zusammengefallen, war entsetzter als sonst, da ich verstand, dass er eine bestimmte Grenze überschritten hatte und schlicht und einfach ein Verbrechen lobte.

In den folgenden Jahrzehnten bin ich noch zweimal einer so formulierten Meinung begegnet, und jedes Mal habe ich gedacht, dass diese Worte wie ein Urteil auch über mich sind, obschon die meisten, die so dachten und ihre Zustimmung für die Shoah einer Gemeinschaft äußerten, zweifellos vergaßen, dass diese aus Individuen bestand. Ich kann mir nicht einmal vorstellen, dass Pfarrer Franciszek B., der seine Theologie des Hasses so konsequent ausbreitete, mit Freude Nachrichten über die Ermordung konkreter Personen gehört hätte, selbst wenn sie zu den „bejlisy“ gehörten.

Und als ich diese Worte zum letzten Mal hörte, in einem Eisenbahnabteil, von einem eleganten und wohl nicht schlecht gebildeten Herrn, der sich nicht bewusst war, dass er mit jemandem sprach, für den sie eine besondere Bedeutung haben, da dachte ich, dass es eigentlich von meiner Seite aus taktlos war, zu überleben.

Ich habe mich über Pfarrer Franciszek B. ausgelassen, obwohl ich darüber erzählen wollte, was auf der Straße geschehen ist, darüber, wie ich an diesem letzten Tag des Schuljahres verprügelt wurde. Aber ich betrachte den Bericht über diesen Menschen, der fast von der ersten Begegnung an meine Abneigung hervorrief, nicht als Abschweifung, denn schon damals war ich mir darüber im Klaren, dass er für dieses Ereignis die Verantwortung trug, allein deshalb, weil er Hass in der Majestät seiner priesterlichen Autorität lehrte. In meiner Familie hegte man daran auch keinen Zweifel. Zwar kannte niemand Pfarrer Franciszek B. persönlich, doch seine Person hatte sich aus all dem herausgeschält, was ich über die Schule berichtet hatte, und ich konnte nicht anders, als über die merkwürdigen Lehren zu erzählen, die er seinen Schülern erteilte. Davon, was mir widerfahren war, erzählte ich sofort, wobei eigentlich schon aus dem Zustand, in dem ich zurückkehrte, hervorging, dass etwas Schlimmes passiert war.

Es war für mich nicht leicht gewesen, nach Hause zu gelangen. Meine Reaktion auf den unerwarteten Überfall war ein hysterisches Weinen, das ich nicht beherrschen konnte. Ich konnte es nicht beenden, es war stärker als ich, wurde zu einem gewaltigen Schluchzen, dann zu einem Heulen. Mein Verhalten musste den Passanten auffallen, zumal es so stark mit der Fröhlichkeit der Kinder kontrastierte, die glücklich waren, dass das Schuljahr zu Ende war. Ich hörte den Kommentar zweier mir unbekannter Schülerinnen, die sagten, ich würde weinen, weil ich durchgefallen sei. Das war an diesem Tag die einfachste Erklärung, sie drängte sich von selbst auf. Ich wusste das, konnte es aber nicht korrigieren und brüllen, dass ich aus einem ganz anderen Grund weinte, dass ich weinte, weil mir ein großes und unverdientes Unrecht angetan worden war. Ich wusste ja, dass nicht ich den Heiland ermordet hatte, und wunderte mich, dass jemand ein solcher Gedanke kommen konnte. Doch dass man meinte, ich sei sitzen geblieben, potenzierte meinen Schmerz, ich fühlte mich doppelt gedemütigt.

Und damit endete diese Episode. Sie endete als konkretes Erlebnis, denn aus einer anderen Perspektive betrachtet, hielt sie in mir jahrelang an, sie bestimmte mein Verhalten und meine Sicht der Welt. Durch sie begann in mir von Neuem die Angst vor Menschen zu wachsen, diese Angst, die ihren Kulminationspunkt während der Besatzungszeit erreicht hatte und in den Nachkriegsjahren langsam geschwunden war. Erneut hatte ich erfahren, und das geradezu hautnah, dass jeder absurde Vorwürfe gegen mich äußern kann, mich einer Sache beschuldigen kann, die keinerlei Verankerung weder in mir noch in der realen Welt besaß, und dass es nicht nur leere Worte sind, sondern dass ihnen auch Taten folgen. Ich fühlte mich erneut bedroht und noch stärker entfremdet als sonst. Eine Zeit lang fürchtete ich mich davor, das Haus zu verlassen, innerhalb seiner Wände fand ich Zuflucht und fühlte mich hier sicherer als anderswo.

Dieses Ereignis, das ich von Anfang an mit den Lehren des Pfarrers Franciszek B. verband, hatte noch andere Konsequenzen. Für mein Empfinden war er eine so abstoßende Figur, dass er Abneigung zu Priestern überhaupt oder zumindest Misstrauen entstehen ließ. Die Kontakte mit ihm waren dafür entscheidend, dass ich relativ leicht der antiklerikalen Propaganda erlag, die in Polen, das sich immer schneller zu einem kommunistischen Land entwickelte, üppig erblühte. Es schien mir, als schäle sich aus jeder Soutane seine Gestalt heraus. In meinem Nachkriegsleben hatte ich nicht viele Kontakte mit geistlichen Personen, und wenn ich jemanden kennenlernte, so war das eine flüchtige, kurze Bekanntschaft, die keinerlei Folgen hatte. In dem Gymnasium, das ich besuchte, wurde Religion nacheinander von zwei Priestern unterrichtet. Sie unterschieden sich grundlegend von Pfarrer Franciszek B.: Sie nahmen ihre Aufgaben ernst, stellten die Glaubenswahrheiten und die heilige Geschichte auf interessante Weise dar und verhielten sich gegenüber den Schülern beide freundschaftlich. Ich hatte also keinerlei Grund, um mich über sie zu beschweren. Dennoch war ich misstrauisch. Ich befürchtete, dass plötzlich etwas geschehen würde, was dazu führen würde, dass diese Unterschiede sich als scheinbar herausstellen würden und ich wieder Worte des Hasses zu hören bekäme und eine neue Inkarnation von Pfarrer Franciszek B. erblickte. Denn dieser hatte sich so sehr in meinem Bewusstsein festgesetzt, dass ich eine Zeit lang sogar vergaß, wem ich das Leben verdankte: Der herrlichen Schwester Vorsteherin in Turkowice, der guten und fürsorglichen Schwester Róża, schließlich dem außergewöhnlichen Pfarrer Stanisław Bajka, einem Jesuiten, der in der Besatzungszeit in Turkowice Priester war und der uns allen viel bedeutete.

An Pfarrer Franciszek B. (er ist, wenn ich mich nicht irre, in der zweiten Hälfte der Fünfzigerjahre gestorben, mit weit über siebzig Jahren) erinnerte ich mich bei verschiedenen Gelegenheiten. Einmal kam die Erinnerung relativ unerwartet bei der Lektüre. Als ich einen Artikel von Priester Józef Tischner las, stieß ich auf einen Satz, der, wie mir scheint, besonders gut auf den Fall passt, mit dem ich mich hier auseinandersetze: „Ich habe in meinem Leben niemanden getroffen, der seinen Glauben nach der Lektüre von Marx und Lenin verloren hatte, doch ich habe viele getroffen, die ihn nach einer Begegnung mit ihrem Pfarrer verloren haben." Ich denke, dass zumindest Leuten wie mir von Pfarrer Franciszek B. Geistliche und die Kirche erfolgreicher verleidet wurden als durch den eifrigsten Agitator der Gesellschaft der Atheisten und Freidenker. Mir hat er es verleidet, und das für nicht zu kurze Zeit.

Bücher, die ich in jungen Jahren nicht gelesen habe

Vor einigen Jahren wurde ich gebeten, für eine renommierte Krakauer Literaturzeitschrift über die Bücher zu schreiben, die ich in der Kindheit gelesen habe. Ich lehnte ab, da ich mich in den meisten Fällen nicht mit den Büchern selbst hätte beschäftigen können, sondern nur damit, aus welchen Gründen ich sie nicht gelesen hatte, was natürlich im Widerspruch zum Konzept der Artikelreihe gestanden hätte. Doch eigentlich ging es mir in der Hauptsache nicht darum, sondern ich war damals psychisch noch nicht bereit, um über etwas zu schreiben, was mit den intimsten Seiten meiner Biographie zusammenhängt; wenn ich überhaupt über diese Erfahrungen erzählte, so nur wenigen Personen aus meiner engsten Umgebung, und auch das nur selten und schüchtern. Ich wusste, dass meine negative Erzählung davon, was ich in jungen Jahren nicht gelesen hatte, zwangsläufig keine Bücher betreffen würde. Dass ich diesbezüglich Lücken besaß, war mir schon vor langem klar geworden, viele Jahre ehe diese Bitte an mich herangetragen wurde, als nämlich meine Kollegen, Gleichaltrige und etwas Ältere, mit Rührung von ihrer frühen Lektüre erzählten und ich zum Schweigen verurteilt war, weil ich nichts hatte, wovon ich hätte sprechen können. Alles, was sie sich ins Gedächtnis zurückriefen, war mir unbekannt, und wenn doch nicht, dann kannte ich es nur aus zweiter oder gar dritter Hand. Ich muss gestehen, dass ich diese Erinnerungen an die einstige

Lektüre nicht ohne Neid vernahm. Ich dachte daran, was ich in der Kindheit verpasst hatte, denn sicherlich hätte auch ich mit angehaltenem Atem Geschichten und Erzählungen über wunderbare Abenteuer im Wilden Westen gelesen.

Als der Krieg ausbrach, war ich noch nicht einmal fünf Jahre alt, in den guten Zeiten, die man später jahrzehntelang mit den nostalgischen Worten „vor dem Krieg" bezeichnete, konnte ich also noch nicht lesen. Ich schaute mir farbige Bilderbücher an, und eines davon ist mir in Erinnerung geblieben. Wenn man es öffnete, erhoben sich die Buchstaben, die passend ausgeschnitten und an dicke Kartonseiten geklebt waren. Der Kontakt mit diesem Buch war zweifellos mein erster Unterricht im Alphabet. Man muss mir das kleine Gedicht darin auch vorgelesen haben, denn mir ist der letzte Satz im Gedächtnis geblieben: „Auf den Kopf das *W* sich stemmt, und so tut, als sei es *M*." Erst nach vielen Jahren erfuhr ich, dass Julian Tuwim sein Verfasser war. Doch den Namen hatte ich damals schon gehört, man las mir nämlich sein Gedicht *Die Lokomotive* vor, und die Wortzusammenstellung *„lokomotywa Tuwima"* (Tuwims Lokomotive) klang so, als sei sie ein Teil des Gedichts – und einer seiner onomatopeischen Effekte, vielleicht erinnere ich mich deshalb daran. Für ein Kind, gerade für ein kleines, sind Autorennamen unwichtig. Und so wusste ich auch nicht, wer das Märchen geschrieben hatte, das mich begeisterte, als man es mir vorlas – über einen wunderbaren Marsch der Tiere, der plötzlich auseinanderfällt, weil alle entsetzt sind, als hinter einem Strauch eine Kakerlake hervorkommt und bedrohlich mit dem Schnurrbart wedelt. Die Lächerlichkeit der Situation frappierte mich: Mächtige und große Tiere, darunter herrliche und majestätische Löwen, erschrecken über ein kleines Insekt. Erst nach einigen Jahrzehnten erfuhr ich, dass dieses Werk von Kornej Tschukowskij, das ich buchstäblich mit der Naivität eines Kindes verstanden hatte, ein Beispiel für äsopische Sprache ist: Die widerliche schnurrbärtige Kakerlake ist ein blutiger Diktator, einer der größten Verbrecher der Menschheitsgeschichte. Ein Nebeneffekt meiner Ergriffenheit von Tschukowskijs

Märchen war die Angst vor Kakerlaken, die mit einem irrationalen Ekel einherging, der mir bis heute geblieben ist.

Ich weiß nicht, wann und wie ich lesen gelernt habe, es kam leicht, ohne Mühe, schnell. Der Krieg brach aus, und ich ging aus offensichtlichen Gründen nicht zur Schule; ich denke, dass ich diese Fähigkeit schon in den ersten Kriegsmonaten besaß. Ich verließ die Reihen der minderjährigen Analphabeten, erinnere mich aber nicht daran, dass ich in dieser Zeit etwas las. Die Erwachsenen, die darüber entsetzt waren, was geschah, die auf die neuen Situationen nicht vorbereitet waren, vor allem nicht auf die neuen, von Tag zu Tag wachsenden Gefahren, hatten wichtigere und sie stärker beanspruchende Beschäftigungen, als mir Lektüre unterzuschieben. Vielleicht habe ich auch etwas gelesen, nur ist mir nichts davon in Erinnerung geblieben; vielleicht ich habe nichts gefunden, was Eindruck auf mich gemacht hätte – aber nicht ausgeschlossen, dass damals schon Geschichten keinen Eindruck mehr auf mich machten, die man auf Papier finden konnte, sondern das, was in der umgebenden Welt zu erkennen war. Meine Begeisterung für Bücher entbrannte etwas später, schon im Ghetto, als ich den geheimen Unterricht von Fräulein Julia und Frau Bronisława besuchte. Ich denke, dass das kurz vor dem Beginn der Deportationen nach Treblinka war. In dieser Zeit war es noch ein „normales" Ghetto: Es gab eine Bibliothek, die Kinderbücher auslieh, Vater hatte mich hier angemeldet. Damals las ich zwei Romane, die mir in Erinnerung geblieben sind: für Kinder präparierte Fassungen von *Robinson Crusoe* und *Gullivers Reisen*. Damit hatte es wohl auch ein Ende, als die schrecklichste Etappe begann, die Deportationen, die Liquidation. Wieder hatte ich keine Bücher zur Hand, vielleicht hatte ich sogar vergessen, dass es sie gab. Ich war mir bewusst, dass der Tod jeden Augenblick an der Schwelle stehen, an die Tür klopfen kann, und die Gefahr der Deportation nach Treblinka wurde von Tag zu Tag realer. Ich lebte in vervielfachter Angst, die nicht gut für Lektüre ist. Wenn ringsum Menschen totgeschlagen werden, dienen sie nicht dazu, Zeit totzuschlagen.

In dieser Zeit, zwischen dem Tag, an dem die Zeit der Treblinka-Reisen begann, und der Flucht aus dem Ghetto, hatte ich irgendwelche Bücher, aber nur eines war im engeren Sinne zum Lesen gedacht. Ich erinnere mich an einen dicken Band mit Grimms Märchen, in einem roten, schon stark lädierten Umschlag, mit Illustrationen, beschädigt und in elendem Zustand, aber man konnte sich denken, dass es einst ein solide und hübsch herausgegebenes Buch gewesen war. Ich nahm es wohl zur Hand, hatte ich doch damals viel zu viel freie Zeit, denn aus dem Zimmer, in dem wir wohnten, ging ich nicht heraus – Kinder waren so großen Gefahren wie die Erwachsenen ausgesetzt, vielleicht sogar noch größeren (wenn hier eine Steigerung angemessen ist), denn ihr Leben hatte keine Rechtfertigung, noch nicht einmal eine solche, die eine Verzögerung der Reise ins Gas begründet hätte. Die Deutschen handelten logisch und rational: Da sie beschlossen hatten, die ganze Gemeinschaft von der Erdoberfläche zu fegen, so musste man, damit sie keine Aussicht auf Wiederentstehung haben würde, mitleidslos auch die Jüngsten ermorden. Ich ging nicht heraus, mit Ausnahme der nahen Orte, die als Verstecke dienten, sie galten als sicherer.

Eine viel größere Bedeutung als diese Märchensammlung hatten zwei andere Bände für mich: Der erste war ein dickleibiges Schachbuch, das die Notationen berühmter Partien enthielt. Ich begriff ihren Reichtum nicht ganz und hielt mich bei ausgewählten Partien auf. Aber ich weiß nicht mehr, nach welchem System ich dies tat, vielleicht hatte mir jemand gezeigt, welche Spiele für mich verständlich sein und mich interessieren könnten. Ich weiß auch nicht, wo dieses Buch hergekommen war, wer es mir geschenkt hatte, jedoch erinnere ich mich daran, wie es aussah: Es war auf sehr dünnem Papier wie dem einer Bibel gedruckt; der stark zerfranste Umschlag war von schmutziggrauer Farbe, von einer Farbe, durch die sich alte, intensiv gebrauchte, zerfledderte Gegenstände auszeichnen. Es war mein großer Schatz.

Der zweite Schatz war ein riesiger deutscher Atlas, der wohl noch aus der Zeit vor Hitler stammte; er war großformatig und wog mehrere Kilogramm. Ich breitete ihn auf dem Boden aus und betrachtete die Welt. Die Kommentare und Legenden verstand ich natürlich nicht, doch allein das Anschauen der Karten genügte mir, regte die Fantasie an – und die Träume davon, was fern ist („fern“ bedeutete übrigens so viel wie „auf der anderen Seite der Mauer“), durch diese Karten habe ich viel gelernt. Den Atlas brauchten auch die Erwachsenen. Sie schauten nach, wo die Orte lagen, durch die die Front verläuft, in der unaufhörlichen Hoffnung, dass sich eines Tages herausstellen würde, dass sie sich ganz nahe befinden. Doch in den Zeiten, von denen ich jetzt erzähle, war diese Hoffnung noch immer grundlos, denn die Linien, an denen die Kämpfe stattfanden, waren verzweifelt fern gelegen. Im Atlas wurden auch polnische Ortschaften nachgeschlagen. Einmal war die Nachricht im Umlauf, dass die Deutschen das Warschauer Ghetto auflösen wollten, um den Rest seiner Bewohner, der noch am Leben geblieben war, nach Poniatowa zu bringen und dort zu beschäftigen. Wo ist Poniatowa? Ich war mir darüber im Klaren, dass diese konkreten Informationen, welche die Erwachsenen aus dem monumentalen Atlas zutage fördern wollten, wichtig waren, weil sie Dinge betrafen, von denen auch mein Leben abhing. Doch trotz allem war er für mich etwas anderes, heute würde ich sagen – ein Bereich der reinen Kunst, eine Art Auslöser von Fantasie und Vorstellungen, die für einen in der Wirklichkeit des Ghettos festsitzenden Achtjährigen so anziehend waren.

Das Verlassen des Mauerrings bedeutete die Trennung von diesen beiden geliebten Büchern. Ich wusste, dass wir durch die Flucht versuchten, unser Leben zu retten, aber sie taten mir leid. Doch ich verzweifelte nicht, vielleicht war ich mir schon damals bewusst, dass es sich nicht lohnt, den Verlust selbst der wertvollsten Dinge zu beweinen. Mit Sicherheit weiß ich das heute und denke, dass es eine meiner Kindheitserfahrungen ist. Die beiden Bücher wurden auf der arischen Seite durch nichts mehr ersetzt, ich verlor jeden Kontakt zum gedruckten Wort. Zugang zu Büchern hatte ich in der Zeit des Herumirrens nicht, vielleicht hatte ich überhaupt vergessen, dass sie zu etwas von Nutzen sind.

Als wir uns auf dem Land versteckten, in Radziwiłłów, hatte ich viel Zeit … und verbrachte sie mit nichts. Nicht ausgeschlossen, dass ich mich für etwas interessiert hätte, wenn in meiner Reichweite etwas zu lesen aufgetaucht wäre, doch nichts davon hatte ich parat. Bei Frau W. gab es wohl ein Buch, eine in der Zwischenkriegszeit erschienene Romanze. Ich begann sie zu lesen und ich erinnere mich noch an den Beginn: Zur Herbst- oder Winterzeit kommt ein junger Mann ins Herrenhaus, er geht mit dem Fräulein im Garten spazieren, beide sind in ein vornehmes Gespräch vertieft. Es gelang mir, gerade einmal gut zehn Seiten zu lesen, da griff unsere Gastgeberin energisch ein, beschimpfte Mutter, weil sie es zulasse, dass ich Erwachsenenbücher lese. „Aus ihm wird ein eingebildeter und affektierter Kerl werden", stellte sie fest. Nach einer Weile fügte sie hinzu: „Wacek liest solche Bücher nicht." Wacek war ihr Sohn, er war acht oder neun Jahre älter als ich. Er las sie tatsächlich nicht, weil er überhaupt nichts las. Er interessierte sich ausschließlich für Tauben, ein paar von ihnen züchtete er mit Eifer. Die Romanze, die vielleicht von der Rodziewiczówna stammte oder von einer anderen, ebenso ehrenwerten weiblichen Feder, wurde mir weggenommen. Mein Leseversuch endete mit einem Misserfolg. Für längere Zeit nahm ich kein Buch mehr in die Hand – es gab keine Voraussetzungen dafür, auch keine Möglichkeiten, und ich legte auch keinerlei Lust an den Tag.

In Turkowice lernte ich kein einziges Buch kennen, obgleich ich, wenn ich mich bemüht hätte, schon etwas hätte lesen können, gab es doch eine kleine Bibliothek in der Anstalt. Mir kam es jedoch nicht in den Sinn, mich dafür zu interessieren. Es überwogen hier fromme Bücher, Heiligengeschichten, Berichte über Wunder, verschiedenerlei beispielhafte und erbauliche Erzählungen. Doch nicht der Inhalt dieser Bücherei war für meine Gleichgültigkeit entscheidend, vor allem wenn man bedenkt, dass diese Geschichten damals alles mitbrachten, um mich zu interessieren; außerdem gab es hier auch einige Bände ganz anderer Art. Entscheidend für meine völlige Unfähigkeit zum Lesen war, dass ich in eine Abstumpfung verfallen war, in eine so fortgeschrittene Lethargie, dass sie mir nicht viel mehr gestattete als gedankenlos und tatenlos auf einer harten Holzbank zu sitzen.

In solchen Momenten konnte ich beobachten, wie einer meiner Gefährten sich mit Leidenschaft dem Lesen hingab, wie er ein Werk verschlang und nicht nur immer wieder darauf zurückkam, sondern mit ihm lebte und vergaß, was um ihn herum geschah. Sein Name war Staszek. Er war schwer krank, hatte an den Füßen tiefe, eiternde Wunden, die in den Verhältnissen von Turkowice auf keinen Fall geheilt werden konnten. Man wechselte die Verbände, doch das half nicht viel, denn die Krankheit fraß sich immer weiter in seinen Körper hinein, seine Unterschenkel sahen entsetzlich aus. Er litt und die Schmerzen vervielfachten sich gewiss beim Laufen, also ließ er es sein. Er saß und las. Er las Sienkiewiczs *Trilogie*. Die kleine Bibliothek befand sich im Zimmer des Priesters. Man konnte zu einer bestimmten Uhrzeit Bücher ausleihen, ein oder zwei Mal in der Woche. Als begeisterter Leser konnte er diesen Moment kaum erwarten, er wollte die Lektüre fortsetzen, und wenn er am Ende angelangt war, begann er von vorne, und so las er den großen Sienkiewicz-Zyklus ein paar Mal. Doch das war nicht nur eine Lektüre, es war eine Lebensweise. Staszek identifizierte sich mit den Helden und erlebte das, was ihnen widerfuhr, so sehr, dass er ihre Abenteuer für die eigenen hielt. Vielleicht überwand er dadurch seine elende Lage, trat in eine andere, interessantere Welt ein. Er liebte es, seinen Gefährten davon zu erzählen, und er tat das so, als würde er Erfahrungen berichten, die er selbst erlebt hatte. Die Schwestern waren über diese leidenschaftliche Lektüre eines doch immerhin weltlichen Buches beunruhig: Es würde ihn von den geistigen Dingen ablenken und ihn überhaupt in eine schlechte Richtung lenken. Sienkiewicz sei zwar ein großer polnischer und katholischer Schriftsteller, aber dennoch könne er sich nicht mit denen vergleichen, die fromme Belehrungen vertraten. Man überlegte sich angeblich, ob man dem Jungen die fortwährende Lektüre der *Trilogie* verbieten solle, doch dazu ist es wohl nicht gekommen. Er verschlang sie weiter, und es war wahrscheinlich das einzige Werk, das er lesen wollte. Alles andere kam ihm langweilig vor.

Ich weiß nicht, wie es ihm weiter ergangen ist, ich weiß nicht, ob er auch in Erwachsenenjahren seine Lektüre auf Sienkiewicz beschränkte. Ich bin nicht in seine Spuren getreten, in dieser Zeit habe ich nichts gelesen. Und mit der *Trilogie* kam ich erst viele Jahre später in Kontakt, schon als Student, der bei der Prüfung die Kenntnis der polnischen Literatur der zweiten Hälfte des 19. Jahrhunderts nachweisen musste, es war für mich damals also eine Pflichtlektüre. Und sie bedeutete für mich keine größeren Erlebnisse; ich war nicht mehr zu jugendlichen Leidenschaften in der Lage, in der Literatur zogen mich andere Gefilde an. Und Werke für die Jugend, die nicht zum Kanon der polnischen Literatur gehörten, nahm ich nie in die Hand. Ich habe mich nicht in die Romane von Karl May vertieft und werde das mit Sicherheit nicht mehr tun.

In den ersten Nachkriegsjahren las ich fast nichts. Man versuchte, mir das eine oder das andere unterzuschieben, doch ich verspürte keine Neigung, mich über Bücher zu beugen. Nicht so sehr, weil sie mich gelangweilt hätten oder weil ich es vorzog, meine Zeit auf andere Weise zu verbringen, nein, ich war nach wie vor verschlafen und gleichgültig und verließ nur selten die Wohnung, wenn ich nicht musste. Die Bücher, die man liest, wenn man zwölf oder dreizehn Jahre alt ist, kamen mir in der Mehrheit albern vor, besonders aber – unwichtig. Sie passten nicht zu den Erfahrungen, die ich gemacht hatte, sie standen mit nichts in Zusammenhang, woran ich teilgenommen hatte, und zur Überwindung der gesammelten und nach wie vor lebendigen Erinnerungen konnten sie nicht dienen. Diese Bücher waren für mich von vornherein leer. Bereitwillig griff ich hingegen zu diversen Berichten über die Besatzungsjahre, stürzte mich auf alles, was mir in diesem Gebiet in die Hände fiel. Ich erinnere mich, dass ich Michał Rusineks *Von der Barrikade in das Tal des Hungers* las, Gustaw Morcineks *Briefe unter dem Maulbeerbaum*, Krystyna Nowakowskas *Mein Kampf ums Leben*, aber auch Titel wie *Rauch über Birkenau* oder *Ich habe Auschwitz überlebt* hatten für mich eine besondere Anziehungskraft. Nur diese Art von Büchern schien mir mein Interesse wert zu sein, nichts hielt den Vergleich mit ihnen aus. Diese Lektüre diente nicht einer Flucht in ein Land der Trugbilder, ganz im Gegenteil: Sie bestätigten mich in der Welt, aus der ich nicht hatte entkommen können, sie sprachen auf die eine oder andere Weise an, was das wichtigste Ereignis meines Lebens gewesen war, oder sie erzählten von Geschehnissen, die ich als parallel oder ähnlich zu denen betrachten konnte, an den ich beteiligt gewesen war. Andere Bücher kamen mir belanglos vor, nichts in ihnen zog mich an.

Es gab allerdings eine Ausnahme: Schon seit den frühesten Nachkriegsjahren liebte ich es, die Gutenberg-Enzyklopädie, die *Encyklopedia Gutenberga*, zu studieren. Sie war wie durch ein Wunder aus der Vorkriegsbibliothek von Tante Teodora gerettet worden und blieb bis zu ihrem Umzug nach Warschau im Haus. Dann kaufte mir Vater dieses Lexikon in einem Antiquariat, sodass es nunmehr zu meinem Eigentum wurde; ich habe es bis heute und benutze es weiterhin. Einige Jahre lang war es meine Lieblingslektüre. Über den Bänden dieser in der Zwischenkriegszeit verlegten Enzyklopädie in ihren schwarzen, dunkelgrünen Einbänden konnte ich die Zeit vom Morgen bis zum Abend verbringen, auch jetzt erinnere ich mich an diese Stunden als die angenehmsten in meiner ganzen Kindheit kurz nach dem Krieg. Die Enzyklopädie zog mich vor allem dadurch an, dass sie konkretes Wissen vermittelte. Sie sprach von bestätigten und greifbaren Dingen und verlangte nicht, was Bücher mit fortgesetzter Komposition erfordern: Sie verlangte nicht die Gabe der Konzentration. Ich las sie nicht nacheinander, sondern sprang durch die Einträge, zwischen den Seiten und Bänden hin und her. Ich folgte keiner Regel, über die Auswahl entschied meistens der Zufall. So war es zumindest bis zu einem gewissen Zeitpunkt, denn mich begannen immer mehr bestimmte Wörter, Namen, Fakten, Themen zu interessieren, und dieses Interesse leitete dann meine Auswahl, was nicht heißt, dass ich alles wegließ, was sich außerhalb dieses Umfelds befand. Es war weiterhin eine maßlose, einnehmende, ungefilterte Lektüre. Und zu ihren Vorzügen zählte auch, dass sie nicht verpflichtend war. Sie bot ein Wissen, das sich vom schulischen Wissen unterschied, welches mir in den meisten Fällen gleichgültig war, mir langweilig vorkam. Ich denke, dass das tägliche Lesen in der Enzyklopädie ein wichtiger Faktor für meinen mentalen und emotionalen Ausweg aus der schwarzen Zeit war. Es war eine Etappe, sicherlich eine wichtige, bei meiner Anpassung an die Welt – wenn nicht an die normale Welt, so doch an die alltägliche und gewöhnliche Welt, an eine Welt, in der nicht in jedem Augenblick die schrecklichsten Gefahren hinter jeder Ecke lauern.

Ich wurde zu einem normalen Leser, als ich das fünfzehnte Lebensjahr erreichte. Nun beschränkte ich mich nicht mehr nur auf die Enzyklopädie und auf die Berichte darüber, was vor Kurzem geschehen war und was man nicht vergessen konnte. Ich begann, die städtische Bibliothek in Pruszków zu nutzen, die gut geführt und reich an interessanten Büchern war, auch an solchen, die vor dem Krieg erschienen waren. Mir fiel einer der Romane von Victor Hugo in die Hand – und er faszinierte mich. Ich stürzte mich auf andere Werke von ihm; sie kamen mir vielleicht deshalb entgegen, weil hier Berichte über Grausamkeiten eine so große Rolle spielen. In gewisser Hinsicht überlappten sie sich mit dem, was ich erlebt hatte. Doch bald darauf beschränkte ich mich nicht mehr nur auf die Werke dieses Schriftstellers, sondern begann, gefräßig die Romane anderer Klassiker zu lesen, polnischer wie auch ausländischer, die ohne jeden Zweifel für Erwachsene gedacht waren. Doch das ist nicht das Thema dieser Erzählung.

„Auch Deutsche sind Menschen“

Es war mein erster Urlaub am Meer. Ich fuhr mit Vater nach Misdroy. Wir wohnten in einer bescheidenen Pension. In dem Zimmer, das wahrscheinlich als Aufenthaltsraum dienen sollte und das, wie das gesamte Haus, ziemlich heruntergekommen war, stapelten sich alte Zeitschriftennummern wie im Wartezimmer eines Zahnarztes. Ich blätterte sie durch, denn die Phase des Nicht-Lesens hatte ich damals schon hinter mir gelassen, jedes gedruckte Wort zog mich an. Ich wühlte also in diesem Stoß Papier und mein Blick blieb an diesem oder jenem hängen, da gelangte ich zu dem lädierten Bogen der Wochenzeitung „Odrodzenie“. Es war gleich zu sehen, dass es eine ältere Ausgabe war. Ich bin mir nicht sicher, ob mir der Titel damals etwas sagte oder ob es meine erste Begegnung mit dieser damals bekannten Schrift war, Literaturblätter las ich in diesen Zeiten für gewöhnlich noch nicht. Jedenfalls erblickte ich auf der ersten Seite den mit Großbuchstaben geschriebenen Satz: „Die Deutschen sind Menschen“. Es war ein Ausschnitt aus einem Schauspiel des Schriftstellers Leon Kruczkowski. Viele Jahre später, als ich mich darauf vorbereitete, diese Erinnerungen aufzuschreiben, stellte ich fest, dass dieses Fragment in der Nummer vom 20. März 1949 erschienen war, mir also einige Monate später in die Hände fiel. Ich interessierte mich weder für die Wochenzeitung noch für das Drama, und auch nicht für seinen Verfasser; mich verblüffte der Satz „Die Deutschen sind Menschen“. Er verblüffte und empörte mich, ich wusste ja nicht, dass es sich um ein modernisiertes Zitat aus *Konrad Wallenrod* handelte. Er verblüffte und empörte in höchstem Maße, da er meine tiefsten Überzeugungen infrage stellte; ich empfand ihn als einen in sich widersprüchlichen Satz, so als würde jemand mitteilen: „Auch Bestien sind Menschen." Einige Jahre nach der Shoah konnte ich nicht begreifen, dass jemandem überhaupt so eine Formulierung aus der Feder fließt. Hätte ich gelesen: Die Deutschen sind Verbrecher, Missetäter, Henker, Barbaren, Mörder, so hätte mich das nicht nachdenklich gemacht, sondern ich hätte gedacht, dass dieser Satz eine unverrückbare Wahrheit verkündet und dass ich ihn nicht vergessen dürfe. Schließlich erinnert man sich nicht an Phrasen, die Selbstverständliches ausdrücken und bestätigen. Der Titel aus der „Odrodzenie" setzte sich tief in meinem Bewusstsein fest, da er den Erfahrungen widersprach, die ich in der Besatzungszeit gemacht hatte – er stieß mich ganz einfach ab.

Mein Bild von den Deutschen, oder besser von dem Deutschen, da sich in einer Einzelperson und dem, was sie tut, die gesamte Nation verkörperte, war überaus einfach: Das war der, der mich – dich, ihn – jeden Moment ermorden will. Und der es unweigerlich tun wird, wenn man in seine Hände gerät. Er ist nämlich ein Verbrecher und hat nur ein Ziel: solche wie mich umzubringen – und viele andere. Mit Sicherheit hatte sich dieses Bild nicht sofort herausgebildet; es hatte sich mit Inhalt gefüllt, als die „Endlösung" aus der Planungsebene in den Bereich der Realisierung überging, als ich sah, was geschah, und Sicherheit darüber erlangte, dass jeder Zusammenstoß mit einem Deutschen für mich zum unvermeidlichen Tod führen würde. Das war die unbestrittene Wahrheit in den Zeiten der Shoah, davon musste auch ein Kind wissen. Ich hatte sie rasch begriffen, denn derlei Lektionen, die direkt aus der Praxis, aus der Erfahrung, aus der Angst hervorgehen, werden im Sofortmodus übernommen. Nichts dergleichen war und konnte geschehen, was mich einige Jahre nach dem Krieg dazu hätte bringen können, diese Einsichten dem Vergessen anheim zu geben. Was ich gelernt hatte, musste sich schließlich zu Wort melden, als ich als ich die „Odrodzenie" mit dem in Großbuchstaben gedruckten Satz erblickte.

Auch wenn sich dieses Bild nicht sogleich gebildet hatte – fast direkt vom Beginn des Krieges an wusste ich, dass ein Deutscher jemand ist, vor dem man sich zu fürchten hat. Vielleicht war ich mir dessen im September 1939 nicht ganz bewusst. Ich hatte die Belagerung Warschaus direkt im Stadtzentrum überlebt, in der ulica Wspólna. Das war eine schreckliche Erfahrung: Zu unterschiedlichen Tages- und Nachtzeiten gingen wir in den Keller, in der Nähe fielen Bomben, eine schlug unmittelbar neben uns ein – doch trotz allem war das noch nichts. Vielleicht war ich zu klein, um mir über den Schrecken der Lage ein Bild zu machen, doch über eines bin ich mir sicher: Damals war der Deutsche gewissermaßen noch ein entfernter und auf seine Weise geheimnisvoller Feind, da man die Piloten nicht sah, die Bomben auf die belagerte Stadt abwarfen.

Er nahm sehr schnell Gestalt an. Dem ersten Terrorakt begegnete ich gleich nach der Niederlage, im Herbst 1939, noch vor der Übersiedlung ins Ghetto. Ein großer Teil der Familie hatte sich damals im Haus meiner Großeltern in Pruszków eingefunden. Eines Nachmittags kam eine Gruppe von Leuten unter Anführung des Gendarmen Rothimmel, um Möbel aus dem Schlafzimmer zu beschlagnahmen. Dieser Polizist war ab dem Einmarsch der Besatzer zum Schrecken der kleinen Stadt geworden und für mich zur ersten Verkörperung des Deutschen. Er war groß, brüllte für gewöhnlich auf Deutsch herum, obwohl er angeblich gar nicht schlecht Polnisch sprach, da er, wie es Gerüchte wollten, aus Oberschlesien kam. Damals ahnte man noch nicht, wie die Besatzungszeit sein würde. Die Tatsache, dass Kerle kamen, um ohne Federlesen Betten und Nachttischchen fortzutragen, rief zweifellos einen Schock hervor. Für mich war das eine wichtige Erfahrung, erstmals wurde ich zum Augenzeugen deutscher Gesetzlosigkeit. Und ich merkte mir dieses Ereignis gut, auch das Geschrei des Gendarmen. Heute denke ich jedoch an etwas anderes. Die Möbel aus dem Schlafzimmer meiner Großeltern – sie waren gewiss solide und bürgerlich, zeichneten sich aber durch nichts Besonderes aus – waren einfach nötig, weil in Pruszków eine Wohnung für einen

Nazi-Bonzen eingerichtet wurde. Es ist bemerkenswert, dass sie sich nicht vor dem Kontakt mit Gegenständen ekelten, die von Juden stammten und allein dadurch verseucht waren, dass sie sie berührt hatten. Darüber habe ich unlängst besonders intensiv nachgedacht, nachdem ich in der Kunstgalerie „Zachęta" eine Fotoausstellung über das Schicksal polnischer Juden betrachtete. Es gab hier ein Bild, auf dem deutsche Soldaten zu sehen waren, die aus jüdischen Wohnungen herausgebrachte Betten verbrannten, da sie Brutstätten von Schmutz, Seuchen und Insekten seien.

Der Gendarm war eine stadtbekannte Figur. Später lässt sich nur schwer von konkreten Personen sprechen, nicht nur, weil ihre Namen unbekannt blieben. Die Deutschen waren vielmehr eine Gattung, in der es müßig wäre, einzelne Exemplare zu unterscheiden, denn alle – im Ghetto ebenso wie auf der arischen Seite –, machten mit den Juden dasselbe und existierten überhaupt nur, um das zu tun. Es war die Gattung jener, die eine neue Ordnung eingeführt hatten und deren Gesetze rücksichtslos durchsetzten. Eine Gattung von Henkern, die sich Deutsche nannten. Individualisierungen waren überflüssig; eine vor einer jagenden Katze fliehende Maus macht sich auch kaum Gedanken darüber, ob sie graubraun oder schwarz ist, es ist ihr egal, ob sie Mieze oder irgendwie anders heißt. Ich höre, dass sich in den letzten Jahren weltweit eine Tendenz ausbreitet, diejenigen, die das Programm zur Endlösung ausgedacht und umgesetzt haben, nicht Deutsche zu nennen, sondern Nazis, um dadurch nicht die gesamte Nation mit der Verantwortung für das Verbrechen zu belasten. Doch damals redete man nur und ausschließlich von Deutschen. Ich gestehe, dass ich auch heute in diesem Zusammenhang keinen anderen Ausdruck verwenden könnte, obgleich ich mir natürlich bewusst bin, dass nicht alle Angehörigen dieser Nation in dieser Zeit zu Schergen wurden; einige mochten nichts darüber gewusst haben, was ihre Landsleute taten. Mir geht hier aber ein Gedanke durch den Kopf, der oft geäußert wird, wenn derlei Dinge zur Sprache kommen: Gesellschaften wissen nichts darüber, worüber sie nichts wissen wollen.

Und insofern schien mir die Formulierung „Die Deutschen sind Menschen“ einige Jahre nach Kriegsende extrem verlogen zu sein, sie schien diejenigen zu nobilitieren, die das nicht verdient hatten; ich begriff schließlich, dass das Wort „Menschen“ in diesem Satz eine besonders wertende Bedeutung hat. Dennoch gab es mir – vielleicht – noch nicht zu denken, dass ihm eine teils polemische Färbung nicht fremd ist. Der Ausdruck ist hier die Antwort auf etwas, was zweifelhaft und unklar ist, wo doch niemand unter welchen Umständen auch immer festgestellt hätte, dass Franzosen, Amerikaner oder Polen Menschen sind, denn solche Selbstverständlichkeiten kleidet man nicht in Worte. Doch kann man – selbst wenn man anerkennt, dass es eine Antwort auf allgemein vorhandene Zweifel ist – dieses Wort in einer solch wertenden Bedeutung auf Personen anwenden, die so viele Menschen umgebracht haben (hier ist dieser Ausdruck an der richtigen Stelle!), auf Personen, die eine Welt des Verbrechens geschaffen haben? Und habe ich, den sie auch ermorden wollten (wozu es nur aufgrund einer ganzen Reihe glücklicher Zufälle oder gar Wunder nicht kam sowie durch die Hilfe großartiger, sich oft dem Tod aussetzender Leute), das Recht, dieses Wort für die Deutschen zu verwenden?

Ich habe mir vor Kurzem bewusst gemacht, dass sich im damaligen Ghettogebrauch – oder allgemeiner: Besatzungsgebrauch – die Bezeichnung „Deutsche“ (*Niemcy*) vor allem, wenn nicht ausschließlich, auf Männer bezog. Frauen kamen eigentlich nicht in Betracht, wenn auch sicherlich nicht deshalb, weil man dachte, sie seien edler und würden sich an dem verbrecherischen Tun nicht beteiligen. In diesen Zeiten hatte ich mit Sicherheit noch nicht von solchen Heroinen der Welt der Konzentrationslager wie etwa Ilse Koch gehört; von der Existenz solcher Verbrecherinnen erfuhr ich erst nach dem Krieg, so wie ich erst viele Jahre später in Dokumentarfilmen Horden junger Mädchen sah, die zu Ehren Hitlers demonstrierten, oder hysterische, in Ekstase verfallende Weibsbilder, die ihren Führer hochleben ließen. Damals aber assoziierte ich Deutsche ausschließlich mit Männern, das lehrte die Erfahrung, und ich dachte wohl nicht, dass der Name auch Frauen umfasse. Zweifellos haben sie aber zu dem beigetragen, was geschah, wenn auch in geringerem Maße und auf nicht so spektakuläre Weise.

Wer Angst hervorrief und zum Inbegriff des Verbrechens wurde, war der Deutsche, der Deutsche in Uniform; ich habe damals nichts über Schreibtischmörder gewusst, von denen zumindest ein Teil zivile Kleidung trug. Ich war mir bewusst, dass ein solcher Deutscher mit mir, mit meiner Familie, mit den Einwohnern des Ghettos und später mit denen, die sich auf der arischen Seite versteckten, alles machen würde, was ihm gefiel – also foltern und umbringen. Er war im allerbuchstäblichsten Sinn ein Herr über Leben und Tod, und das unabhängig davon, ob er mit den Schulterklappen eines Generals protzte oder ein einfacher Soldat oder gar ein Fußabtreter unter seinen Landsleuten war. Und du, der du seiner Macht unterliegst, bist noch nicht einmal ein Untertan, du bist von vornherein verurteilt, zum Abschuss freigegeben, in deinem Prozess ist das Urteil bereits gesprochen, und du kannst nicht auf die Berücksichtigung mildernder Umstände rechnen, auf Gnade oder auf was auch immer, was dir das Leben retten könnte. Die Rassenideologie lässt keine Abweichungen zu, sie schließt Ausnahmen aus, ist rücksichtslos und in ihrem Determinismus konsequent. Natürlich dachte ich in jenen Jahren nicht in solchen Worten darüber – ich hätte derartige Formulierungen gar nicht gebrauchen können –, doch schließlich teile ich mein damaliges Wissen in heutiger Sicht mit, wohl ein Allgemeinwissen, unter denen, die dem Plan der Endlösung unterlagen, unabhängig von ihrem Alter. Deutsche waren diejenigen, die die Juden konsequent, programmatisch, mitleidslos ausrotteten und eigentlich nur existierten, um zu quälen, zu foltern und zu töten. Zunächst einzeln oder in kleinen Gruppen, und später, als die Etappe der Deportationen gekommen war und der Name einer kaum jemandem bekannten Ortschaft – Treblinka – bedrohlich zu klingen begann, massenhaft. Um sich diese Dinge bewusst zu machen, bedurfte es keiner besonderen Anstrengung, es war ein im wahrsten Sinne des Wortes landläufiges Wissen, niemand musste es lehren oder in seinen Geltungsbereich einführen, es ergab sich aus der täglichen Erfahrung.

Ich fürchtete mich vor den Deutschen und hasste sie. Hätte mir damals jemand gesagt, es gäbe „gute Deutsche“, so hätte ich nicht geglaubt, dass solche durch die Welt gehen; es hätten höchstens Figuren aus einer fantastischen Erzählung sein können, außerhalb der Grenzen der tatsächlichen Welt gelegen, mehr noch – außerhalb des Vorstellungsvermögens. Ich sah keinen „guten Deutschen“, ich sah lediglich Henker. Und wer kein Henker war oder es zumindest nicht sein wollte, wurde als Mörder betrachtet, das ergab sich aus seiner Rolle und seiner Verfassung. In einer vom Besatzungsterror erfassten Welt gab es vor diesem Henker keine Flucht, es gab sie noch nicht einmal, wenn man sich in einer bestimmten Situation verstecken konnte, um den tödlichen Hieben zu entgehen. Es gab Angst, eine höchst durchdringende und intensive Angst, denn es war bekannt, dass das Leben auf dem Spiel stand; es gab Hass, aber auch ... ein Gefühl von Ratlosigkeit, das Bewusstsein, dass sich den Deutschen, die ja keine Menschen sind, niemand entgegenstellen könnte, dass niemand in der Lage wäre, zu verhindern, was sie taten. Zumindest hier und heute nicht. Denn in jenen seltenen Momenten, in denen auch nur ein kleiner Schatten Optimismus am Horizont auftauchte, malten sich die Erwachsenen aus, wie sich die Dinge nach einer deutschen Niederlage entwickeln würden. Der Gedanke, dass der Verbrecher, dem gegenüber man heute völlig wehrlos war, bezwungen wird, brachte zweifellos Trost, und war es auch nur für eine Weile.

Auch mir waren derlei Visionen – ich erlebte sie als Kind – nicht fremd. Eines Tages Ende Juli oder Anfang August 1942, also in einer Zeit, in der die Deportationen nach Treblinka in vollem Gang waren, zog ein schweres Gewitter über Warschau (vielleicht gab es auch gar kein Gewitter und alles geschah im Bereich meiner Fantasien, heute hat das keine größere Bedeutung). Der Abend kam und ich lag schon im Bett, schlief aber noch nicht, vielleicht befand ich mich in jener schwer zu beschreibenden Zone irgendwo zwischen Schlafen und Wachen. Und plötzlich stellte ich mir vor, dass die wütenden Blitze den Menschen ausweichen und den Häusern, in denen sie leben, und sich nur gegen die Deutschen richten. Vor meinen Augen sah ich, wie sie in ihre Gebäude einschlugen, sie zerstörten, vor allem aber ... sie selbst töteten. Ich ergötzte mich daran, wie ihre eleganten, untadelig sauberen Uniformen sich in bluttriefende Fetzen verwandelten – und diese Traumbilder, die durch mein Bewusstsein zogen, verschafften mir eine große, geradezu sadistische Befriedigung. Mich faszinierte, dass die Henker selbst zu Opfern wurden, dass diese mächtigen und schön gewachsenen Männer sich, und sei es durch ein Gewitter, denen annäherten, die sie demütigten, verfolgten ... und schließlich ermordeten. Diese Geschichten aus dem Grenzbereich von Traum und Wirklichkeit waren überaus konkret, damals war ich bereit, ihnen Glauben zu schenken. Sie verschwanden nicht, als ich mir darüber klar wurde, dass sie nur Hirngespinste waren, in denen sich meine Wünsche und Träume melden. Sie verschwanden auch nicht, als ich begriff, dass Blitze – echte oder auch nur eingebildete – nicht dort einschlugen, wo sie hätten einschlagen sollen, dass das Gewitter fortgezogen war. Die umliegende Welt des untergehenden Ghettos hatte sich überhaupt nicht verändert und aufgrund der gewaltigen Entladungen, die ich ja vielleicht auch nur geträumt hatte, war keinem Deutschen etwas geschehen; die Blitze hatten selbst die allerschlimmsten nicht erwischt. Viele Jahre später denke ich, dass diese Hirngespinste an der Grenze von Traum und Wirklichkeit nicht deshalb meine Fantasie beherrschten, weil ich auch nur einen Augenblick an eine gerechte, von der Natur oder Gott garantierte Ordnung geglaubt hatte, sondern dass sie gekommen waren, weil ich Trost suchte und ganz einfach ersehnte, dass es so kommen möge. Ich wollte glauben, dass von irgendwo Rettung nahen würde. Sie kam nicht in der realen Welt, also erwartete ich, dass sie von Blitzen aus dem Gewitterhimmel kommt. Ich frage mich jedoch nach über einem halben Jahrhundert, ob in diesen Visionen, die an dem Sommerabend vor meinen Augen vorüberzogen, nicht auch ein Hauch Faszination zugegen war, wie sie ein Opfer seinem Henker entgegenbringen kann.

Ich erinnere mich nicht, dass ich noch ein anderes Mal geträumt hätte, wie sich die Natur gegen die Deutschen auflehnt und auf diese Weise den Verfolgten zu Hilfe kommt. Vielleicht hatte ich jede Hoffnung verloren, oder vielleicht glaubte ich, so wie die Erwachsenen, dass nur ihre Niederlage zur Befreiung führen würde. Auf jeden Fall wusste ich, als ich mich auf der arischen Seite versteckte, dass die Deutschen diejenigen sind, die mich umbringen wollen und das mit Sicherheit auch tun werden, wenn sie mich erwischen. Das war die grundlegende Definition des Deutschen – diesbezüglich hatte sich nichts geändert und konnte sich nichts ändern. Ich wusste, dass man nur einmal in deutsche Hände fallen kann, so wie auch ein Mineur nur einmal einen Fehler begeht.

In der unmittelbaren Nachkriegszeit, die immer noch eine Zeit der Kindheit war, aber auch viel später, waren Deutsche für mich ein Symbol oder auch eine Verkörperung von allem Bösen. Ich wusste, was sie getan hatten, welche Wirklichkeit sie erschaffen hatten, wie viele Verbrechen sie begangen hatten, wie viele Menschen sie ermordet hatten, darunter auch Personen, die ich gekannt hatte und an die ich mich erinnerte, etwa meinen engsten Vetter Adaś Rozenowicz, der gleichaltrig war, nur wenige Monate jünger als ich. Es war nicht so, dass ich immer noch darüber nachdachte, dass ich immer noch zu diesen schrecklichen Erinnerungen zurückkehrte; ein derartiges Bild von den Deutschen, das von der Holocaust-Erfahrung nahegelegt wurde, existierte in meinem Bewusstsein wie etwas von vornherein Gegebenes, etwas Fertiges, Natürliches, was es ausfüllte und noch nicht einmal verbalisiert werden musste, so wie all diese Dinge und Beobachtungen, die keinen Zweifel wecken können, keine eigene Beschreibung brauchen. Und genau darum reagierte ich mit so scharfer Verwunderung auf die Phrase „Die Deutschen sind Menschen“. Sie rief bei mir nicht nur Abneigung hervor, sie löste auch Empörung aus, ich erinnere mich bis heute daran.

Ich stellte keine Rechnung des Unrechts auf; das wäre überflüssig gewesen, da die Gesamtsumme allgemein bekannt war. Grausame Visionen, ähnlich denen, die mir an jenem Sommertag während der Liquidierung des Ghettos gekommen waren, suchten mich nicht mehr heim, und es zogen mich auch keine Bilder mehr an, auf denen Deutschen Gerechtigkeit zuteilwird – durch Gott, die Kräfte der Natur, die Sieger, irgendjemand oder irgendetwas anderes ... Ich dachte nicht an Rache, vielleicht deshalb, weil ich mir darüber im Klaren war, dass man dem, was getan worden war, nicht mit Vergleichbarem entgegnen kann, wenn man nicht den Grundsatz „Auge um Auge" anwenden möchte, der in Übersetzung in die modernen Realitäten gelautet hätte: „Gaskammer um Gaskammer". Ich bin nicht sicher, ob ich damals darüber nachgedacht habe – wohl nicht, obwohl ich so manche Meinung hierüber gehört haben muss –, doch schreibe ich hier nicht über logisch aufgebaute Ansichten, sondern ich versuche meine Gefühle zu rekonstruieren und das, was mein Bewusstsein ausfüllte, das Bewusstsein eines damals schon mehrere Jahre alten Jungen, der durch ein absolutes Wunder dem Tod entronnen war und die Ermordung der Welt sah, in der er lebte.

Kann ich hier von Hass sprechen? Ich denke, dass das in diesem Augenblick nicht das passendste Wort war, selbst wenn es auf der Palette der Emotionen, die für meine Haltung gegenüber den Deutschen entscheidend waren, durchaus einen Platz einnahm. Ich würde an erster Stelle Verachtung und Abscheu nennen. Verachtung für die, die sich zu den schrecklichsten Verbrechen hinreißen ließen – und keine Menschen sind; Abscheu für die, die fähig waren, etwas zu tun, was niemand zuvor getan hatte, zu Taten, die alles Vorstellbare überstiegen. Verachtung und Abscheu befanden sich in harmonischer Koexistenz, und ich assoziierte sie nicht mit dem Gedanken an Rache, sondern mit etwas anderem, was schwer präzise und eindeutig zu bezeichnen ist. Ich finde keinen passenden Ausdruck, will also folgendermaßen formulieren, wie ich damals dachte: Ich verachte und verabscheue die Deutschen so sehr, dass ich mit ihnen nichts zu tun haben will; ich will ihnen nie mehr auf meinem Lebensweg begegnen und deshalb muss ich mich so verhalten, als hätten sie zu bestehen aufgehört; ich will mich nie mehr in der Nähe eines Deutschen befinden, ich will mit ihnen nie mehr in Kontakt kommen oder sie berühren, so wie ich auch kein Stück Scheiße berühren würde. Verachtung und Abscheu hatten eine konkrete, geradezu körperliche Dimension, und ihre Folge war die Idee vollständiger Isolierung. Mit Mördern geht man keine Allianzen ein, mit ihnen spricht man nicht und unterhält keine Kontakte.

Das war meine Sicht der Deutschen in der Zeit gleich nach dem Krieg, also in meinen Reifejahren. Sie hatte einen integralen Charakter; im Grunde wurde sie von nichts gestört, kein Zweifel schlich sich ein. In meiner realen Welt gab es keine Person mehr, die ich mithilfe des Wortes „Deutscher" hätte bezeichnen können. Die Deutschen gehörten der Vergangenheit an, der schrecklichsten aller möglichen, aber doch der Vergangenheit. Ich interessierte mich damals nicht für Politik und verfolgte nicht, was mit ihnen nach der Niederlage geschah, ich erfuhr nur die wichtigsten Ereignisse, die man nicht überhören konnte. Doch sie berührten mich nicht allzu sehr, denn ich wollte die Existenz der Deutschen vergessen, so wie man sich gelegentlich wünscht, dass nächtliche Albträume dem Vergessen anheimfallen mögen. Vergessen oder zumindest die Erinnerung an sie so unterdrücken, dass sie so selten wie möglich wiederkehren. Das ist mir nie zur Gänze gelungen.

Dieses Verhältnis zu den Deutschen betraf die Menschen, doch die Dinge wurden komplizierter, wenn die deutsche Kultur ins Spiel kam. Als nach dem Krieg zu Hause ein Radio auftauchte, begeisterte ich mich für Musik – und zwar nicht für Lieder, Tanzstücke oder überhaupt Unterhaltungsproduktionen, die im Rundfunkprogramm überwogen. Bach liebte ich vom ersten Hören an, leidenschaftlich und kritiklos. Ich erkannte rasch an, dass er der größte Komponist war, der jemals auf Erden gelebt hat (dieser Überzeugung aus Jugendjahren bin ich bis heute treu geblieben). Ich verfolgte die in den Zeitungen gedruckten Programme, um kein Werk von Bach im polnischen Rundfunk zu verpassen. Ich dachte nicht darüber nach, dass er Deutscher war. Bach war für mich Bach, so wie Mozart Mozart war, Beethoven Beethoven und Brahms Brahms. Die Kategorie der deutschen Musik hatte zu bestehen aufgehört, und das nicht nur für mich; ich glaube, dass diese Haltung verbreitet war. Schließlich waren diese großen Klassiker verbotswidrig auch im Ghetto gespielt worden und ihre Werke waren im besetzten Warschau von polnischen Künstlern aufgeführt worden, die in Kaffeehäusern auftraten. Ich hätte mich in jener Zeit, als sich meine jugendliche musikalische Faszination entwickelte, gewundert, hätte mir jemand gesagt, dass diese genialen Komponisten die deutsche Kultur verkörperten. Es war eine Vorbedingung, um das Hören ihrer Werke zu ermöglichen, dass man diese Tatsache ausblendete, aus seinem Bewusstsein herausbeförderte. Dem kam auch entgegen – zumindest was Bach angeht –, dass hauptsächlich Instrumentalwerke gesendet wurden, während Vokalkompositionen auf deutsche Texte in Polen im ersten Nachkriegsjahrzehnt meist in Übersetzung aufgeführt wurden. Es war schlicht und einfach nur Musik. Daneben gab es aber auch deutsche Musik, an die in dieser Zeit durchaus nicht erinnert wurde. Sie wurde von Wagner vertreten, einem Künstler, den die Nazis – also die Deutschen – als ihren Schirmherren betrachtet hatten. Sein Werk durfte ganz einfach nicht zur Musik gehören. Obwohl meine musikalischen Vorlieben breit sind und sich nicht auf bestimmte Epochen und Gattungen beschränken, hat Wagner mich nie interessiert, nie habe ich seine Musik schätzen gelernt. Und das nicht nur, weil ich an pathetischen, sich unendlich hinziehenden Opern keinen Gefallen finde; die Emotionen und Vorurteile aus der Jugendzeit verjähren nicht.

Etwas schwieriger war es, davon auszugehen, dass die deutsche Literatur keine deutsche Literatur sei. Ich erinnere mich nicht, wann ich zum ersten Mal das Buch eines deutschen Autors gelesen habe, ich erinnere mich nicht, was für ein Buch das gewesen war. Mit großem Interesse verschlang ich den seinerzeit aufsehenerregenden Roman *Jeder stirbt für sich allein* von Hans Fallada, auch wenn es mir zweifellos schwerfiel, in diese so fremde deutsche Welt einzudringen; mich interessierte jedoch, wie sie sich darstellt, wenn man sie von innen betrachtet. Während des Studiums musste ich einige klassische Werke der deutschen Literatur lesen, ihre Kenntnis war für das Examen über allgemeine Literatur verpflichtend. An die Lektüre der Werke Goethes und Schillers machte ich mich ohne Widerstände, ich machte mir darüber keine Gedanken, war aber gewiss der Meinung, dass sie der europäischen Kultur angehören. Ein großes Ereignis war für mich die erste Berührung mit dem Schaffen von Thomas Mann. Mir fiel eine kleine Sammlung von Erzählungen in die Hände, in der sich auch *Tonio Kröger* befand, die sofort zu meiner Lieblingsnovelle wurde. In diesem Fall musste ich, um einen zeitgenössischen deutschen Autor zu lesen, nichts annehmen, ich musste keine Abneigung überwinden, wusste ich doch, dass Mann ein Gegner Hitlers war und sich die gesamte Zeit der Nazi-Herrschaft hindurch in der Emigration befunden hatte. Wenn überhaupt die Kategorie des „guten Deutschen“ denkbar war, dann war er einer von ihnen. Doch war er überhaupt ein deutscher Schriftsteller? Vielleicht war er ganz einfach nur ein Schriftsteller, so wie Johann Sebastian Bach nur ein Komponist war? Der eine wie der andere ohne das auf ihre Nationalität verweisende Adjektiv.

Wenn jemand wie ich darüber erzählt, wie er die Deutschen gesehen hat und das, was deutsch ist – jemand, der das Warschauer Ghetto und das Untertauchen auf der arischen Seite überlebt hat, jemand, der sich unaufhörlich daran erinnerte, dass ein Deutscher ein Schuft ist, der dich sofort umbringt, wenn du ihm in die Hände fällst –, dann komme ich nicht umhin eines zu fragen: Hat auf meine Sicht dieser Dinge und überhaupt auf meine Haltung die antideutsche Propaganda Einfluss gehabt, die sich nach 1945 lebhaft entwickelte? Sie sollte unterschiedliche Funktionen erfüllen, unter anderem, die neue kommunistische Regierung zu legitimieren, doch scheint mir, als sei sie in Fällen wie meinem ganz und gar überflüssig gewesen. Meine Sicht der Deutschen war so eindeutig und einheitlich, dass hier schwer etwas verstärkt werden konnte. Auf unterschiedlichen Gebieten war ich, wie fast alle, der unglaublichen Propagandakanonade ausgeliefert, die sich mit unterschiedlicher Intensität von den ersten Tagen Volkspolens an ausbreitete. Diesbezüglich behielt ich jedoch einen kühlen Kopf, zumal die antideutsche Propaganda zu einem Teil der antiwestlichen Propaganda wurde oder meist ... zu einem Vorwand für sie. Man redete über Deutschland, wollte aber Amerika treffen, das überzeugte mich nicht mehr.

Seitdem auf der Europakarte ein Gebilde mit dem Namen Deutsche Demokratische Republik auftauchte, empfand ich diese Propaganda als eindeutig verlogen oder gar absurd – was ich mir zugutehalte, denn es erlagen ihr ungleich reifere Menschen als ich, selbst große Schriftstellerinnen, die dem Kommunismus ansonsten abneigend gegenüberstanden. Es fiel mir tatsächlich schwer zu glauben, dass auf der einen Seite der Grenze nur böse Deutsche leben und auf der anderen Seite nur gute, sodass ich die einen hassen soll, die anderen aber lieben. Als dieser Propagandastil zu dominieren begann, war ich noch ein Schüler, dann ein junger Student; ich kannte mich mit ihren Geheimnissen nicht aus, war nicht in der Lage, mir klarzumachen, wie ihre Mechanismen funktionieren, doch in dieser Frage hegte ich keinen Zweifel – das war kompletter Quatsch. Die jahrzehntelang aufdringlich wiederholten Apologien der DDR empfand ich als außerordentlich verlogen und unangemessen. Die dichotomischen Unterteilungen waren so primitiv, dass man nicht anders konnte, als sie abzulehnen, was in meinem Fall keine Mühe machte, da es mir wirklich egal war, auf welcher Seite der Elbe die Deutschen wohnten. Die einen wie die anderen waren mir gleichermaßen fremd, mit den einen wie den anderen wollte ich nichts zu tun haben. Über die einen wie die anderen dachte ich das Schlechtmöglichste, stets damit verbunden, was in den schwarzen Jahren geschehen war. Wenn ich die Presse las, übersprang ich in der Regel alles, was Deutsche und Deutschland betraf. In einer bestimmten Zeit, viele Jahre nach dem Krieg, verstand ich immerhin, dass man ihre Existenz in Europa nicht ignorieren kann. Doch ich sah das als politisches Problem, das naturgemäß weit von mir entfernt war, da ich kein Politiker bin und es nie sein werde. Den berühmten Bischofsbrief von 1965 nahm ich mit Verständnis zur Kenntnis – nicht so sehr, weil mich die Idee der Vergebung anzog (ich hatte nie darüber nachgedacht), sondern weil ich begriff, dass eine unaufhörlich geschürte Feindschaft gegenüber den Deutschen eine immer größere Abhängigkeit Polens von Russland begünstigt. Diesen Brief interpretierte ich als wichtige Geste, doch hatte er keinen Einfluss auf eine Veränderung meiner Haltung gegenüber den Deutschen. Sie stellten weiterhin eine völlig fremde Welt dar, es fiel mir immer noch schwer zu glauben, dass es „dort Menschen gibt und sie dort eine Seele haben".

Bis 1963 traf ich mit keinem Deutschen persönlich zusammen. Ich strebte nicht nach derlei Begegnungen, denn ich lebte ja in einem geschlossenen Land und – obwohl es nach 1956 weniger abgeschottet war als in den Jahren des strengen Stalinismus – es gab keine Gelegenheit dazu. Ich weiß nicht, wie ich in den ersten Nachkriegsjahren reagiert hätte, wenn ich einen Deutschen getroffen hätte; wahrscheinlich hätte ich nicht mit ihm sprechen wollen. 1963 hielt ich mich acht Monate in Paris auf. Die Einrichtung, die die ausländischen Stipendiaten betreute, organisierte Wochenendausflüge zu unterschiedlich interessanten und kulturhistorisch wertvollen Orten. Ich nahm gerne daran teil, die Kosten waren nicht übertrieben und ich wollte so viel wie möglich sehen. Ich fühlte mich, als hätte man mich aus einem Käfig freigelassen, ich wusste nicht, wann ich wieder einmal über die Grenze würde flattern können und ob mir das überhaupt noch einmal erlaubt würde. Während dieser Ausflügen kam ich mit Personen aus unterschiedlichen Ländern zusammen, ja aus unterschiedlichen Teilen der Welt, denn es gab ziemlich viele Gäste aus Lateinamerika. Ich sprach Französisch mit ihnen, nahm jedoch schnell wahr, dass einige von ihnen, mit denen ich in dieser Sprache redete, untereinander Deutsch sprachen. Sie kamen mir sympathisch vor, offen, intelligent, doch als ich hörte, was ihre Muttersprache war, fühlte ich mich unwohl. Ich konnte mich einfach nur schwer damit abfinden, dass ich einen zwar relativ konventionellen, aber dennoch kollegialen Umgang mit Deutschen hatte. Ich ließ mir das nicht anmerken, fühlte mich aber nicht gut in meiner Haut. Ich meinte, dass das, was ich tat, höchst unstatthaft sei, und dass ich gewissermaßen meinem ganzen bisherigen Leben untreu werde. Vor allem schien es mir ein Verrat an denen zu sein, die umgekommen waren, sowohl mir nahestehende Menschen als auch Fremde. Nach einiger Zeit nahm ich, um mein Wohlbefinden wiederherzustellen, bei dem Gedanken Zuflucht, dass es deutschsprachige Schweizer oder – schlimmstenfalls – Österreicher waren (Österreicher schienen mir trotz allem weniger schrecklich zu sein als Deutsche, vielleicht deshalb, weil man damals nicht daran denken wollte, dass ihr Anteil an den Verbrechen durchaus beträchtlich war). Als ich die Situation besser überblickte, musste ich von den Illusionen Abstand nehmen. Es waren tatsächlich Deutsche. Das gab mir zu denken.

Ich begann darüber nachzudenken, ob ich zu diesen jungen Menschen, meinen Altersgenossen oder – meistens – etwas jüngeren Leuten, dieselbe Beziehung haben könnte wie zu allen anderen Deutschen. Ich kannte damals noch nicht die Wendung, mit der man diese Generation bezeichnet: „Gnade der späten Geburt“, eine Wendung, die wohl von Kanzler Kohl gebraucht worden ist. Damals war sie noch nicht bekannt, sie verlieh aber einer Tatsache Ausdruck, die man unmöglich verkennen konnte: Unter Hitlers Herrschaft waren diese Menschen noch zu jung, um am großen Mechanismus des Verbrechens teilzunehmen, und sei es auch nur als Hilfskraft. Ich hätte natürlich annehmen können, dass das

Verbrechen vom Vater auf den Sohn übergeht, es also eine kollektive Verantwortung gibt, die daraus herrührt, dass man so schreckliche Verfehlungen durch nichts abwaschen kann, da die Sünde des Völkermords jeden kennzeichnet, der zur mordenden Gemeinschaft gehört hat, gehört oder gehören wird. Diese Konzeption schien mir zu irrational und zu einfach zugleich, als dass sie mich hätte zufriedenstellen können. Ich musste deshalb notwendigerweise erkennen, dass ich mein Verhältnis zu den Deutschen um ein neues Element ergänzen musste: den Faktor der Generation. Ich möchte vernünftig denken, kann also nicht nur diejenigen nicht beschuldigen, die sich damals, als die schwarzen Jahre andauerten, außerhalb des Einflussbereichs von Hitlers Staat befanden. Ich kann auch keine Vorwürfe gegenüber jenen erheben, die damals Kinder oder überhaupt noch nicht auf der Welt waren. Das Kriterium der Generation blieb ein fester Bestandteil meiner Sicht der Deutschen, es ist bis heute lebendig, selbst wenn seit dem Ende des Kriegs mehr als ein halbes Jahrhundert vergangen ist.

Die Kontakte zu denen, mit denen zusammen ich Rouen oder die Loire-Schlösser besichtigte, waren nicht intensiv, sie waren flüchtiger Natur und diese Personen blieben für mich anonym. Enger kam ich ein Jahr später mit einem jungen Deutschen in Berührung, wieder in Warschau. Er sprach gut, wenn auch mit deutlichem Akzent Polnisch, aber es gab keine Verständigungsschwierigkeiten. Er war hergekommen, um seine Sprache zu verbessern, vor allem aber, um Material zu einer Arbeit über Mickiewicz zu sammeln. Mit diesem Menschen, heute einem bedeutenden Slawistikprofessor, einem hervorragenden Kenner der polnischen Literatur von Kochanowski bis Gombrowicz und ihrem versierten Übersetzer, konnte ich über die unterschiedlichsten Dinge sprechen ... und ihn vorbehaltslos als Kollegen behandeln. Nur einmal fühlte ich mich angewidert und angeekelt: Als er eingestand, dass sein Vater 1933 aktiv Hitler unterstützt hatte; er hatte einer NS-Organisation angehört oder war sogar einer ihrer Schläger gewesen. Ich erzählte meiner großartigen Freundin Zofia Stefanowska davon, und sie fragte mich: „Glaubst du, dass die guten Deutschen vom Storch gebracht werden?" Ich gab zu, dass diese schönen Vögel hier nicht an der Arbeit gewesen sein dürften, und nach Jahren musste ich mich damit abfinden, dass auch die guten Russen nicht von Störchen gebracht werden. Ich habe darüber nachgedacht, als mir bewusst wurde, dass viele Dissidenten, die tapfer gegen das totalitäre Ungeheuer gekämpft haben, Söhne oder – häufiger – Enkel stalinistischer Würdenträger waren, die schreckliche Dinge auf dem Gewissen haben.

Auch später kreuzten Deutsche aus beiden Teilen des geteilten Landes auf, ich kenne sogar einen, dem es in der DDR zu langweilig wurde und der beschloss, sich zu polonisieren, was ihm auch gelang. Diese Kontakte riefen bei mir keine größeren Empfindungen mehr hervor, zumal sie in den meisten Fällen von kurzer Dauer waren und sich auf berufliche Angelegenheiten beschränkten, sie alle genossen das Privileg der späten Geburt. Die meisten solcher Begegnungen hatte ich in den Jahren 1973 und 1974, als ich ein Jahr lang an der Universität Amsterdam arbeitete. Damals wurde mir deutlich bewusst, dass ich die Deutschen weiterhin nicht wie alle anderen behandle, dass ich weiterhin nicht vermeiden kann, darüber nachzudenken, was in den schwarzen Jahren geschehen war – und dass ich meine Erfahrungen nicht vergessen kann. Dass ich in ihnen immer noch Menschen mit Makel sehe, Menschen, die sich nie von ihrer großen Sünde befreien können. Davon zeugen zwei kleine Ereignisse.

Den einjährigen Aufenthalt in den Niederlanden hatte ich so geplant, dass ich die Pausen zwischen der Arbeit an der Universität dazu nutzen würde, Europa zu bereisen. Das zwang mich dazu, in Konsulaten vorstellig zu werden, um Visa zu besorgen. Meist hatte ich damit keine Schwierigkeiten, eine Ausnahme war jedoch das deutsche Konsulat. Mich bediente stets dieselbe Beamtin: eine kräftige, nicht mehr junge Blondine. Sie war abstoßend unsympathisch und behandelte mich so, als sei ich ihr persönlicher Feind. Offensichtlich wollte sie mir Mühe bereiten, denn als ich ihr die Einladung der Universität Bochum zeigte – damals wollte ich zum ersten Mal in meinem Leben nach Deutschland fahren –, bestritt sie deren Authentizität. Ich will nicht weiter über diese Bürokraft erzählen, ich interessiere mich vielmehr für meine Reaktion. Wäre es um eine Beamtin irgendeiner anderen Nation gegangen, so hätte ich wohl gedacht: Was für ein abscheuliches, bösartiges Weib, ich hätte vielleicht auch – denn innere Monologe sind oft vulgärer als das, was man laut sagt – das schöne Wort *biurwa* gebraucht. Damit hätte es zweifellos sein Bewenden gehabt. Doch die Dinge kamen im Fall dieser stämmigen Blondine anders, die aussah, als sei sie ein eigens gezüchtetes, geradezu beispielhaftes Exemplar der nordischen Rasse nach Nazi-Vorstellungen. Ich sah in ihr eine Deutsche, also eine Verkörperung der Gattung, ein Symbol der Nation. Und sofort stellte ich sie mir vor, wie sie vor Jahrzehnten, in ihrer schon recht entlegenen Jugend, in einem Umzug mit passenden Transparenten mitmarschierte und Schlagwörter zu Hitlers Ehren ausstieß. Sogar noch mehr: Ich erblickte in ihr die Wächterin eines Konzentrationslagers, ein Ungeheuer aus Auschwitz oder Ravensbrück. Der Weg von der Henkerin bis zur unsympathischen und unfreundlichen Konsularbeamtin stellte sich als ebenso direkt wie kurz heraus. Die Dinge verhielten sich nicht deshalb so, weil ich nervös war, oder mich meine Gefühle mitrissen, nicht weil ich nicht ruhig und sachlich denken konnte. Es waren ganz einfach meine Erfahrungen, die sich meldeten und die sich immer dann melden, wenn es zu entsprechenden Situationen kommt. Zum Beispiel, wenn ich von deutschen Skinheads lese, die Ausländer verfolgen oder jüdische Friedhöfe schänden. In solchen Fällen zeichnet sich die durchgehende Linie mit großer Deutlichkeit ab.

Die Widerstände der entsetzlichen Bürokraft konnte ich überwinden und so fuhr ich zum ersten Mal im Leben für einige Tage nach Deutschland. Einen von ihnen wollte ich damit zubringen, mich in Köln herumzutreiben. Und hier kam es dann zu einem zweiten Ereignis, das an und für sich überhaupt keine Bedeutung hat. Hätte es sich um einen anderen Ort und um eine andere Person gehandelt, so hätte ich das sofort vergessen. Ein älterer Herr kam auf mich zu und fragte mich, wo sich eine Straße befinde, die er suchte. Ich spreche kein Deutsch, mobilisierte mich aber innerlich so sehr, dass ich stotterte, ich wüsste es nicht, da ich zum ersten Mal in Köln sei.

Er grinste breit, klopfte mir freundlich auf die Schultern und sagte mir etwas in der Art: Ach, das habe ich ja gut getroffen! Schauder überliefen mich, und zwar keineswegs deshalb, weil ich es vielleicht nicht mochte, dass mich jemand berührte. Sofort, mit ungemeiner Schnelligkeit, geradezu instinktiv dachte ich: Und was hast du, du Hurensohn, damals getan?! Jetzt bist du sympathisch, aber woher kann ich sicher sein, dass du damals nicht auf Unschuldige geschossen hast, sie nicht ins Gas geführt hast, nicht an Exekutionen teilgenommen hast? Ein belangloses Ereignis, das für sich genommen nichts bedeutete, führte dazu, dass ich mich in dieser Stadt besonders fremd fühlte, und das nicht nur deshalb, weil ich hier niemanden kannte. Als ich die Grenze überschritt und wieder in Maastricht war, atmete ich auf. Ich fühlte mich so, als sei ich in eine Welt zurückgekehrt, in der ich nicht befürchten muss, dass hinter jeder Ecke die Gespenster der Vergangenheit hervorlugen.

Danach war ich viele Jahre lang nicht in Deutschland, ich fuhr nur mit dem Zug hindurch. Oft habe ich darüber nachgedacht, mir einen Ausflug nach Leipzig zu gönnen, um die Stadt Johann Sebastian Bachs zu sehen und vor allem die Thomaskirche, die so eng mit seinem Leben und Werk zusammenhängt, denn hier wurden schließlich die meisten seiner Kantaten zum ersten Mal aufgeführt, die für mein Empfinden – und das seit undenklichen Jahren – den Gipfel der Musik darstellen. Ab einer bestimmten Zeit bedeuteten Reisen aus der Volksrepublik Polen in die Deutsche Demokratische Republik keine besonderen Schwierigkeiten, doch ich konnte mich nie zu einem solchen Ausflug aufraffen. Nach dem Fall der Mauer war ich zweimal in Deutschland, in

Berlin und in Erlangen, und an diese beiden Aufenthalte habe ich gute Erinnerungen. Die Zeit, die vergangen war, hatte verursacht, dass ich nur noch mit Menschen zusammentraf, die die Gnade der späten Geburt genossen. Das erleichterte natürlich die Lage, obwohl ich keinen Augenblick lang all das vergaß, was ein halbes Jahrhundert zuvor geschehen war. Der Satz aus dem Monolog, den der namensgebende Held in Mickiewiczs *Konrad Wallenrod* äußert, berührte mich nicht mehr so sehr, obwohl er mir immer noch prinzipielle Fragen nahelegte, „... auch die Deutschen sind Menschen“ ... aber so wie alle? Wirklich und wahrhaftig? Die Zweifel kann ich noch immer nicht ablegen.

Anhang

Bilder aus dem Familienarchiv des Autors

Michał Głowińskis Großeltern mütterlicherseits, Eliasz und Kajla (Karolina) Rozenowicz.

Eliasz Rozenowicz hält seinen Enkel Michał, um 1936.

Familienbild vor der Katastrophe, Piastów 1938. Von oben: Michałs Mutter Felicja Głowińska, Harry Rubin (ein Ingenieur und Schwager von Erazm Rozenowicz), Erazm Rozenowicz, Harry Rubins Frau Helena, Maryla Rozenowicz mit ihrem Sohn Adam auf dem Arm, Michał Głowiński, zwei Nachbarskinder sowie Michałs Vater Henryk Głowiński.

Henryk Głowiński mit seinem Sohn Michał, kurz vor Kriegsausbruch.

„Der Lange" – Michałs Onkel Józef Głowiński, hier in Begleitung einer unbekannten Frau.

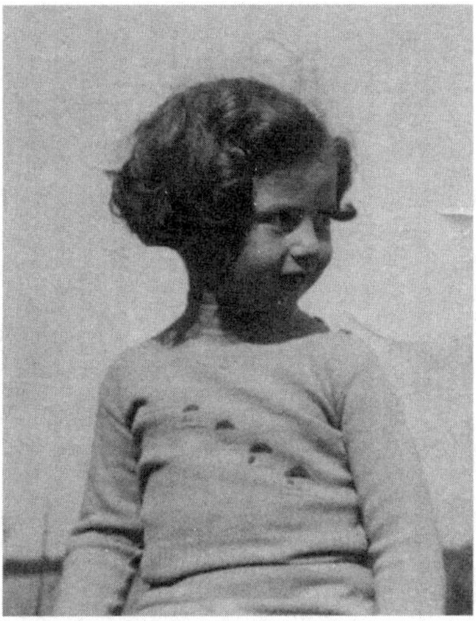

Michał Głowiński im Badeort Druskienniki (heute Druskininkai), 1938

Henryk Głowiński zwischen einer Nachbarin und seiner Schwägerin Maria Kruszyńska, ganz rechts Józef Głowiński, „der Lange", kurz vor dem Krieg.

Die Überlebenden, Pruszków 1945: Michał Głowińskis Großeltern Eliasz und Kajla (Karolina) Rozenowicz sowie deren drei Töchter Teodora mit ihrem Sohn Piotr, Maria mit Tochter Elżbieta auf dem Schoß, und stehend Michałs Mutter Felicja Głowińska.

Michał Głowiński, sein Vetter Piotr und seine Cousine Elżbieta, Pruszków 1946.

Michał Głowińskis Studentenausweis von 1954.

Felicja Głowińska in den 1950er-Jahren.

Michał Głowiński in Venedig, 1976.

Anna Artwińska

Stufen der Erinnerung

Michał Głowińskis autobiographisches Schreiben über die Shoah

Von *Czarne sezony* zu *Schwarze Jahreszeiten*

Die Erinnerungen mit dem Titel *Czarne sezony* erschienen in Polen zuerst im Jahr 1998. Es war das literarische Debüt eines namhaften polnischen Literaturwissenschaftlers und Gelehrten, der durch seine Studien über literarische Kommunikation, Analysen der kommunistischen Propagandasprache und des Sozialistischen Realismus mehrere Generationen von Literaturhistorikern und Literaturtheoretikern nachhaltig geprägt hat. Als Wissenschaftler, der die Mechanismen des Totalitarismus präzise und tiefgründig erforscht hat – u. a. in den Büchern *Nowomowa po polsku* (*Neusprech auf Polnisch,* 1990) und *Marcowe gadanie. Komentarze do słów 1966–1971* (*Das März-Gerede. Kommentare zu Worten,* 1991) – wurde Michał Głowiński zu einer intellektuellen Autorität, zu jemandem, dessen Meinung auch außerhalb der Universität ernst genommen und wertgeschätzt wird. Głowińskis klugen und subtilen Interpretationen der Texte von Autoren wie Julian Tuwim, Bolesław Leśmian oder Witold Gombrowicz sowie seine Studien aus dem Bereich der Poetik und Theorie der Literatur waren praktisch seit der Entstehung ein Teil des Kanons und wurden teilweise auch in Deutschland bekannt.[1] Eine neue Facette im Profil des Literaturwissenschaftlers legte die Veröffentlichung

1 Siehe die Bibliographie am Ende des Nachworts.

von *Czarne sezony* offen: Auf einer Lesung in Warschau wurde zutreffend festgestellt, dass Głowiński ein Ornithologe sei, der sich in einen Vogel verwandelt habe.[2]

Es handelte sich dabei um eine bedeutende Verwandlung. Mit *Czarne sezony* erfuhr die breite Öffentlichkeit nicht nur von der tragischen Biographie des Autors, eines Polen jüdischer Herkunft und Überlebenden der Shoah, sondern sie bekam auch einen Text, der aufgrund seiner ästhetischen Qualität zu den wichtigsten Zeugnissen und Ego-Dokumenten über die Katastrophe der Judenvernichtung zu zählen ist: einen Text, der haften bleibt und die Grenzen des Sagbaren über die Shoah verschiebt. Es wundert nicht, dass nach einer sehr intensiven Rezeption in Polen auch Übersetzungen in andere Sprachen folgten: ins Schwedische, ins Tschechische, ins Italienische und ins Englische. Nach *Czarne sezony* publizierte Michał Głowiński weitere autobiographisch geprägte Texte, die ähnlich wie sein Erstling ein großes Interesse erfuhren, und er agiert bis heute in einer doppelten Rolle: als Literaturwissenschaftler und als Autor. Sein letztes Buch, *Carska filiżanka* (*Die Tasse des Zaren*), kam im Jahr 2016 auf den Markt. Einige der Erinnerungen sind auch dem deutschen Leser bekannt: Der Zyklus über das Leben im Nachkriegspolen, *Eine Madeleine aus Schwarzbrot*, erschien im Jahr 2003 im Jüdischen Verlag in der Übersetzung von Martin Pollak.

Der Zeitpunkt der Veröffentlichung von *Czarne sezony* war nicht zufällig gewählt worden. Erst nach der politischen Wende 1989 war es dem Autor möglich, über das schwärzeste Kapitel seines Lebens zu berichten, auch wenn die Idee des Buches bereits in seiner Jugend entstanden war. Die Angst, wegen seiner Herkunft „entlarvt" zu werden, sowie die Furcht vor der staatlichen Zensur und dem polnischen Antisemitismus, der auch nach seiner Kulminationsphase im März 1968 spürbar war, verschränkten

2 Diese Metapher stammt von Dawid Warszawski (d. i. Konstanty Gebert), einem Journalisten der „Gazeta Wyborcza", und wurde von Michał Głowiński selbst gern übernommen und zitiert.

sich mit dem Trauma aus der Kriegszeit und führten dazu, dass die Memoiren nicht zu Papier gebracht werden konnten. Einige von seinen Erlebnissen, die später Teil von *Czarne sezony* wurden, publizierte Michał Głowiński zwar bereits einige Jahre vor seinem Debüt, veröffentlichte sie aber unter einem Pseudonym.[3] Somit ist die Geschichte des Textes eng mit der polnischen Zeitgeschichte verknüpft. Er ist zudem im Kontext der Rückkehr der polnischen Literatur zum Holocaust-Thema zu betrachten, welche sich seit der Mitte der 1980er-Jahre manifestierte. Wie der polnische Literaturwissenschaftler Bartłomiej Krupa herausgearbeitet hat, begann in der polnischen Kultur dieser Zeit ein neuer Umgang mit der Shoah, der durch politische, kulturelle und generationelle Faktoren bedingt war. Krupa nennt diese zweite Hälfte der 1980er-Jahre die Phase des „Sichtbar-Werdens" des Holocaust: 1985 übertrug das polnische Fernsehen Ausschnitte aus dem Film *Shoah* von Claude Lanzmann; 1986 erschien *Początek* (*Die schöne Frau Seidenmann*) von Andrzej Szczypiorski; 1987 wurde *Zagłada* (*Vernichtung*) von Piotr Szewc veröffentlicht und das Essay *Biedni Polacy patrzą na getto* (dt. *Die armen Polen blicken aufs Ghetto*) von Jan Błoński löste eine große Debatte über die polnische Mittäterschaft am Holocaust und den Antisemitismus aus; Texte über die Shoah veröffentlichten in dieser Zeit ebenso die in Deutschland bekannten Autoren Henryk Grynberg und Ida Fink. Ein Jahrzehnt später – Krupa bezeichnet die 1990er-Jahre als die Phase der Vielseitigkeit und individuellen Poetiken – entstanden weitere Texte, die verschiedene Strategien des Schreibens über die Shoah erprobten. Auf der Karte der damaligen Erinnerungsliteratur wurde Michał Głowińskis Buch *Czarne sezony* zu einem wichtigen Bezugspunkt.

3 So zum Beispiel erschien der Text *Turkowice* unter den Namen Adam Pruszkowski in dem Band *Dzieci Holocaustu mówią* (Band 1, Warszawa 1993). Die deutsche Übersetzung *Die Kinder des Holocaust sprechen ... Lebensberichte* wurde 1995 im Reclam Verlag Leipzig in der Übersetzung von Roswitha Matwin-Buschmann veröffentlicht.

Nach der Phase des „Sichtbar-Werdens" und der „Vielseitigkeit" folgte eine Zeit des kollektiven Schocks. Die polnische Kultur der Jahrhundertwende wurde wesentlich durch die Publikation *Sąsiedzi: Historia zagłady żydowskiego miasteczka* (dt. *Nachbarn. Der Mord an den Juden von Jedwabne)* von Jan Tomasz Gross beeinflusst und polarisiert. Die damals begonnene Debatte über die „unbequemen Wahrheiten"[4] zieht sich immer noch durch die polnischen Texte, Filme, Theaterstücke und andere Artefakte.[5] Je größer der Abstand zur Shoah wird, desto häufiger wird auch in der polnischen Kultur das Nachleben der Katastrophe diskutiert. Im Bereich des Literarischen erscheinen Texte, die wie *Pensjonat* (2009, dt. *Ein Gästehaus*) von Piotr Paziński oder *Frascati* (2009) von Ewa Kuryluk der Rekonstruktion der eigenen Familiengeschichte gewidmet sind und darauf zielen, die vergangene jüdische Welt vor der Vergessenheit zu retten und die Shoah in einer transgenerationellen Perspektive zu diskutieren.

Die deutsche Ausgabe von *Czarne sezony* erscheint mit einer zwanzigjährigen Verzögerung. Sie erscheint in einer Zeit, in der die literaturwissenschaftliche Beschäftigung mit der Shoah zunehmend die postmemorialen Formen der Vergegenwärtigung fokussiert. Das Augenmerk wird hierbei auf solche Texte und Artefakte gerichtet, die die lange Dauer der Shoah aus der Sicht der sogenannten zweiten und dritten Generation beschreiben und sich eher auf die Folgen der Katastrophe als auf die Katastrophe selbst konzentrieren. Aus der Fülle der Autoren sei nur kurz an Bożena Keff erinnert, deren Stück *Utwór o Matce i Ojczyźnie* im Jahr 2010 auch in Deutschland unter dem Titel *Ein Stück über Mutter und Vaterland* erschienen ist. Auch in der Theoriebildung ist eine

4 Barbara Engelking / Helga Hirsch (Hg.): *Unbequeme Wahrheiten. Polen und sein Verhältnis zu den Juden.* Frankfurt am Main: Suhrkamp 2008.

5 Vgl. Tomasz Żukowski: „Als die Milch bereits verschüttet war ... Die Rezeption von Tadeusz Słobodzianeks *Nasza klasa* und die Selbstrehabilitierung der Polen nach *Sąsiedzi* von Jan Tomasz Gross. In: Anna Artwińska / Anja Tippner (Hg.): *Nach dem Holocaust. Medien postkatastrophischer Vergegenwärtigung in Polen und in Deutschland.* Frankfurt am Main: Peter Lang Verlag, S. 259–281.

Hinwendung zu retroaktiven Konzepten wie Marianne Hirschs *postmemory* oder Cathy Caruths *belatedness* sichtbar. Mit der Publikation von *Czarne sezony* wird die Aufmerksamkeit wieder auf die Zeit der Katastrophe selbst gelenkt. Michał Głowiński schildert hier seine Erinnerungen an die Zeit im Warschauer Ghetto und die Geschichte seines Versteckens auf „der arischen Seite" im besetzten Polen. Gleichzeitig, und dies möchte ich stark hervorheben, ist der Text mehr als eine Erinnerung an die Zeit des Krieges. Die Erzählung bricht nicht mit dem Mai 1945 ab, der Autor führt seine Narration weiter und beschreibt die Zeit nach der Befreiung und der Rückkehr nach Hause. Wir begleiten den Erzähler durch sein Leben im Nachkriegspolen, die „Erinnerungsblitze" umfassen auch die Zeit der Jugend und des Erwachsenwerdens. Głowiński beschreibt ein Leben, das auf Ruinen und Resten gegründet wurde und stets im Schatten der Vernichtung verlief. „Diese Katastrophe", lesen wir in seinem Buch *Schwarze Jahreszeiten,* bleibt „die wichtigste Erfahrung meines Lebens." Dies zu erkennen, sei eine absolute Voraussetzung für das Verstehen der eigenen Existenz. Die Tatsache, dass man überlebt hat, wecke Schuldgefühle, verpflichte zur Erinnerung, sei aber gleichzeitig als eine Art Geschenk zu verstehen. Nicht zufällig spricht Michał Głowiński von der Notwendigkeit eines weiteren Lebens, auch wenn es nicht möglich ist, dieses Leben „danach" von dem Leben „während der Ereignisse" zu trennen. In diesem Sinne schreibt er über die Shoah – und trotz der Shoah.

Während das Buch *Czarne sezony* in der polnischen Literatur, zusammen mit anderen Texten, die zu diesem Zeitpunkt erschienen sind, eine Leerstelle füllte und auf die Relevanz eines nicht zu Ende ausgesprochenen Themas hinwies, ist die Rezeption der *Schwarzen Jahreszeiten* noch abzuwarten. Die Publikation im Jahr 2018 – 75 Jahre nach dem Aufstand im Warschauer Ghetto – wird wahrscheinlich nur wenige Leser erreichen, die sich selbst an den Krieg erinnern können oder an ihm teilgenommen haben. Man kann vermuten, dass es primär von deren Kindern, Enkeln und Großenkeln gelesen wird, die keine eigenen Erfahrungen aus der Zeit der Katastrophe haben. Die suggestiven Erinnerungen aus erster Hand können somit – wie seinerzeit die Texte des ungarischen Autors Imre Kertész – das Spektrum des Wissens über die Shoah erweitern und die Diskussionen über die Strategien der literarischen Auseinandersetzung mit der Katastrophe bereichern. Die von Michał Głowiński beschriebenen Orte (und Nicht-Orte, wie die Kartoffelmiete), Wohnungen, Unterschlüpfe oder das Gewirr der Straßen bilden eine reale Topographie des Terrors. Der Text spielt sich im von Deutschen besetzten Polen ab. Das Opfer ist nun 83 Jahre alt.

Der Autor

Michał Głowiński wurde am 4. November 1934 in Warschau geboren. Die Familie mütterlicherseits stammte aus Bielsk in Zentralpolen und war im Handel tätig. Wie viele assimilierte Juden dieser Zeit wollten auch die Rozenowiczs Ende des 19. Jahrhunderts nicht mehr in dem kleinen, perspektivlosen Bielsk leben und entschieden sich für die Migration. Auf diese Weise zerstreute sich die Familie über die ganze Welt. Głowińskis Großvater, Eliasz Rozenowicz, siedelte sich in Pruszków an, einem Städtchen in der Nähe von Warschau. Hier gingen seine Kinder, darunter auch Głowińskis Mutter Felicja, zur Schule. Der Ort wurde zum Zentrum des Familienlebens. 1933 heiratete Felicja Henryk Głowiński, den Sohn einer Kaufmannsfamilie aus Posen, der nach Pruszków umgezogen war und sich schnell in der neuen Umgebung eingelebt hatte. Die Vorkriegskindheit in Pruszków beschreibt Michał Głowiński als eine fröhliche, beinahe idyllische Zeit, der das Jahr 1939 ein plötzliches Ende setzte. Kurz nach dem Ausbruch des Krieges flüchtete die Familie nach Warschau, in der Hoffnung, dort mehr Sicherheit als in Pruszków zu finden. Den September 1939 und die Bombardierung Warschaus erlebte Michał Głowiński in der Wohnung seiner Tante Teodora in der ulica Wspólna. Nach dem

Einmarsch der Deutschen kehrte die Familie zur Wohnung der Großeltern in Pruszków zurück, das auch für viele andere Familienmitglieder zu einer Zuflucht wurde. Das Haus, in dem Głowińskis Familie gelebt hatte, war allerdings schon von den Deutschen requiriert worden. Kurz danach erfolgte die Umsiedlung in das 1940 entstandene Ghetto in Pruszków. In der Autobiographie *Kręgi obcości. Opowieść autobiograficzna* (dt. *Die Kreise der Fremdheit. Eine autobiographische Erzählung*) schreibt Głowiński: „Bis dahin hatte die Besatzung bei mir noch keine traumatischen Erlebnisse verursacht, selbst wenn ich mir darüber klar war, dass es schlimm ist, anders als früher, ‚vor dem Krieg' (diese Formel gibt es unter Menschen meiner Generation bis heute, genau damals erhielt sie ihre magische Kraft – und sie bezieht sich ausschließlich darauf, was vor dem Jahr 1939 gewesen ist). Dieses ‚Schlimme' war noch nicht mit dem Schrecklichen gleichzusetzen, das ein wenig später die jüdische Welt erfasste."[6]

Anfang 1941 wurde Michał Głowiński zusammen mit seiner Familie in das Warschauer Ghetto abtransportiert. Im Ghetto wohnten sie in verschiedenen Straßen, die letzte Adresse war die ulica Żelazna. Dort erreichte die Familie am 22. Juli 1942 die Nachricht über die Transporte nach Treblinka. Der Ort Treblinka wurde sehr schnell zu einem Synonym des Grauens: Man wusste, dass die Züge vom Umschlagplatz direkt in die Gaskammer fuhren. Dank der Bemühungen des Vaters konnte die Familie am 3. Januar 1943 heimlich das Ghetto verlassen. Es begann die Phase des Versteckens „auf der arischen Seite", deren Stationen in *Czarne sezony* zugleich detailliert und poetisch geschildert werden. Aus einem kleinen Jungen wurde ein zum Verstecken gezwungener jüdischer Junge, der fortan mit neuen Identitäten leben musste. Nach den Monaten in dem Dorf Radziwiłłów (im Jahr 1943) musste Michał Głowiński zusammen mit seiner Mutter den Ort verlassen und

6 Michał Głowiński, *Kręgi obcości. Opowieść autobiograficzna*. Warszawa: Wydawnictwo Literackie 2010, S. 49.

nach weiteren Verstecken suchen. Eine Zäsur in dieser Geschichte bildet die Trennung der beiden Familienmitglieder: Von einem bestimmten Moment an war das gemeinsame Verstecken nicht mehr möglich. Der Vater Henryk Głowiński versuchte bereits seit einiger Zeit alleine durchzukommen; nachdem der Bauer, bei dem er Unterschlupf gefunden hatte, ihn denunzieren wollte, um daraus Profit zu schlagen, war er zur Flucht gezwungen und wurde letztendlich zur Zwangsarbeit nach Deutschland deportiert. Das Überleben verdankt Michał Głowiński Irena Sendler, einer heroischen Aktivistin, die die Kinder-Sektion des Rates für die Unterstützung der Juden (Żegota) gegründet hatte und damit über 2500 Kindern das Überleben ermöglichte.[7] Zuerst half Irena Sendler Głowińskis Mutter, indem sie ihr eine Stelle bei einer Familie in Otwock besorgte. Michał verbrachte die Zeit nach der Trennung kurz bei den Ordensschwestern der Felizianerinnen in Otwock, bei Nonnen in Czersk sowie in diversen anderen Wohnungen, bis es in seinem Leben zu einer nächsten Wende kam. Diese Wende ist durch den Ort Turkowice in der Nähe von Lublin markiert. Turkowice, konkret das Kloster der Dienerinnen der Heiligsten Jungfrau Maria, war Michał Głowińskis letztes Versteck,

---

7 Irena Sendler wurde im Jahr 1965 mit dem Titel „Gerechte unter den Völkern" ausgezeichnet und gehört damit zu den Ersten, die diese Auszeichnung in Polen erhielten. Trotzdem waren ihre Verdienste und ihr Engagement für die Rettung der jüdischen Kinder während des Zweiten Weltkrieges lange Zeit nur in wenigen Kreisen bekannt. Eine Wende brachte die Biographie von Anna Mieszkowska *Die Mutter der Holocaust-Kinder. Irena Sendler und die geretteten Kinder aus dem Warschauer Ghetto* (die Originalausgabe erschien 2004, die deutsche Übersetzung 2006) mit sich, auch wenn sich bald herausstellte, dass dieser Text einige falsche Informationen und Fakten vermittelt. Die Tatsache, dass es sich hier um eine von Irena Sendler autorisierte Biographie handelt, löste Diskussionen darüber aus, inwieweit die Protagonistin den Text als Möglichkeit genommen hat, ein bestimmtes Bild von sich selbst und der eigenen Tätigkeit zu konstruieren. In diesem Zusammenhang wurde auch die Zahl der von Irena Sendler geretteten Kinder (2500), die übrigens auch in *Schwarze Jahreszeiten* vorkommt, als zu hoch hinterfragt. 2017 veröffentlichte Anna Bikont eine neue Biographie mit dem Titel *Sendlerowa. W ukryciu* (dt. *Sendler. Im Versteck*). Obwohl die Autorin keinesfalls die Einzigartigkeit und die Größe von Irena Sendler infrage stellt, nimmt sie stellenweise eine kritische und entmythologisierende Perspektive auf ihr Leben ein.

Da sich 2018 der Todestag von Irena Sendler zum 10. Mal jährt, erklärte der polnische Sejm das Jahr 2018 zum Irena-Sendler-Jahr, „in Ehrerbietung für diejenige, die sich mit größter Hingabe für das Retten anderer Menschen einsetzte".

er gelangte dank Irena Sendler Anfang 1944 dorthin. Im August 1945 kehrte er nach Pruszków zurück. Auch seine beiden Eltern und die Großeltern mütterlicherseits überlebten die Shoah.

Über die Nachkriegsjahre und das Familienleben in der Volksrepublik Polen hat Michał Głowiński in seinen späteren autobiographischen Texten, u. a. in *Eine Madeleine aus Schwarzbrot*, berichtet. An dieser Stelle sei daran erinnert, dass nach dem Abitur im Jahr 1951 das Studium der Polnischen Philologie an der Warschauer Universität folgte, welches er 1955 abschloss. Seit 1958 war Michał Głowiński am Institut für Literaturforschung der Polnischen Akademie der Wissenschaften tätig, wo er promovierte und habilitierte. Die Erlebnisse aus der Kindheit übten stets einen Einfluss auf das Leben nach dem Krieg aus. Die antisemitische Kampagne im März 1968 weckte bei Głowiński, genauso wie bei vielen anderen Polen jüdischer Herkunft, die schlimmsten Erinnerungen aus der Besatzungszeit. In *Kręgi obcości* erinnert der Autor an ein Gespräch mit dem Literaturhistoriker Roman Zimand, der seine Befürchtungen, in Polen könnten wieder Konzentrationslager gebaut werden, nicht einfach zurückweisen wollte.[8] Die politischen Ereignisse, die mit dem Begriff „März 1968" in die Geschichte eingegangen sind, betreffen Michał Głowiński somit auf verschiedenen Ebenen: Im Hinblick auf die Rückkehr des Holocaust-Traumas und in der wissenschaftlichen Perspektive, als Beispiel für ideologische Manipulationen, die Gegenstand seiner Untersuchungen wurden.

1987 wurde Michał Głowiński zum Professor am Institut für Literaturforschung der Polnischen Akademie der Wissenschaften ernannt. Für seine Tätigkeit als Literaturwissenschaftler erhielt er diverse Preise und Auszeichnungen, darunter die Ehrendoktorwürden der Adam-Mickiewicz-Universität in Posen (2001) und der Universität Oppeln (2003). Auch seine literarischen Texte erhielten positive Kritiken: *Czarne sezony* wurde 1999 für den Nike-Preis, der wichtigsten literarischen Auszeichnung in Polen, nominiert.

8 Ibidem, S. 332.

Schwarze Jahreszeiten: Ein kollektives Epitaph

Der Band *Schwarze Jahreszeiten* ist sowohl ein Buch der Erinnerung als auch ein Buch über die Erinnerung. Dadurch, dass es an die ermordeten Juden erinnert, erkundet es die Mäander des Gedächtnisses an sich. Die Vergegenwärtigung von Personen, von denen die meisten die Shoah nicht überlebt haben, verschränkt sich mit Überlegungen darüber, wie das menschliche Gedächtnis arbeitet und nach welcher (Un-)Logik es die Bilder der Vergangenheit in die Gegenwart zurückholt. Als Überlebender der Katastrophe möchte Głowiński nicht nur ein Zeugnis über das Verbrechen der Judenvernichtung ablegen, sondern auch die Opfer dieses Verbrechens vor dem Vergessen retten. Erinnert wird an Familienmitglieder, Freunde und Bekannte: an den Großvater väterlicherseits, Lajzer Głowiński, der sich in Anbetracht des Grauens für den Freitod entschied und aus dem Fenster der Wohnung im Warschauer Ghetto sprang; an den gleichaltrigen Vetter Adaś Rozenowicz, der aus dem Ghetto in die Gaskammer in Treblinka abtransportiert wurde; an die Lehrerinnen Julia und Bronisława, die dem Autor im Ghetto heimlich Unterricht gaben und ebenfalls in Treblinka umgebracht wurden. „Ich kenne ihr Schicksal nicht", schreibt Głowiński über seine Kommilitonen Emil, Susi und Tadzio, „kann aber nicht umhin zu denken, dass alle umgekommen sind und dass das, was ich geschrieben habe, ein kollektives Epitaph ist." (vgl. S. 33) Die Rekonstruktionen des Vergangenen stehen somit im Dienste der Erinnerung. Der Text wird zum einzigen Ort, an dem an diese Personen überhaupt gedacht wird. Und damit sich die anonymen Opfer in Menschen mit konkreten Biographien verwandeln können, müssen möglichst viele Details und Einzelheiten vor dem Vergessen bewahrt werden. Deswegen ist es wichtig zu erwähnen, dass die Mitschülerin Mela ähnlich wie der Autor selbst Briefmarken sammelte und dass der Großvater Lajzer „ein jüdischer Kleinbürger" war. Die erinnerten Biographien sind brüchig und unvollständig – und trotzdem bezeugen sie die Existenz einer Welt, die zum Untergang verdammt wurde.

Das Buch der Erinnerung ist auf die Gnade und die Ungnade des Gedächtnisses angewiesen. An mehreren Stellen im Text äußert sich der Autor darüber, wie lückenhaft und unvollständig seine Erinnerungen sind und wie häufig das Gedächtnis versagt. Die Aussage „Ich erinnere mich" wird aus diesem Grund im Text ständig durch die Gegenaussage „Ich erinnere mich nicht" ergänzt bzw. gebrochen. Der Autor entscheidet sich bewusst, nicht nur auf jegliche fiktiven Elemente zu verzichten, sondern auch auf das Wissen über die Shoah, welches er sich in der Zeit danach angeeignet hat. Die Konsequenz dieser Haltung ist ein Text, der als eine „Arbeit am Gedächtnis" bezeichnet werden kann, als eine Erkundung der Prozesse des Erinnerns und des Vergessens. Obgleich das Vergessen zu einem ästhetischen Grundprinzip des Textes wird, gewinnt die Erinnerung die Oberhand. Das, woran man sich erinnern kann, stellt dabei einen Wert an sich dar. Es geht nicht darum, die erinnerte Welt in der Form, in der sie im Gedächtnis abgespeichert wurde, zu korrigieren oder durch die spätere Perspektive zu ergänzen. In der Erzählung *Die Rückkehr* aus dem Band *Eine Madeleine aus Schwarzbrot,* in der er einen Besuch in Turkowice nach dem Krieg beschreibt, bezieht Michał Głowiński deutlich Position und schreibt dem Prozess der Erinnerung eine symbolische Kraft zu. Das, was erinnert wird, ist für den Autor mehr wert als das, was entstehen würde, wenn man die Erinnerungen auf ihre Richtigkeit hin prüfen würde: „Wenn ich das, was ich heute wahrnehme, was mir als unumstößliche Wirklichkeit begegnet, mit dem konfrontiere, was ich erinnere, dann will ich keine Korrekturen durchführen. Mich interessieren die Mechanismen der Erinnerung, obwohl ich außerstande bin, ihr undurchschaubares Wirken zu erklären, das werde ich wohl nie können, da gebe ich mich gar keinen Illusionen hin. In Wahrheit ist der Raum von damals, den ich erinnere, für mich genauso wichtig wie der reale, in dem ich mich nach so vielen Jahre befinde, ja eigentlich wichtiger. Der erste Raum ist ein unveräußerlicher Teil meines Lebens, der zweite bloß ein Akzidens."[9]

Rückkehr zur Kindheit

Es wurde bereits angedeutet, dass sich in Głowińskis Erinnerungen zwei Perspektiven verschränken. Die Welt des Krieges wird aus der Sicht eines sechs- bzw. siebenjährigen Kindes geschildert; der Autor versucht so gut wie möglich eigene Vorstellungen, Betrachtungen und Eindrücke aus dieser Zeit zu rekonstruieren. Dieses Verfahren steigert die Authentizität – man wird in eine erlebte Welt hineinversetzt, mit all ihren Merkmalen, Spezifika, Farben und Gerüchen. Gleichzeitig sorgt die kindliche Perspektive für eine Ent-Automatisierung der Wahrnehmung und führt dazu, dass die scheinbar bekannten Dinge und Phänomene während der Lektüre neu und merkwürdig erscheinen. Im Kopf eines Kindes kann das Ghetto als „ein riesiges, vielstöckiges Fuhrwerk [...], das durch die Straßen der Stadt fuhr, gezogen von einem Dutzend Pferden" (vgl. S. 11) vorgestellt werden; und es kann passieren, dass der Anblick eines Hochzeitspaars, das trotz der schwarzen Zeiten gerade geheiratet hat, die Assoziation mit einem Märchen weckt. Für den kindlichen Blick und die kindliche Perspektive gelten nämlich nicht die Regeln einer „normalen" Perzeption. Die kindliche Perspektive wird seit Jahren erfolgreich auch in Erinnerungen an die Shoah eingesetzt, man denke nur an die auch in Deutschland erschienenen Texte von Roma Ligocka *Das Mädchen im roten Mantel* (2000) und Wilhelm Dichter *Das Pferd Gottes* (1998).

Im Text von Michał Głowiński korrespondiert die kindliche Wahrnehmung mit dem Bedürfnis, lediglich über selbst erlebte Situationen zu berichten. Das Buch ist durch eine Arbeit an und

---

9 Michał Głowiński, *Eine Madeleine aus Schwarzbrot.* Aus dem Polnischen von Martin Pollack. Frankfurt am Main: Jüdischer Verlag Suhrkamp 2003, S. 165–166.

mit Erinnerungen motiviert; der Versuch, das eigene Ich von damals sprechen zu lassen, erscheint in diesem Zusammenhang als logisch und natürlich. Dass der Prozess des Hineinversetzens und das Rückholen des Erlebten nur bedingt gelingen kann, steht dabei dennoch außer Zweifel. So wie der Autor vor den Mäandern seines Gedächtnisses kapitulieren muss, so muss er auch die Tatsache akzeptieren, dass es den Jungen von damals nicht mehr gibt und eine Rückkehr zu sich selbst ein kompliziertes Verfahren ist. Der erwachsene Erzähler, ein Überlebender der Shoah und Literaturwissenschaftler, kommentiert und ergänzt die Flashbacks und Erinnerungsblitze des Jungen, versucht aber nie, sie an die „Wahrheit" anzupassen. Der kindliche Erzähler darf sich irren, er darf eine unvollständige Welt schildern, es kommt lediglich darauf an, ihn sprechen zu lassen. In einer Studie über das Buch *The Lost Childhood* von Yehuda Nir, welches ebenso eine Erzählung über die Kindheit während der Shoah ist, machte Głowiński auf die Merkmale solcher Erinnerungstexte aufmerksam und stellte eine etwas „perverse Analogie" fest: die Ähnlichkeit zwischen Erinnerungstexten und dem Entwicklungsroman.[10] In beiden Fällen kann man bei den Protagonisten einen Reifeprozess beobachten; während aber ein Protagonist eines Entwicklungsromans am Ende einen Weg zu sich selbst findet, wird ein Kind im Ghetto permanent dazu gezwungen, die eigene Identität aufzugeben. Es wird dazu angehalten, als „Nicht-Ich" zu denken und zu agieren.

Der kindliche Erzähler in dem Buch *Schwarze Jahreszeiten* hat den Prozess des Identitätsverlusts durchgemacht. Er hatte lernen müssen, dass das Schweigen überlebenswichtig ist und welche Rolle ein Zufall im Leben spielen kann. Seine Erinnerungen, geschildert nach einer sechzigjährigen Latenz, gewähren einen Einblick in die Mechanismen des Gedächtnisses und zeigen das Grauen aus der Sicht eines Kindes – die Rekonstruktion dieser

10 Michał Głowiński, „O konieczności nie-bycia sobą". In: Idem: *Realia, dyskursy, portrety. Studia i szkice.* Kraków: Universitas 2011, S. 292.

Sicht wird durch eine theoretische Reflexion über die Möglichkeiten einer Rückkehr zur Kindheit begleitet.

Zagłada. Ein katastrophischer Grundbegriff

In einem Gespräch mit Anka Grupińska aus dem Jahr 2001 äußerte sich Michał Głowiński kritisch über die Verwendung des Begriffs „Holocaust" als eine Bezeichnung für die Judenvernichtung durch die Deutschen.[11] Mit seiner Skepsis gegen die Adäquatheit dieses Terminus, der falsche Konnotationen aufrufen könnte – denn der aus der Bibel stammende Begriff *holocau(s)tos* bedeutet „völlig verbrannt" und rückt damit das Augenmerk lediglich auf die Opfer, deren Leid zusätzlich ein theologischer Sinn verliehen wird –, steht Głowiński keinesfalls alleine. Die meisten polnischen Literaturwissenschaftler teilen diese Skepsis, auch wenn sie gleichzeitig wissen, dass ein Verzicht auf diesen Begriff, genauso wie auf den Begriff der Shoah, beinahe unmöglich ist. So werden diese Bezeichnungen in den meisten Studien als Synonyme zu dem in dem polnischen Diskurs am stärksten etablierten Begriff *Zagłada* verwendet. Der Begriff *Zagłada* lässt sich schwer ins Deutsche übersetzen, er bedeutet mehr als seine deutsche Variante, die Vernichtung. Etymologisch gesehen bringt der Begriff eine ganzheitliche Dimension mit sich, laut *Wörterbuch der polnischen Sprache* ist *zagłada* eine „absolute" und „totale" Vernichtung. Großgeschrieben weist *Zagłada* auf die Tragödie der Judenvernichtung während des Zweiten Weltkrieges hin. Wie es bei den meisten Begriffen der Fall ist, ist auch dieser keinesfalls statisch. Im 21. Jahrhundert wird *Zagłada* nicht nur im Zusammenhang mit der Vernichtung der Juden unter Anwendung moderner Technik durch Nazideutschland konnotiert (auch wenn selbstverständlich Nazideutschland weiterhin der

11 *Zapisywanie Zagłady. Z Michałem Głowińskim rozmawia Anka Grupińska.* „Kontrapunkt. Magazyn Kulturalny Tygodnika Powszechnego" 2001, Nr. 1–2, S. 14–15.

Haupttäter bleibt), *Zagłada* subsumiert auch lokale Pogrome und den lokalen polnischen Antisemitismus (Stichwort: Jedwabne).[12] Zu den Reflexionen über diese Katastrophe werden zudem stärker auch die prä- und post-katastrophischen Kontexte herangezogen, die dieses Ereignis neu positionieren. Die Vertreibung der Juden aus Deutschland im Rahmen der „Polenaktion" im Jahr 1938 wurde schon vor einiger Zeit in der Forschung als ein „Auftakt" der Vernichtung bezeichnet[13]; in den letzten Jahren lässt sich auch die Tendenz, den März 1968 als eine Nachwirkung der Shoah zu beschreiben, immer stärker beobachten.

In dem bereits erwähnten Interview schlug Michał Głowiński einen weiteren Begriff für die Bezeichnung der Katastrophe vor: *Wyniszczenie,* der auf Deutsch mit Ausrottung zu übersetzen wäre. Bei dieser Gelegenheit thematisierte er auch ein weiteres Problem, das mit der sprachlichen Beschreibung der Judenvernichtung zusammenhängt. Es ging um die Tatsache, dass die Shoah mit einem Wortschatz beschrieben wird, der von den Tätern stammt, wie z. B. Aktion, Selektion, arische Seite etc. Obwohl man die Fremdheit und Unangemessenheit dieser Wörter nicht vergessen sollte, kommt man doch nicht um sie herum. Dies führt dazu, dass das Sprechen über die Shoah stets in vielen Dimensionen ein fremdes Sprechen ist.[14] Der Begriff *Wyniszczenie* ist in der polnischen Shoah-Forschung als Eigenbezeichnung (noch?) nicht aufgenommen worden. Im Jahr 2013 erklärte dagegen die polnische Literaturwissenschaftlerin Katarzyna Kuczyńska-Koschany den Titel *Czarne sezony,* der „das Grauen des ganzen Buches am lapidarsten ankündigt [...] zu einer neuen Formel in der Holocaust-Lexik."[15] Demnach könnte dieser Titel als ein neues kontextuelles Synonym

---

12 Vgl. Bartłomiej Krupa, *op. cit.*, S. 9.

13 Jerzy Tomaszewski: *Auftakt zur Vernichtung: die Vertreibung polnischer Juden aus Deutschland im Jahre 1938.* Aus dem Polnischen von Victoria Pollmann. Osnabrück: Fibre-Verlag 2002. (Die polnische Ausgabe erschien 1988).

14 *Zapisywanie Zagłady,* ibidem.

15 Katarzyna Kuczyńska-Koschany, „Głowiński: tożsamość prozą (od początku)". In: *Poznańskie Studia Polonistyczne. Seria Literacka* 2013, Nr. 22 (42), S. 125.

zu dem Wort *Zagłada* fungieren. In der deutschen Übersetzung gehen diese beiden Begriffe notwendigerweise verloren. Der deutsche Titel des hier präsentierten Textes lautet *Schwarze Jahreszeiten* und *Zagłada* wird als „Shoah" übersetzt. An den Stellen, wo Michał Głowiński den Begriff „Holocaust" verwendet, bleibt dieser Terminus auch in der deutschen Übersetzung erhalten.

Die Shoah als das Ende des (jüdischen) 19. Jahrhunderts

Michał Głowińskis Text ist in vielerlei Hinsicht bahnbrechend. Er besteht aus Erinnerungen eines Überlebenden und Reflexionen eines Literaturwissenschaftlers, der sich professionell mit der Shoah beschäftigt. In seinen Analysen stellt der Literaturwissenschaftler Głowiński dieses Ereignis als die größte Tragödie der europäischen Kultur dar, deren Anerkennung, um mit Tony Judt zu sprechen, „zur europäischen Eintrittskarte geworden ist"[16], und gleichzeitig als eine Periodisierungsformel. In dem Kapitel „Der Lange", in einem Abschnitt, der den Erinnerungen an die Großeltern gewidmet wird, schreibt Głowiński: „Seit Jahren denke ich an den Holocaust als an ein Blutbad, das an denen verübt wurde, die im 19. Jahrhundert geboren wurden, an einer gewaltigen Menge von Menschen, die von diesem Jahrhundert geprägt wurden, die Vorstellungen und Ideen besaßen, die sie sich damals angeeignet hatten. An Menschen, denen die Idee vom Mord mit industriellen Methoden nicht in den Kopf wollte, aus dem einfachen Grund, weil das die Möglichkeiten ihrer technischen Vorstellungskraft überstieg. Manchmal denke ich darüber nach, wann für die Juden das 19. Jahrhundert endete, und denke, dass dies nicht wie für alle anderen mit dem Ausbruch des Ersten Weltkriegs geschah, sondern

16 Tony Judt: „Epilog. Erinnerungen aus dem Totenhaus". In: Idem, *Die Geschichte Europas von 1945 bis zur Gegenwart.* Aus dem Englischen von Matthias Fienbork und Heiner Kober. Bonn: Bundeszentrale für politische Bildung 2006, S. 933.

in dem Augenblick, in dem die Krematorien von Treblinka, Auschwitz und anderen Orten des Völkermords in Betrieb genommen wurden." (vgl. S. 65)

Während Intellektuelle wie Zygmunt Bauman das Konzept der industriellen Tötung als Produkt, Ergebnis und in gewissem Sinne eine logische Konsequenz der europäischen Zivilisation auffassen[17], sieht Michał Głowiński vor allem die Unvereinbarkeit der Idee der industriellen Tötung mit der im 19. Jahrhundert wurzelnden Lebenserfahrung. Der Untergang der jüdischen Welten wird in seinem Buch mehrmals beschrieben und metonymisch durch die Bilder von verlassenen Orten und Dingen visualisiert. Denn das kollektive Epitaph ist auch an die „alten" Menschen adressiert, deren Werte, Gewohnheiten, Vorstellungen einer anderen Epoche angehörten, die mit der Shoah zu Ende gegangen sind. Die Shoah stellt somit für den Autor zweifach einen Grenzpunkt dar: als eine Zäsur, die die europäische Kultur für immer in die Zeit des „Davor" und des „Danach" teilt, und als ein Ende des 19. Jahrhunderts – aus der Sicht der europäischen Juden betrachtet. In die Gaskammer wurden nämlich (auch) Menschen geschickt, deren Horizont und Weltsicht sich im vergangenen Jahrhundert herauskristallisiert hatten, in einer Welt ohne Zyklon B und Massentötung. Zwar stellte (und stellt) die Vorstellung von einer industriellen Vernichtung auch für die nachfolgenden Generationen eine kognitive Dissonanz dar, doch für die im 19. Jahrhundert geborenen Juden war sie rudimentär.

Die Tatsache, dass seine Großeltern mütterlicherseits die Vernichtung überlebt haben, interpretiert Michał Głowiński in Kategorien des Wunders und des Zufalls. Den Weggang aus dem Ghetto ermöglichte ihnen der titelbildende „Lange", ein Onkel, der dank seines amerikanischen Passes auf der „arischen Seite" bleiben und somit der Familie zur Seite stehen konnte. Das Überleben

17 Zygmunt Bauman, *Modernity and the Holocaust*. Ithaca, New York: Cornell University Press 1989.

war ein Mirakel; das Leben „Danach“ war für diese Menschen, die im 19. Jahrhunderts zu Hause waren, jedoch nicht unbedingt lebenswert. Die Welt, die mit der Shoah zu Ende ging, ließ sich nicht rekonstruieren.

Polen, Juden, Deutsche: Herkunft, Identität(en), Schuld

In dem Kapitel „Die schwarze Stunde“ beschreibt Michał Głowiński ein ungewöhnliches Treffen. Die Handlung spielt in der Zeit nach dem Weggang aus dem Ghetto, in einer Mansarde in der ulica Srebrna im Zentrum von Warschau, in der sich der Autor zusammen mit seiner Mutter und der Tante Teodora versteckte. Plötzlich kommt ein polnischer Schmalzownik in die Wohnung mit dem Vorschlag eines Freikaufs versus Auslieferung. Da die Familie nichts Wertvolles in der Wohnung hatte, wurde verabredet, dass die Tante schnell rausgehen und das Lösegeld besorgen sollte. Der kleine Michał blieb während der Zeit zusammen mit der Mutter und dem Kollaborateur in der Wohnung. Es war von Anfang an klar, dass es in dieser extremen Situation um alles geht: Würde das Lösegeld ausbleiben, würden die Versteckten sofort an die Gestapo ausgeliefert. Die Zeit zog sich in die Länge, und weil Tante Teodora nicht so schnell wie erwartet zurückkehrte, wurde die Gefahr des Todes immer realer. Und dann passierte etwas, das den Autor auch lange Zeit danach beschäftigte. Głowiński erinnert sich: „Da erblickte ich das Schächtelchen mit den Schachfiguren auf dem Fensterbrett. [...]. Ich schob die Figuren ohne Sinn und Verstand hin und her, wahrscheinlich nur, um dieses schreckliche Warten zu überbrücken und mich wenigstens für einen Augenblick der Herrschaft der tödlichen Stille zu entziehen. Dann geschah etwas Unerwartetes: der gelangweilte *szmalcownik* schlug vor, Schach zu spielen. Ich erinnere mich nicht, wie diese Partie verlief, auf wessen Seite es eine Siegchance gab, doch weiß ich, dass wir sie nicht beendeten, denn als sie sich ihrem Ende näherte, kehrte Teodora zurück." (vgl. S. 78)

Das Bewusstsein des Literaturwissenschaftlers, der weiß, mit welcher Semantik der Topos des Spiels mit dem Tod in der europäischen Kultur beladen ist, hinderte Głowiński lange Zeit daran, über diesen Vorfall zu schreiben. An dieser Stelle werde ich auf die poetologische Seite dieser Szene jedoch nicht eingehen, was mich hier interessiert, ist die Situation der Bedrohung, die durch einen polnischen Schmalzownik verursacht wurde. Die Erinnerungen von Michał Głowiński bestätigen die These, dass für die sich im besetzten Polen versteckenden Juden nicht die Deutschen, sondern die Polen ein größeres Risiko darstellten. Die polnischen Kollaborateure, die die Juden an die Gestapo ausliefern, genauso wie der polnische Antisemitismus, werden im Text nicht verschwiegen, ganz im Gegenteil: Auch in den Passagen, die die Zeit nach dem Krieg beschreiben, ist die polnische antisemitische Haltung ein Thema. Die polnischen Antisemiten kommen im Text neben solchen Polen vor, die dem Autor (und vielen anderen) mit Mut und Selbstlosigkeit das Leben retteten und das Verstecken ermöglichten. Neben dem antisemitischen Priester Franciszek B. werden im Text auch die Schwestern Róża und Longina aus Turkowice erinnert, neben dem Schmalzownik gibt es auch eine Warschauer Familie, die versuchte, dem Autor mindestens den Ersatz eines Zuhauses zu bieten. Diese Gegenüberstellung führt dazu, dass man den Text *Schwarze Jahreszeiten* schwer für ideologische Zwecke nutzen kann. Er liefert keine „Wahrheiten" über die Polen während des Zweiten Weltkrieges, vielmehr versucht er verschiedene, manchmal widersprüchliche Wahrheiten zusammenzufügen. Trotzdem ist Głowiński weit davon entfernt zu schreiben, dass „alle", d. h. sowohl die Polen als auch die Juden, auf gleiche Weise die Opfer der Shoah sind, er stellt keine Symmetrie (und auch keine Konkurrenz) zwischen dem jüdischen und polnischen Leid her.

Die polnisch-amerikanische Literaturwissenschaftlerin Irena Grudzińska-Gross bezeichnete die Herkunft als eine „verdächtige" Kategorie der polnischen Kultur. Konkret ging es ihr um die jüdische Herkunft, die für die polnische genealogische Vorstellungskraft stets ein unbequemes Problem ist.[18] Für Głowiński war seine Herkunft lange Zeit ein Tabu; *Schwarze Jahreszeiten* kann man als ein Bericht über das bewusste Vermeiden und Verschweigen dieses Themas im Nachkriegspolen lesen. Dies resultierte größtenteils aus dem Holocaust-Trauma, lässt sich aber nicht darauf begrenzen. Dabei ist die Identität des Autors auf den ersten Blick nicht kompliziert. Michał Głowiński ist ein Pole jüdischer Herkunft, er wuchs in einer assimilierten jüdischen Familie auf, pflegte keine religiösen Rituale, sprach von Anfang an Polnisch, kann bis heute weder Jiddisch noch Hebräisch. Und trotzdem: In einem Gespräch mit der Journalistin Teresa Torańska äußerte er sich darüber, dass er lange Zeit nicht imstande war, sich über seine Wurzeln zu unterhalten. Denn „es gehört zur polnischen Tradition, dass Gegenstand des aggressiven Antisemitismus hauptsächlich nicht irgendwelche Juden in Kaftanen, mit Schläfenlocken, mit Kippas waren [...]. Gegenstand der Angriffe waren und sind heute vor allem assimilierte Juden."[19] Die politische Wende 1989 sah Głowiński in erster Linie als Chance, über seine Identität frei sprechen zu können, und bezeichnete sich als ein „Benefiziant der Veränderungen".[20] Seit der Veröffentlichung von *Czarne sezony* ist seine Herkunft in Polen kein Geheimnis mehr – der politische Umbruch brachte eine Pluralität der Diskurse mit sich. Obschon aber diese Pluralität eine Auswirkung auf die Verhandlung der identitären Fragen im öffentlichen Raum hatte, war sie trotzdem nicht imstande, die

18 Irena Grudzińska-Gross, „Pochodzenia jako podejrzana kategoria kultury polskiej." In: *Inny, inna, inne. O inności w kulturze.* Hg. von Maria Janion, Claudia Snochowska-Gonzales, Kazimiera Szczuka. Warszawa: Wydawnictwo IBL 2004, S. 98–110.

19 [Rozmowa z Michałem Głowińskim]. In: Teresa Torańska, *Są. Rozmowy o dobrych uczuciach.* Warszawa: Świat Książki 2007, S. 92–93.

20 „Jestem beneficjentem przemian." [Michał Głowiński w rozmowie z Anną Bikont i Joanną Szczęsną]. In: *Gazeta Wyborcza* 21.–22. August 1999, S. 12–13.

Grundmythen der polnischen Kultur, darunter den Antisemitismus, zu revidieren. Das „Eigene" und das „Fremde" erwiesen sich weiterhin als symptomatische Kategorien der Kultur, die immer dann eingesetzt werden, wenn es um die Begegnungen mit dem „Anderen" geht. Der Jude – ein realer und ein imaginärer – blieb dabei die Verkörperung des Anderen schlechthin. Die nostalgische, philosemitisch motivierte Rückwendung zum Jüdischen, die man in der polnischen Gegenwartskultur ebenso beobachten kann, ist in diesem Zusammenhang lediglich als Kehrseite des Problems zu betrachten.[21]

Die polnisch-jüdischen Beziehungen während des Zweiten Weltkrieges schreibt Głowiński in einen breiteren Kontext ein. *Schwarze Jahreszeiten* ist ein Text über das schreckliche, grausame Verbrechen, das durch die Deutschen vorbereitet und durchgeführt wurde. Die Hierarchie der Täter ist in den hier präsentierten Erinnerungen eindeutig. Die Biographie von Michał Głowiński, einem polnischen Jungen jüdischer Herkunft, der sich wegen seiner Herkunft vor den Deutschen jahrelang verstecken musste, ist dabei leider keine modellhafte Biographie. Die meisten jüdischen Jungen (und Mädchen) dieser Generation haben die *Zagłada* nicht überlebt. *Schwarze Jahreszeiten* ist nicht der einzige Text, der darüber berichtet, dennoch berichtet nur er in dieser Weise darüber.

***

Die Idee, die Herausgabe von *Czarne sezony* in Deutschland zu initiieren, begleitete mich seit einer geraumen Zeit. Ich hatte das Glück, Michał Głowiński als Gutachter bei meinem Promotionsverfahren zu haben und später an einem von ihm und seiner Arbeitsgruppe geführten Projekt teilzunehmen. Je länger ich mich mit der literarischen Darstellung der Shoah in der akademischen

21 Elżbieta Janicka, Tomasz Żukowski, *Philo-Semitic Violence? New Polish Narrative about Jews after 2000*. Warszawa: Wydawnictwo IBL 2016.

Lehre beschäftigte, desto mehr wollte ich *Czarne sezony* zusammen mit meinen StudentInnen und deutschen KollegInnen lesen. Nun bin ich sehr glücklich, dass diese Idee verwirklicht wurde. An dieser Stelle möchte ich allen danken, die zum Gelingen dieses Vorhabens beigetragen haben, insbesondere dem Verlag, der Wissenschaftliche Buchgesellschaft, und dem Übersetzer Peter Oliver Loew. Ein besonderer Dank gilt Grzegorz Wołowiec von der Polnischen Akademie der Wissenschaften in Warschau, der dieses Projekt stets unterstützte und die Digitalisierung der Bilder von Michał Głowiński auf sich genommen hat. Michael Segner danke ich dafür, dass er immer an die deutsche Ausgabe von *Czarne sezony* geglaubt hat. *Last but not least* möchte ich Anja Tippner von der Universität Hamburg für alle die Gespräche danken, die mein Nachdenken über die Shoah wesentlich beeinflusst haben. Ihr ist dieses Nachwort gewidmet.

Arbeiten von Michał Głowiński, die in Deutschland erschienen sind (Auswahl)

„Der Dialog im Roman". Aus dem Polnischen von Peter Lachmann. In: *Poetica* 1974, S. 1–16.

„Roman und Wahrheit". Aus dem Polnischen von Walter Kroll. In: *Literaturtheoretische Modelle und kommunikatives System. Zur aktuellen Diskussion in der polnischen Literaturwissenschaft.* Hg. von Walter Kroll / Alexander Flaker. Kronberg: Scriptor Verlag 1974, S. 226–260.

„Die literarische Gattung und die Probleme der historischen Poetik". Aus dem Polnischen von Walter Kroll. In: *Formalismus, Strukturalismus und Geschichte. Zur Literaturtheorie und Methodologie in der Sowjetunion, CSSR, Polen und Jugoslawien.* Hg. von Alexander Flaker / Victor Žmegač. Kronberg: Scriptor Verlag 1974, S. 155–186.

„Der potentielle Leser in der Struktur eines poetischen Werkes". Aus dem Polnischen von Grażyna Szarszewska In: *Weimarer Beiträge* 1975, H. 6, S. 118–143.

„Der virtuelle Empfänger in der Struktur des poetischen Werkes". Aus dem Polnischen von Rolf Fieguth. In: *Literarische Kommunikation. 6. Aufsätze zum sozialen und kommunikativen Charakter des literarischen Werkes und des literarischen Prozesses.* Hg. von Rolf Fieguth, Kronberg: Scriptor Verlag 1975, S. 93–126.

„Poetische Gruppe und Poesiemodell – Das Beispiel der Gruppe Skamander". Aus dem Polnischen von Rolf Fieguth. In: *Literarische Kommunikation. 6. Aufsätze zum sozialen und kommunikativen Charakter des literarischen Werkes und des literarischen Prozesses.* Hg. von Rolf Fieguth, Kronberg: Scriptor Verlag 1975, S. 43–66.

„Neusprech (eine Erkundung)". Aus dem Polnischen von Oliver Engelhardt und Peter Oliver Loew. In: *Anti-Totalitarismus: Eine polnische Debatte.* Hg. von Paweł Śpiewak. Frankfurt am Main: Suhrkamp 2003, S. 284–309.

Eine Madeleine aus Schwarzbrot. Aus dem Polnischen von Martin Pollack. Frankfurt am Main: Jüdischer Verlag Suhrkamp 2003.

Mythen in Verkleidung. Dionysos, Narziß, Prometheus, Marchołt, Labyrinth. Aus dem Polnischen von Jan Conrad. Frankfurt am Main: Suhrkamp 2005.

Die Besonderheiten des antisemitischen Diskurses. Aus dem Polnischen von Lisa Palmes. In: *Der Holocaust in polnischer Erinnerungskultur.* Hg. von Anna Wolf-Powęska / Piotr Forecki. Peter Lang Verlag 2012, S. 70–85.

Totalitarian Speech. Aus dem Polnischen von Stanley Bill. Frankfurt am Main: Peter Lang Verlag 2014.

„Wie wurde deutsche Musik unmittelbar nach dem Zweiten Weltkrieg in Polen gehört". Aus dem Polnischen von Włodzimierz Białek. In: *Ungeduld der Erkenntnis: Eine klischeewidrige Festschrift für Hubert Orłowski.* Hg. von Włodzimierz Bialik / Czesław Karolak / Maria Wojtczak. Frankfurt am Main: Peter Lang Verlag 2014, S. 65–73.

„Realism and Demagoguery". Aus dem Polnischen von John M. Bates. In: *Studies on Socialist Realism. The Polish View.* Hg. von Anna Artwińska / Bartłomiej Starnawski / Grzegorz Wołowiec. Frankfurt am Main: Peter Lang Verlag 2016, S. 55–65.

„‚Don't Let the Past Run Wild': The History of the Communist Party of the Soviet Union (Bolsheviks): Short Course as Mythical Narrative". Aus dem Polnischen von Stanley Bill. In: *Studies on Socialist Realism. The Polish View.* Hg. von Anna Artwińska / Bartłomiej Starnawski / Grzegorz Wołowiec. Frankfurt am Main: Peter Lang Verlag 2016, S. 133–155.

„*Schwarze Jahreszeiten*" revisited

Mit Michał Głowiński sprachen Anna Artwińska und Peter Oliver Loew

In Polen hatte „Schwarze Jahreszeiten" drei Auflagen und einen Nachdruck, eine vierte Auflage ist in Vorbereitung. Das Buch ist auf Schwedisch, Tschechisch, Italienisch und Englisch erschienen. Die deutsche Übersetzung wird somit die fünfte sein. Sie kommt nach zwanzig Jahren heraus. Freut Sie das?

Ungemein. Und es ist nicht ausgeschlossen, dass noch eine sechste Übersetzung erscheint, ins Ukrainische, da sich eine Polonistin aus der Ukraine bei mir mit diesem Vorschlag gemeldet hat. Über die Ukrainer schreibe ich ja auch in *Schwarze Jahreszeiten*.

Aber mehr über die Deutschen. Vor allem über die Deutschen.

Jetzt will es, wie es scheint, die politische Korrektheit, dass man von „Nazis“ spricht, von „Hitlerdeutschen“, und nicht von Deutschen, was meiner Meinung nach auf ein und dasselbe hinausläuft, doch ich will das nicht tun, da man das in der Besatzungszeit nicht gesagt hat. Man sprach von den Deutschen.

In Deutschland verwenden wir auch meist das Wort „Deutsche“, wenn wir über den Zweiten Weltkrieg sprechen. Allerdings muss man diese beiden Begriffe in einigen Zusammenhängen differenzieren. Aber wie ist es, würden Sie heute etwas in Ihrem Kapitel über die Deutschen ändern? Denn es endet mit einem starken Akzent: „Auch die Deutschen sind Menschen (...)? Die Zweifel kann ich immer noch nicht ablegen.“

Das ist mir damals so herausgerutscht [lacht]. Ich würde nichts ändern, vielleicht würde ich nur stärker hervorheben, dass das für mich eine Generationsfrage ist. Ich habe darüber nachgedacht: Die nach dem Krieg geborenen Deutschen, oder auch meine Altersgenossen (ältere gibt es fast kaum mehr), sind für mich normale Menschen, so wie alle. Wenn ich dagegen Kontakt mit Deutschen gehabt hätte, die unter Hitler aufgewachsen waren, so wäre ich misstrauisch und distanziert gewesen. Ich denke, dass ich das Recht auf eine solche Einstellung habe. Das hat nichts mit Nationalismus zu tun, mit nichts dieser Art; es ist eher die Frage der Generationszugehörigkeit. Menschen in meiner Lage haben ein Recht darauf.

In einem Text, der für die Festschrift für den Germanisten Hubert Orłowski entstanden ist, beschäftige ich mich damit, wie man nach dem Krieg in Polen deutsche Musik gehört hat. Interessant ist auch die Haltung zu den großen deutschen Komponisten. Nach dem Krieg musste ein deutscher Künstler, um in Polen gut aufgenommen zu werden, etwas besitzen, was ich Anständigkeitszeugnis nennen würde. Und darum liebten und lieben die polnischen Leser zum Beispiel Thomas Mann, der schon in den 1920er-Jahren Ruhm erlangt hatte. Seine deutsche Nationalität war dabei überhaupt nicht hinderlich, da man wusste, dass er an nichts beteiligt gewesen war. So wie auch die anderen Schriftsteller aus dieser Familie.

Ihre Erzählung über die Deutschen, über Ihre persönlichen Kontakte zu den Deutschen und zu Deutschland endet in den 1990er-Jahren. Aber gab es noch eine Fortsetzung? Sind sie später noch nach Deutschland gefahren?

Nein, da ich nirgendwohin verreise. Ich habe eine schreckliche Klaustrophobie. Ich fahre nicht U-Bahn, obwohl ich gleich hier eine U-Bahn-Station habe. Ich bin nicht in der Lage, ein Flugzeug zu besteigen. Ich habe Angst vor jedem Eingeschlossensein. Je älter ich bin, desto stärker wird das. Das ist ein völlig irrationales Gebrechen. Ich weiß nicht, ob ich es aufgrund der Kriegserfahrungen habe, das heißt aus der Shoah-Kindheit, oder ob es angeboren ist, das kann mir niemand sagen.

Die Arbeit an der deutschen Übersetzung war eine Freude ...

Aber doch wohl auch ziemlich bedrückend, denn es ist ja kein fröhliches Buch.

Aber es ist großartig geschrieben, was es dem Übersetzer leichter macht. An einigen Stellen kam es allerdings zu Übersetzungsproblemen. So wussten wir lange nicht, wie man auf Deutsch einige Formulierungen wiedergeben sollte. Ein Problem war zum Beispiel das „Verlassen des Ghettos".

Tatsächlich, man spricht auf Polnisch vom „Verlassen des Ghettos" [„wyjście z getta", auch „Herausgehen aus dem Ghetto"], nicht von einer Flucht. Aus Auschwitz kann man fliehen. Auch bei Todeslagern spricht man von Flucht – Flucht aus Sobibór oder Treblinka. Aber beim Ghetto sagte man „Verlassen". Vielleicht, weil es Tore in der Mauer gab.

Sie kennen natürlich das Buch „Haltestelle Muranów" von Beata Chomątowska. Die Autorin schreibt darüber, dass der Raum, in dem sich das Ghetto befand, auf eine ganz besondere Weise geprägt ist.

Diese Straßen waren damals ganz anders. Heute ist die ulica Karmelicka eine Nebenstraße, unweit des Museums für die Geschichte der polnischen Juden „Pol-in" und des Denkmals für den Ghetto-Aufstand, doch im Warschauer Ghetto war es eine unerhört wichtige Straße, da sie das sogenannte Kleine Ghetto mit dem Großen Ghetto verband. Es war eine sehr enge Straße und die hier oft entlangfahrenden Deutschen, also deutsche Soldaten, schlugen die Passanten mit der Peitsche. Es war eine schreckliche Straße. Aber heute nicht. Ich muss sagen, dass ich bis heute die Topographie des Ghettos überhaupt nicht begreife. Trotz des großartigen Buchs von Barbara Engelking und Jacek Leociak „Das Warschauer Ghetto. Führer durch eine nicht existierende Stadt". Es ist ein irrationaler Raum. Eine Ansammlung kleiner Gassen, von denen jede etwas bedeutete, mit etwas zusammenhing. Und ich kann das überhaupt nicht ... Ich muss sagen, dass ich mich in diesem Teil von Warschau nicht gerne aufhalte, sehr selten bin ich dort, selten zieht mich etwas dorthin.

In einem Kommentar zur polnischen Erstausgabe erwähnen Sie, dass die Arbeit an dem Buch vier Jahre lang gedauert hat (1993–1997), dass Sie aber schon in jungen Jahren daran gedacht hatten, es zu schreiben.

Ja, ich habe recht früh die Absicht gehabt, es zu schreiben, doch war ich überzeugt, dass ich es für die Schublade schreiben würde, nicht um gedruckt zu werden. Ich dachte nicht an eine Veröffentlichung zu Lebzeiten.

Warum? Was waren die Gründe hierfür?

Es gab unterschiedliche Gründe. Wegen der Schwierigkeiten, darüber zu reden. Ich wusste nicht, ob ich das vermag, da ich zuvor nie solche erzählerischen Sachen geschrieben hatte. Und wenn ich daran dachte, dass ein Zensor mit dem Bleistift in dem Text herumfuhrwerken würde, verging mir alle Lust daran, etwas zu tun.

Ist die Form des Buchs spontan während des Schreibens entstanden oder haben Sie sich zuvor über seinen Aufbau Gedanken gemacht?

Als ich mit der Arbeit begann, geschah das in Episoden, ich dachte nicht an das Ganze. Im Übrigen würde ich ein dickes, einheitlich erzählendes Buch schlichtweg nicht schreiben können. Jemand, der kein professioneller Schriftsteller ist, schreibt leichter kurze Texte.

Würden Sie mit der Aussage übereinstimmen, dass dies ein Buch über die Mechanismen des Erinnerns ist?

Ja, natürlich ist das so. Ich wollte mir nämlich keine Erfahrungen aneignen, die nicht die meinen waren. Ich war damals ein Kind. Mein Erinnerungsvermögen war beschränkt. Hätte ich mich früher darangemacht, so hätte ich zu diesen Dingen noch andere Personen befragen können, die älter waren als ich. Wobei meine Eltern, die den Krieg wie durch ein Wunder überlebt hatten, ungerne davon sprachen. Das wundert mich nicht. Es war immer noch ein Trauma. Ich habe versucht, nur davon zu schreiben, was ich erfahren habe. Später, in anderen Büchern, habe ich das unaufhörlich ergänzt.

Wie ist denn der Schreibprozess verlaufen? Haben Sie sich an anderen Texten orientiert?

Ich wollte berichten, was ich erfahren habe; Eindrücke aus der Lektüre von Texten anderer Autoren dürfte es alleine in meinem Kopf gegeben haben. Ich habe mich bemüht, halbwegs sachlich zu sein. Ich wollte das in einem guten Stil schreiben. Eine Warnung war für mich der Shoah-Kitsch, das versuchte ich zu vermeiden. Und es gibt viel Shoah-Kitsch, er kann unterschiedliche Gestalt annehmen. Manchmal die einer Abenteuererzählung, manchmal die eines süßlich-sentimentalen Textes. Ich erinnere mich, dass in Polen in den 1960er-Jahren die Erinnerungen eines Menschen erschienen sind, der sich dadurch rettete, dass er Zug fuhr, unter anderem durch Deutschland, und daraus machte er eine Abenteuergeschichte. Das ist diese Spielart. Der Shoah-Kitsch war für mich eine Warnung, dass man nicht so darüber schreiben dürfe. Nun, vielleicht darf man das schon, nur ich wollte nicht so darüber schreiben. Es ist eigentlich ein Thema für ein Überblickswerk, wie man in der polnischen Literatur über die Shoah schreibt. Denn eigentlich hat jeder Schriftsteller dieser Generation, der davon wissen konnte, der Zeuge gewesen sein konnte, etwas darüber geschrieben, selbst entschieden antisemitische Autoren.

Der Antisemitismus ist in „Schwarze Jahreszeiten" ein wichtiges Motiv.

Nun, ich denke, dass zwei hoffnungslos dumme Mythen in Umlauf sind, die man schlicht und einfach auf den Müll werfen muss. Der erste ist der Mythos eines Antisemitismus, den man in Polen mit der Muttermilch aufsauge, wie das einer der israelischen Premierminister gesagt hat, das ist hoffnungslos dumm. Und der zweite ist der in Polen, sowohl im März 1968 als auch heute, verbreitete Mythos darüber, dass die Polen während der Besatzungszeit nichts anderes getan hätten als leidenschaftlich und solidarisch Juden zu retten. Nun, das ist genauso eine Lüge, beide Mythen sind nicht wahr. Denn es gab weder das eine noch das andere. Wollte man beweisen wollen, dass die polnische Bevölkerung nur den versteckten Juden half, so müsste man eigentlich die ganze Literatur hierüber verbieten. Denn bekanntlich werden in der Literatur gewisse Dinge gesagt, ohne sie direkt auszusprechen. Und wenn in all diesen Büchern, in Romanen, Novellen, Dramen, Berichten, Reportagen, Berichten usw., wenn überall dort gesagt wird, dass eigentlich jeder Blick eines Menschen, über den man nichts wusste, Grauen hervorrief – dann ist dies das Auge des Nachbarn; wenn Personen, die Juden versteckten, gleichzeitig darauf achten mussten, dass niemand bemerkte, dass sie mehr Brot oder Kartoffeln kaufen, dann heißt das, dass etwas mit dieser allgemeinen Hilfe nicht stimmt. Darüber schreibe ich übrigens auch in *Schwarze Jahreszeiten.* Die Geschichte des abgebrannten Hauses in der ulica Odolańska, wo die Besitzerin meiner Mutter sagt, dass wir schleunigst fortgehen müssen, weil sie neue Mieter habe und nicht wisse, welche Ansichten sie haben. Und das waren keine Deutschen. Das waren, wie ich denke, einwandfreie Polen. Man muss freilich auch berücksichtigen, dass eigentlich die meisten der geretteten Juden ihren polnischen [nichtjüdischen] Bekannten, Kollegen, Freunden oder auch völlig unbekannten Menschen viel zu verdanken hatten, aber man muss auch sagen, dass es *szmalcownicy* gab, Spitzel, Menschen, die sich darüber freuten, was passierte. Ich weiß nicht, ob ich in *Schwarze Jahreszeiten* über dieses Erlebnis meiner Cousine berichte ...

Sie schreiben in Ihrer Autobiographie „Kreise der Fremdheit" darüber. Könnten Sie es noch einmal erzählen?

Sie und ihre Mutter bewohnten zur Untermiete ein Zimmer bei einer Dame aus der besseren Gesellschaft, natürlich nicht als Jüdinnen, sondern als „echte" Polinnen; die Mutter ging für kurze Zeit fort, für eine halbe Stunde, um etwas einzukaufen oder zu besorgen. Das war während des Aufstands im Ghetto. Das vier oder fünf Jahre alte Mädchen blieb mit der Wohnungseigentümerin alleine. Es war im Zentrum von Warschau. Und da nimmt die Wohnungsbesitzerin sie plötzlich an der Hand und tritt mit ihr zum Fenster. Sie macht eine Handbewegung, zeigt auf das brennende Ghetto und sagt zu dem Kind: „Liebes Kind, du weißt selbst nicht, wie glücklich du sein wirst, du wirst in einem Polen ohne Juden leben." Eine drastischere Äußerung ist kaum vorstellbar. Es gab viele solcher Geschichten. Eine ähnliche erzählt Alina Margolis in ihren Erinnerungen „Ala aus der Fibel". Alina Margolis ist die Frau von Marek Edelman. Sie versteckte sich als Heranwachsende bei irgendwelchen Leuten, vorgeblich als Tochter eines polnischen Offiziers, der in Kriegsgefangenschaft war. Sie berichtet, dass es während des Ghetto-Aufstands war, dass es ähnliche Reaktionen gab, die Besitzerin der Wohnung habe geklagt, dass sich jemand wie der Dichter Julian Tuwim im Ausland aufhalte, denn er sollte ruhig mit im Ghetto verbrennen.[1]

Wissen Sie, es müsste eine Geschichte des polnischen Antisemitismus erscheinen. Ein solches Buch dürfte sich eher nicht auf Informationen beschränken wie „hier war ein Pogrom und dort war ein Pogrom", sondern man müsste sich überlegen, wie es zu diesen Pogromen kam und wie man hierüber dachte. Was hier die Rolle der Kirche war, und sie war meiner Meinung nach gewaltig, es gibt übrigens das sehr gute Buch von Ronald Modras über das Verhältnis der katholischen Kirche zu den Juden in den 1930er-Jahren, ein gut belegtes Buch, das einen in Entsetzen versetzt. Modras ist, wie ich den Angaben über den Verfasser entnehme, polnischer Herkunft, ich weiß nicht, ob er Geistlicher ist, aber sicherlich ist er katholischer Theologe.

---

1 Julia Tuwim (1894–1953), polnischer Dichter jüdischer Herkunft, einer der beliebtesten Schriftsteller der Zwischenkriegszeit. Neben Gedichten schrieb er auch Sketche, Lieder und Werke für Kinder. Mitgründer der Dichtergruppe „Skamander". Nach dem Ausbruch des Zweiten Weltkrieges im Exil, kehrte 1946 zurück.

Was meinen Sie, wie wird sich die polnische Gesellschaft an die Shoah erinnern, wenn es keine Zeitzeugen mehr geben wird?

Die polnische Gesellschaft erinnert sich jetzt sehr viel besser daran, sehr viel tiefer als noch vor dreißig Jahren. Man hat begonnen, darüber zu sprechen. Nach dem Krieg war das ganz anders. Ich berufe mich, wenn davon die Rede ist, auf einen amerikanischen Slawisten und Sprachwissenschaftler, dessen Urgroßeltern aus Polen stammten und der sich deshalb dafür interessierte. Er hat mich einmal gefragt, warum es bei den Festveranstaltungen zu den Jahrestagen des Ghettoaufstands (solche „Akademien" waren in der Volksrepublik Polen ein Ritual, es gab sie sogar nach dem März 1968, um den 19. April herum), warum man dort überhaupt nicht über die Juden spricht, sondern nur über die Polen, die ihnen zu Hilfe gekommen waren. Ich entgegnete ihm, dass das Propaganda war, es ging darum, den Mythos zu untermauern. Zwar weiß ich nicht, wie es mit dem polnischen Schulwesen weitergehen wird, welches die Position des National-Radikalen Lagers (ONR) und der Allpolnischen Jugend – also der extremen polnischen Rechten – sein wird, aber ich denke, dass sich die Lage nach 1989 wirklich verändert hat, auf eine höchste Anerkennung und in gewisser Weise auch Bewunderung verdienende Weise. Das war ein zuvor verschwiegenes Thema.

Verdanken wir das den Überlebenden oder den später Geborenen?

Den einen wie den anderen, glaube ich. Man begann damit, Dokumente zu veröffentlichen. Ich weiß nicht, ob schon das ganze Ringelblum-Archiv erschienen ist oder noch nicht, aber es ist eine große Zahl von Sachen erschienen. Darüber wird ständig geschrieben. Es gibt das Museum „Pol-in". In den kleineren Städten wird an die einstige Gegenwart der Juden erinnert. Ich will es so sagen: Die Weiterverwertung von Grabsteinen der jüdischen Friedhöfe war eine verbreitete Praxis, und zwar keine deutsche, sondern eine polnische. Nun ist das nicht mehr möglich.

Wir würden am Ende gerne noch einmal auf „Schwarze Jahreszeiten“ zurückkommen. In den neuesten literaturwissenschaftlichen Forschungen zur Shoah gibt es oft Überlegungen zu den Auswirkungen der „Katastrophe nach der Katastrophe“. Man spricht vom langen Schatten der Katastrophe und darüber, was es bedeutet, in ihrem Schatten zu leben.

Nun, selbst für Menschen in meinem Alter, die das überlebt haben, ist es das prinzipielle, wichtigste Ereignis ihres Lebens. Ich weiß nicht, wie sich das auf Kinder oder Enkel von Personen in meinem Alter niederschlägt. Einmal, vor zwei oder drei Jahren, habe ich an einem Treffen der „Holocaust-Kinder der zweiten Generation“ teilgenommen. Das ist ein eigener Verein, sie haben hier in der Nähe von Warschau solche Treffen. Einige Personen wurden eingeladen, die entweder wie ich der ersten Generation angehören oder sich mit dem Problem beschäftigen. Das waren sehr interessante Menschen. Es hat jemand daran teilgenommen, der erst jetzt, mit etwa vierzig Jahren, erfahren hat, dass er jüdischer Herkunft ist. Und das war kein Einzelfall.

„Schwarze Jahreszeiten“ erscheint nun in Deutschland. Wenn Sie für diese Ausgabe ein Vorwort schreiben würden, was würden Sie den deutschen Lesern mitteilen?

So etwas könnte ich nicht schreiben. Seit vielen Jahren wird mir im deutschen Kontext immer wieder eine Frage gestellt, auf die ich stets die Antwort verweigere. Ich will für eine deutsche Öffentlichkeit nicht über den polnischen Antisemitismus sprechen, da ich denke, dass das trotz allem Dinge sind, die man nicht vergleichen darf. Durch den polnischen Antisemitismus sind Menschen gestorben, aber keine Millionen. Einmal hat sich in Wien eine für den österreichischen Rundfunk arbeitende Frau bei mir gemeldet und mich zu einem Gespräch über den polnischen Antisemitismus eingeladen. Ich habe abgelehnt. Ich fand, dass dies taktlos wäre. Denn wie der polnische Antisemitismus ist, kann jeder sehen, aber er hat eben nicht zu so großen Morden geführt. Es fiele mir schwer, das zu vergleichen. Das wäre unangemessen. Denn der deutsche Antisemitismus war auf Ausrottung aus, während der polnische peinigte, widerlich war, sich auf Feindschaft und Hass stützte, aber zu keiner Vernichtung geführt hat.

Wir danken Ihnen für das Treffen und das Gespräch.

Das Gespräch fand am 29. September 2017 in der Warschauer Wohnung Głowińskis im Stadteil Służew nad Dolinką auf Polnisch statt.

Anmerkungen

S. 13

„Korczak“ – *Korczak* ist ein deutsch-polnischer Spielfilm von Andrzej Wajda aus dem Jahr 1990. Er erzählt die letzten Wochen im Leben des berühmten jüdisch-polnischen Arztes, Kinderbuchautors und Pädagogen Janusz Korczak. Die Rolle von Janusz Korczak (1878–1942) wird hier von Wojciech Pszoniak verkörpert.

S. 15

Geheimer Unterricht – Schulunterricht im Generalgouvernement war streng reglementiert. Während für die nichtjüdische Bevölkerung eine eingeschränkte Volks- und Berufsschulbildung erlaubt war, fand höhere Schulbildung in Form von geheimem Privatunterricht („tajne komplety“) statt. In den Ghettos war auch auf Grundschulniveau lediglich geheime Schulbildung möglich.

S. 20

„Šaulis“ und „Czubaryks“ – Mit dem Wort „Šaulis“ bezeichneten Polen während der Besatzungszeit die litauischen Handlanger der Deutschen, es leitete sich vom Namen des litauischen Schützenverbandes ab. „Czubaryk“ war im Sprachgebrauch der Besatzungszeit ein russischer bzw. ukrainischer Hilfspolizist in deutschen Diensten.

S. 26

oc-rachmunes – Das hebräische Wort רחמנות „rakhmanút“ (jüdisch „rakhmónes“) bedeutet „Mitleid“. „Oc-rachmunes“ ist die polnische Variante dieses Begriffs; im Warschauer Ghetto wurde sie als Bezeichnung für mitleiderweckende Personen verwendet.

S. 29

„gleich hinter der Mauer“ – Im Original befindet sich an dieser Stelle ein Kryptozitat aus dem Gedicht „Mädchen“ des polnischen Lyrikers Bolesław Leśmian (1877–1937), das für den polnischen Leser klar erkennbar ist und das in der polnischen Kultur zu den geflügelten Worten gehört. Wegen des hohen Metaphorisierungsgrads wurde in der deutschen Version auf dieses Zitat verzichtet. In der Übertragung von Karl Dedecius lautet diese von Głowiński übernommene Zeile so: „Und prüften traumseits eine Mauer“. Wortwörtlich wäre diese Stelle aus dem Polnischen folgendermaßen zu übersetzen: „... die man von der Sehnsuchtsseite aus nicht sehen konnte.“ Michał Głowiński beschäftigte sich in seinen Texten häufig mit Leśmians

Poetik. Zu seinen wichtigsten Studien gehört die Monographie *Zaświat przedstawiony. Szkice o poezji Bolesława Leśmiana* (Die vorgestellten Jenseitse. Skizzen über die Dichtung von Bolesław Leśmian, 1981).

S. 30
„zur polnischen Grenze gebracht worden war" – Anspielung auf die „Polenaktion" von Ende Oktober 1938, als die NS-Behörden etwa 17.000 polnische Staatsbürger jüdischer Abstammung aus dem Reich nach Polen deportierten.

S. 41
Shop von Többens – „Shop" war die Bezeichnung für von Deutschen geführte Fabriken und Werkstätten im Warschauer Ghetto. Der auch „Többenswerke" genannte Shop von Walter Többens (1909–1954) beschäftigte unter schrecklichen Bedingungen zeitweise 25.000 jüdische Zwangsarbeiter.

S. 43
Ludwik Urstein – Polnischer Pianist, geb. 1874 in Warschau als eines von zehn Kindern einer jüdischen Familie, starb am 5. Oktober 1939 ebenfalls in Warschau. Seit 1925 arbeitete er eng mit dem polnischen Rundfunk zusammen.

S. 51
szmalcownik (sg.), szmalcownicy (pl.) – Polnische Bezeichnung für Personen, die während des Kriegs außerhalb der Ghettos versteckte Juden erpressten und an die Deutschen auslieferten. Das Wort ist vom jiddischen „Schmalz" (= viel Geld) abgeleitet. Obwohl ein Großteil des polnischen Untergrunds das szmalcownik-Unwesen bekämpfte und viele Todesurteile verhängte, sollen alleine in Warschau mehrere Tausend Menschen als „szmalcownicy" tätig gewesen sein.

S. 54
Ulica Nalewki – Seit dem 19. Jahrhundert wichtige Geschäftsstraße in Warschau im Zentrum des jüdischen Viertels, nach der Zerstörung des Warschauer Ghettos 1943 nicht mehr vorhanden.

S. 54
blauer Polizist – Die „Blaue Polizei" war im Zweiten Weltkrieg im Generalgouvernement die polnische Ordnungspolizei, die im Auftrag der deutschen Besatzer tätig war.

S. 60
Gesetz über die Landreform – Am 6.9.1944 erließ das Polnische Befreiungskomitee – die provisorische Regierung des von der Roten Armee bereits teilweise befreiten Landes – ein Dekret über die Landreform, nach dem u. a. aller Landbesitz über 100 ha Gesamtfläche bzw. 50 ha Nutzfläche verstaatlicht werden sollte.

S. 62
Halka – Oper von Stanisław Moniuszko (1819–1872). Das zwischen 1847 und 1857 entstandene Werk gilt als polnische Nationaloper.

S. 64
Mary Berg – Mary Berg (geboren als Miriam Wattenberg, 1924–2013) war eine Überlebende des Warschauer Ghettos. Da sie durch ihre Mutter die US-amerikanische Staatsbürgerschaft besaß, konnte sie das Ghetto im Juli 1942 verlassen und Anfang 1944 in die USA auswandern. Ihr bereits Anfang 1945 veröffentlichtes Tagebuch war eine der ersten weltweit bekannt gewordenen Augenzeugenschilderungen des Warschauer Ghettos.

S. 70
Batory – 1936 in Dienst gestelltes polnisches Passagierschiff für den Transatlantikverkehr. Der in Italien gebaute Dampfer wurde zu einem Symbol für die Modernisierung Polens in den 1930er-Jahren. 1971 wurde er abgewrackt.

S. 91
Mokotów – Warschauer Stadtteil südlich der Innenstadt, im Krieg verhältnismäßig wenig zerstört, beliebt als Wohngegend.

S. 92
Kercelak – Damals ein Platz im Stadtteil Wola, auf dem sich zwischen 1867 und 1947 einer der größten Märkte Warschaus befand. Der Platz existiert heute nicht mehr.

S. 93
Irena Sendler – Irena Sendler (1910–2008) war eine Mitarbeiterin des Warschauer Sozialamts, sie kümmerte sich im Zweiten Weltkrieg trotz eines deutschen Verbots um die jüdische Bevölkerung. Zusammen mit Mitstreitern aus dem Judenhilfsrat rettete sie etwa 2500 jüdische Kinder aus dem Warschauer Ghetto.

S. 101
Felizianerinnen – Schwestern vom hl. Felix von Cantalice, 1855 in Warschau gegründeter Frauenorden.

S. 117
Turkowice – Dorf in der Woiwodschaft Lublin, südwestlich der Kreisstadt Hrubieszów. Das Dorf besaß vor 1939 eine teils polnisch-katholische, teils ukrainisch-orthodoxe Bevölkerung.

S. 124
„Taten der ukrainischen Kämpfer“ – 1943 und 1944 kam es in den von Polen und Ukrainern gemischt besiedelten Gegenden des historischen polnischen Staates zu Massakern ukrainischer Untergrundeinheiten an der polnischen Zivilbevölkerung. Bei diesen Kampfhandlungen, die sich insbe-

sondere in Wolhynien und in Ostgalizien abspielten, kamen vermutlich mehr als 100 000 Polen ums Leben, bei Vergeltungsaktionen der Polen 10 000 bis 20 000 Ukrainer.

S. 128
„Das Verbrechen war von den Ukrainern verübt worden" – Auch in der Umgebung von Turkowice fanden Auseinandersetzungen zwischen der hier gemischt siedelnden polnischen und ukrainischen Bevölkerung statt. Im März 1944 war es zu einem Massaker polnischer Einheiten an den ukrainischen Einwohnern einiger Dörfer gekommen, darunter auch in Turkowice („Verbrechen von Sahryń"), dem mehrere Hundert Menschen zum Opfer fielen. Als Vergeltung hierauf verübten die ukrainischen Nationalisten Überfälle auf die polnische Bevölkerung. Zu diesen gehörte auch die Ermordung von Schwester Longina und ihren Schützlingen am 16. Mai 1944.

S. 147
Kleiner Krieg – Anspielung auf die Kampfhandlungen im östlichen Polen nach der Eroberung durch die Rote Armee 1944 zwischen verschiedenen polnischen und ukrainischen Untergrundeinheiten sowie der polnischen und der sowjetischen Armee, die sich mehrere Jahre lang hinzogen.

S. 161
Wiedergewonnene Gebiete – Propagandistische Bezeichnung für die 1945 von Polen erworbenen ehemaligen deutschen Ostgebiete (Schlesien, Neumark, Hinterpommern, Ostpreußen).

S. 162
Praga – Östlich der Weichsel gelegener Stadtteil von Warschau.

S. 162
EKD – Elektryczne Koleje Dojazdowe, Elektrische Zubringerbahnen, 1922 gegründetes Unternehmen, seit 1951 WKD – Warszawska Kolej Dozajdowa, verbindet Warschau mit den südwestlichen Vorstädten.

S. 167
Miss Judea – 1929 war von der polnischsprachigen jüdischen Zeitung „Nasz Przegląd Ilustrowany" ein Wettbewerb zur „Miss Judea" ausgeschrieben worden, den Zofia Ołdakówna gewann. Sie soll nach dem Krieg nach Australien ausgewandert sein.

S. 171
Berling-Armee – Nachdem eine erste in der Sowjetunion aufgestellte polnische Armee unter Führung von Władysław Anders 1942 über den Nahen Osten in den Westen transportiert worden war, wurde 1943 in der UdSSR eine neue polnische Armee aufgestellt, die von Zygmunt Berling geführt wurde. Sie beteiligte sich an der Eroberung Polens und Deutschlands.

S. 181
Bejlis – Menachem Mendel Bejlis (1874–1934) wurde 1911 in Kiew des „Ritualmords" an einem 13-jährigen ukrainischen Jungen angeklagt. Der Vorfall löste im russländischen Reich eine antisemitische Kampagne aus, letztlich wurde der Angeklagte nach einem in ganz Europa beobachteten Prozess aus Mangel an Beweisen freigesprochen.

S. 185
Józef Tischner – Der Philosoph und katholische Priester Józef Tischner (1931–2000) wurde mit seinen mutigen politischen Stellungnahmen und seiner „Góralen-Philosophie" bekannt.

S. 188
Julian Tuwim – Der polnisch-jüdische Lyriker, Kabarettist und Kinderbuchautor Julian Tuwim (1894–1953) gehört zu den wichtigsten polnischen Autoren der Zwischenkriegszeit. Er war einer der Mitbegründer der Dichtergruppe „Skamander". Sein Gedicht „Die Lokomotive" (1938) ist bis heute ein Klassiker unter der polnischen Kinderliteratur. Nach dem Ausbruch des Krieges ging Tuwim ins Exil und kehrte 1946 nach Polen zurück.

S. 188
Kornej Tschukowskij – (Корней Иванович Чуковский, 1882–1969) war ein russischer Autor, Literaturkritiker und Übersetzer. Er wurde durch seine zahlreichen Kinderbücher (u. a. „Das Krokodil am Telefon", „Doktor Aibolit und seine Tiere") sowie theoretische Schriften über die Gattung der Kinderliteratur im Russland und im Ausland bekannt.

S. 192
Maria Rodziewiczówna – Eine bekannte und viel gelesene polnische Autorin (1864–1944), die in ihren Romanen unter anderem das Problem der Emanzipation der Frauen, die Schönheit der Natur sowie ihre Wirkung auf die menschliche Psyche thematisierte. Sie gilt als Beispiel für das sogenannte weibliche Schreiben in der polnischen Literatur.

S. 195
Michał Rusinek – Polnischer Autor, Dramaturg, Publizist und Kulturschaffender (1904–2001). Sein Text „Von der Barrikade in das Tal des Hungers" (1946) ist ein autobiographischer Bericht über den Warschauer Aufstand und die Zeit in diversen Konzentrationslagern.

S. 195
Gustaw Morcinek – Ein Vertreter der polnischsprachigen, oberschlesischen Literatur des 20. Jahrhunderts und politischer Aktivist. Morcinek (1891–1963) widmete sich in seinen Texten vor allem dem Kulturraum Schlesien. Im Jahr 1945 erschienen seine Lagererinnerungen „Briefe unter dem Maulbeerbaum".

S. 195
Mein Kampf ums Leben – Dieses Werk von Krystyna Nowakowska ist, neben u. a. „Rauch über Birkenau" von Seweryna Szmaglewska, eines der ersten Ego-Zeugnisse über den Zweiten Weltkrieg in der polnischen Literatur. Nowakowskas Text erschien im Jahr 1948.

S. 197
Leon Kruczkowski – Der linke Autor und Publizist Leon Kruczkowski (1900–1962) war einer der bedeutendsten polnischen Kulturfunktionäre in der Volksrepublik Polen der 1950er-Jahre. Sein Drama „Die Deutschen" (ursprünglich „Und die Deutschen sind Menschen") aus dem Jahr 1949 zeigt am Beispiel der Familie Sonnenbruch diverse widersprüchliche Haltungen der deutschen Bevölkerung zum Nationalsozialismus.

S. 197
Konrad Wallenrod – Ein historisches Versepos des polnischen Romantikers und Nationaldichters Adam Mickiewicz aus dem Jahr 1828. Der von dem Namen des Hauptprotagonisten abgeleitete Begriff „wallenrodyzm" (Wallenrodismus) wird als Bezeichnung für eine Haltung verwendet, die Verrat und List für die Realisierung eines höheren Vorhabens (im Sinne von Machiavelli) zulässt. Aus „Konrad Wallenrod" stammt das Zitat „Und die Deutschen sind Menschen" (siehe vorige Anmerkung).

S. 211
Bischofsbrief von 1965 – Am 18.11.1965 schickten die polnischen Bischöfe einen Hirtenbrief an ihre deutschen Kollegen, in welchem sie vor dem Hintergrund der Kriegsereignisse und der Vertreibungen unter anderem schrieben: „Wir vergeben und bitten um Vergebung." Dieser Brief stand am Anfang der deutsch-polnischen Versöhnung nach dem Zweiten Weltkrieg.

S. 211
„dort Menschen gibt und sie dort eine Seele haben" – Zitat aus dem Gedicht „Hymn" des romantischen Schriftstellers Juliusz Słowacki.

S. 215
biurwa – Eine Mischung der Wörter „biuro" (Büro) und „kurwa" (Hure, gebraucht als allgegenwärtiges Schimpfwort), eine stark abwertende Bezeichnung für unsympathisches weibliches Verwaltungspersonal.

Abbildungsnachweis

S. 222–230: Privatbesitz von Michał Głowiński
S. 255: Peter Oliver Loew